KB237305

유리 벽

현길언 소설집

유리 벽

펴낸날 2011년 5월 27일

지은이 현길언
펴낸이 홍정선
펴낸곳 (주)문학과지성사
주소 121-840 서울 마포구 서교동 395-2
전화 02)338-7224
팩스 02)323-4180(편집) / 02)338-7221(영업)
등록번호 제10-918호(1993. 12. 16)
전자우편 moonji@moonji.com
홈페이지 www.moonji.com

ⓒ 현길언, 2011. Printed in Seoul, Korea
ISBN 978-89-320-2209-3

* 이 책의 판권은 지은이와 (주)문학과지성사에 있습니다.
  양측의 서면 동의 없는 무단 전재 및 복제를 금합니다.

* 지은이는 2010년 경기문화재단이 지원한 창작기금을 수혜했습니다.

현길언 소설집

유리 벽

문학과지성사
2011

차례

방

1

"사람은 부모 몸에서 태어났지만 언젠가는 부모로부터 떨어져 살게 되어 있느니라. 그러니까, 고향을 떠나 타지에 가서 산다고 조금도 섭섭하게 생각하지 말아라. 부모가 그립고 보고 싶다고 부모 생각만 하지 말고, 열심히 공부해야 큰사람이 된다."

면사무소 정문 옆에 있는 버스 정류장에서 아버지는 어머니 치마고름을 놓지 않고 못내 헤어지기를 아쉬워하는 열세 살 난 막내아들에게 훈계하듯 말했다. 머리카락이 희끗희끗 센 아버지는 땅만 쳐다보면서 울상을 짓고 있는 내가 그 말에 관심을 두지 않고 있는 것을 알자 헛기침을 했다. 막내를 외지로 떠나보내는 아버지 마음이 그렇게 편하지 않다는 것을 나도 느끼고 있었다. 그렇지 않아도 집 떠날 날이 가까워오자, 아버지가 몹시 섭섭해했다. 5리 밖 읍내 중학교를 가겠다고 떼를 썼으나 아버지는 듣지 않았다. 두 아들처럼 나도 100리나 떨어진 도청 소재지 중학교로 진학시키려 했다. 그러한 어른의 마음을 어린 나로서는 이해할 수 없었다. 어머니도 막내인 나를 객지로 보내 고생시키려는 아버지 처사에 불만이었다.

그때 아버지 친구인 면장 어른이 다가왔다.

"아니, 민규로구나. 이번에 제일중학에 합격했다면서. 이제 집을 떠나 살게 되어서 섭섭하겠구나?"

출근하던 면장은 아버지와 인사를 나누다가 부루퉁한 얼굴로 서 있는 나를 보고 사정을 짐작하고는 위로 말을 했다. 그 말에 나는 그만 참고 있었던 울음이 터져 나와버렸다.

"자네 자식 사랑은 알아줘야겠어. 두 아들만 객지로 보냈으면 되었지, 막내까지 품에서 떼어놓으려는 그 마음은 알다가도 모르겠군. 하기야 자식은 부모 품을 떠나야 사람이 된다고 했으니, 잘하는 일이야. 자네처럼 자식 공부에 마음 쓰기가 그리 쉬운 일이 아닌데……"

면장은 내 머리를 쓰다듬고는 아버지를 쳐다보았다. 두 분은 농업학교를 함께 나와 군청 농회에서 근무했다. 아버지는 자신의 월급으로는 자식을 공부시키기가 어렵다고 생각해서 직장을 그만두고 과수원 농사를 시작했고, 면장은 계속 군청에서 근무하다가 작년에 면장으로 부임했다.

면장 어른의 '품'이라는 말에 가슴이 서늘해졌다. 나는 어머니 품에서만 살았다. 지금도 그 품에서 벗어나고 싶지 않았다.

그런데 아버지는 어머니 곁에서만 맴도는 나에게, '저놈은 객지에 가서 고생을 좀 해봐야 한다'고 하더니 결국 나를 내보내는 것이다.

생각할수록 아버지가 섭섭하였다.

10시에 온다던 버스는 11시가 지나도 오지 않았다. 우울했던 마음이 좀 가라앉았다. 정기 버스라고는 하지만, 손님이 없거나 고장이 나면 거를 때도 있었다. 다행히 버스가 오지 않는다면 집에서 하루를 더 지낼 수 있었다.

"버스가 오늘도 말썽을 부리는데, 세상도 언제면 버스나 마음대로 타볼 것인지?"

아버지는 동편 신작로를 바라보다가 짜증을 내듯이 말했다. 그렇게 버스를 기다리는 아버지가 더 야속했다.

"버스가 아니면 트럭이라도 타고 가야지. 별 수 있겠어. 정기 버스를 기다리다가는 고개가 빠지겠는데……"

면장은 그렇게 말하고는 자리를 떴다. '트럭이라도 타고 가라'는 그의 말에 나는 다시 불안해지기 시작했다. 나도 아버지처럼 차가 달려올 동편 신작로를 바라보면서 버스든 트럭이든 바퀴 달린 것이 나타나지 않기를 간절히 바라고 있었던 것이다.

자동차 소리가 났다. 가슴이 철렁 내려앉았다. 동편 신작로에서 뿌연 먼지가 일었다. 화물 트럭이 먼지를 날리면서 마을로 들어서고 있었다. 나는 울상을 짓고 어머니를 쳐다보았다. 버스가 아니면 타지 않겠다는 의사를 전하는 것이었다. 아버지는 길

한가운데로 나서면서 손을 흔들었다. 나는 그러한 아버지의 거동이 몹시 섭섭했다. 나를 오늘 꼭 떠나보내려는 그 마음을 이해할 수 없었다. 오늘 못 가면 내일 가면 될 텐데, 그렇게 나를 쫓아내지 못해서 저러시는가, 아버지가 야속했다.

트럭이 우리 앞에 와서 멎었다. 아버지는 트럭 운전수와 몇 마디 이야기를 주고받더니 나를 쳐다보면서 화물 싣는 칸으로 올라가라고 손짓했다. 고모 몫으로 마련한 쌀자루와 고추, 마늘 등을 담은 또 다른 짐 포대기와 내가 쓸 갖가지 물품들을 담은 배낭까지 합해서 큰 짐이 넷이나 되었다.

"정거장에 형이 나와 기다릴 테니 안심해라. 내가 우체국에 가서 고모네 집으로 전화를 하겠다."

아버지는 나를 안심시켰다. 도청 소재지에서 여유 있게 살고 있는 고모네 집에서 내가 학교를 마칠 때까지 신세를 지기로 약속이 되어 있었다.

평소에도 그렇지만 아버지가 오늘따라 더욱 무뚝뚝하고 냉정하게 느껴졌다. 나는 인사도 하지 않고 트럭 조수의 도움을 받아 짐칸으로 올라탔다. 어머니는 내 어두운 표정을 보면서 가슴 아파했고, 그러한 어머니의 거동을 지켜보는 아버지 눈길이 곱질 못한 것까지도 나는 놓치지 않았다.

"잘 가거라. 고모님이 잘 해주실 거다. 내 언제 기회 봐서 한 번 가겠다."

아버지가 약간 쉰 듯한 목소리로 나를 재차 안심시켰다. 그래도 아버지에 대한 섭섭한 마음이 풀리지 않았다. 이대로 떠나면 부모와 다시 만나지 못할 것처럼 슬펐고, 혼자 생활해야 한다는 것이 여간 불안하지 않았다.

부르릉, 부르릉.

트럭이 움직이자 나는 참고 있던 울음을 터뜨리고 말았다. 우는 내 모습이 측은했던지 어머니는 억지웃음을 지으면서 어서 가라고 손을 내저었다. 아버지는 말없이 전신주처럼 우뚝 서 있다가 울고 있는 나를 보자 얼른 몸을 돌렸다.

차가 차츰 속력을 내었다. 아버지와 어머니 모습이 시야에서 차츰 멀어지면서 작아졌다. 차가 구부러진 신작로로 들어서자 그 작아지던 두 어른의 모습이 시야에서 사라져버렸다.

"이제는 나 혼자구나."

순간 이제는 부모 품에서 벗어난 외톨이가 되었구나라고 생각하니 앞일이 막막했다.

2

방에 대한 내 집착은 어릴 때부터 시작되었다.

위로 두 형 밑에서 막내로 자란 나는 집안 어른들로부터 유난히 귀여움을 받았다. 세 살까지 젖을 먹었고, 젖 뗀 후에도 어머니 품에서 벗어나기 싫어서 다섯 살까지 어머니와 함께 잤다.

방 안에 이불을 두 채 펴고, 하나에는 아버지가, 다른 하나에는 내가 어머니 품에 안겨 어머니 젖을 만지면서 잤다.

어떤 때는 자다가 깨어보면, 나는 혼자 이불에 누워 있고, 아버지와 어머니가 같은 이불에 있었다. 나는 일부러 무서운 꿈을 꾼 것처럼 소리 내어 울면서 소란을 피웠다. 어머니 품 밖에서 잔다는 것이 어쩐지 무섭고 서글펐다. 그러다가 큰형이 초등학교를 졸업하고 도청 소재지로 진학을 하게 되자, 5살 된 내가 안방을 떠나 바깥채에 있는 둘째 형과 한방을 쓰게 되었다.

"다 큰 놈이 어머니 젖이나 만지면 되겠어."

아버지는 내가 어머니 품에서 벗어나지 못한 것이 못내 못마땅했던 것이다. 나는 할아버지로부터 천자문을 배운 뒤 명심보감을 읽는 중이어서, 동네에서는 제법 영리한 아이라고 소문이 났다. 그런데도 집 안에서는 어린아이처럼 어머니 품에서 벗어나지 못하고 있었다.

방을 옮긴 후 며칠 동안 나는 밤마다 울면서 베개를 들고 안방으로 되돌아오곤 했다. 그러면 어머니는 나를 측은히 여겨 받아들이면서도 아버지의 눈치를 살폈다.

"이 미련한 놈, 어서 제 방으로 못 갈까?"

아버지는 눈을 부라리면서 호통을 쳐서 나를 내쫓았다. 그럴 때마다, 나는 방바닥에 벌렁 드러누워서는 여기서 자겠다고 고집을 피웠다.

"너도 이제 큰 아이가 될 텐데, 언제까지나 어머니 품에서 자야 하겠니?"

어머니는 아버지 눈치를 살피면서 나를 달래었다.

"싫어. 어머니는 나보다 아버지를 더 좋아하지? 안 그래?"

울던 내가 벌떡 일어나서는 어머니에게 따지듯이 말했다. 어머니가 나를 타이르는 의도가 다른 데 있다고 생각되었다. 나를 다른 이불로 쫓아 보내놓고 아버지와 단둘이서 한 이불에서 잤던 일을 내가 다 안다고 말해버릴까 하다가 참았다. 어머니는 얼굴을 붉히면서 나를 꼭 껴안더니 등을 토닥거려주었다. 그 바람에 나는 마음을 놓고 잠이 들었다.

"여보, 개가 자는 모양이야. 어서 저 방으로 데리고 가서 재워."

아버지 말에 어머니는 나를 안아 일으키려 했다. 그러차 나는 눈을 번쩍 뜨면서,

"난 자고 있지 않아. 조금도 졸리지도 않고……"

아버지를 노려보면서 또박또박 말했다.

"얼른 잤다가 내일 일찍 일어나거라."

"조금도 졸리지 않아. 늦게 자도 내일 일찍 일어날 수 있어."

나는 아버지 말을 듣지 않았다.

"허허 그 자식 어른 밀인데도……"

아버지는 어색한 웃음을 흘리면서 비스듬히 벽에 기대어 담뱃불을 붙였다. 나는 그러한 아버지 모습이 재미있었다. 나를 쫓아 보내놓고는 틀림없이 어머니와 한 이불에서 잠자고 싶어서 저런다고 생각했다. 어머니는 내 얼굴을 곁눈으로 보면서 소

리 없이 웃었다.

그렇게 안방에서 자려고 안간힘을 썼는데, 한밤중에 잠을 깨고 보니 낯선 방이었다. 나는 어른들에게 속은 것이 분해서 일부러 큰 소리로 울었다. 그러자 형이 내 엉덩이를 발로 걸어 찼다.

"야아! 울지 마. 시끄러워. 울면 마당으로 내쫓을 테야."

둘째 형은 안채와 떨어진 우리 방에서 큰 소리로 나를 위협했다. 그래도 나는 울음을 그치지 않았다. 형이 내 팔을 끌고 툇마루로 나왔다. 나는 더 크게 울었다.

"썩 나가버려. 다시 이 방에 들어오기만 해라."

나는 형이 전에 없이 모질게 대하는 것이 더욱 서러웠다.

"으앙! 으앙!"

그러한 형이 더욱 야속해서 더 크게 소리 내어 울면서 베개를 들고 안채 안방으로 달려갔다. 막 안채 툇마루 아래 댓돌로 올라서는데, 아버지가 내 앞에 떡 버티고 서 있었다.

"어딜 다시 오려고 그래. 야, 민수야, 네 동생을 잘 챙기지 않고 뭐 허는 거야."

아버지는 바깥채 툇마루에 서서 내 거동을 바라보던 형에게 호통을 쳤다. 나는 어둠 속에 나타난 아버지의 화난 얼굴이 무서워 울음을 그치고 말았다. 그렇다고 형에게로 다시 돌아갈 수도 없었고, 아버지가 들어오라고 받아줄 것 같지도 않았다.

"엄마아, 앙앙!"

나는 마지막으로 발악하듯이 울면서 어머니에게 도움을 청했다. 그러나 누구도 나에게 관심을 주지 않았다. 내 울음소리만 퍼져나갈 뿐이었다. 그렇게 울다가 울음을 그치고 주위를 돌아보았다. 내 주위에 아무도 없었다. 집 안도 조용했다. 어머니는 얼굴도 내비치지 않았다.

"썩 네 방으로 들어가지 못할까? 다시는 이 방 앞에 얼씬거리지도 말거라."

그때였다. 아버지 고함 소리가 집 안을 흔들었다. 나는 그 소리에 놀라서 가슴이 덜컹 내려앉았다. 나를 아껴주시던 할아버지나 할머니도 내다보지 않았다. 나는 울면서 소란을 피워도 내 편이 되어줄 사람이 없다는 것을 알게 되었다.

"이리 와라."

그때 등 뒤에서 형이 내 팔을 잡아끌었다. 나는 못 이기는 척 훌쩍이면서 바깥채로 돌아왔다. 형이 달래는 바람에 잠자리에 들기는 했으나 어머니나 아버지가 여간 섭섭하지 않았다. 부모도 다 남이구나. 아니, 혹시 동네 사람들 말처럼 나는 다리 아래서 주워오지 않았을까? 눈을 감고 설움과 분을 삭이고 있었는데, 깨고 보니 아침이었다.

나는 부리나케 옷을 입고 어머니 방으로 돌아왔다. 아버지는 빙긋이 웃으면서, '잘 잤나?' 하더니 아무 말도 하지 않았다. 조금 있다가 어머니가 들어와서는 아무 일도 없었던 것처럼 대해주었다. 나는 다소 안심이 되었다.

　그로부터 2년이 지나 내가 초등학교에 입학하자, 아버지는 아예 내 살림을 모두 바깥채로 옮겨놓고는 안방에서 노는 것까지 금하였다.

　"너는 이제 학생이니, 혼자 공부하고 친구들과 놀아야지. 부모 밑에서 아기 노릇 해서는 안 된다. 형이 공부하는 것을 잘 보면서 따라 하도록 해라. 아버지 방에는 특별한 일이 없으면 드나들지 말고, 알았지?"

　아버지는 형과 나를 나란히 앉혀놓고 말했다. 그 목소리는 쌀쌀맞았다. 나는 고개를 숙이고 들으면서도 대답하지 않았다. 아버지는 나를 완전히 쫓아내려는 것인가? 아버지는 시큰둥한 내 표정이 아쉬운지 뭐라고 한마디 할 듯하다가 그냥 방을 나가버렸다. 형과 나는 내 앉은뱅이책상과 평상시 입는 옷들을 넣은 작은 고리짝과 학교 다니는 데 필요한 책과 학용품들을 방으로 옮겨놓았다.

　어머니는 내가 덮을 작은 이불과 베개를 갖고 와서는 형에게, '밤에는 동생 잠자리를 좀 봐줘라'고 부탁했다. 그리고 내게 이불을 펴고 개는 요령을 설명해주었다.

　"밤에 잠자리에 들기 전에 꼭 소변을 보아라. 그리고 자기 전에 물을 마시지 말고, 혹시 이불에 실수할까 조심해라."

　언젠가 나는 이부자리에 오줌을 싸서 아버지에게 혼이 난 적이 있었다. 그 일이 있었던 이후부터 어머니는 잠자기 전에 나를 데리고 변소에 가서 오줌을 누게 하였다. 나는 그 말을 듣고는 밤에 혼자 변소 출입할 것이 걱정이 되었다.

나는 5살이나 위인 둘째 형을 매우 어려워했다. 형은 윗사람에게 어리광부리는 나를 탐탁하게 여기지 않았다. 평소에도 내가 무슨 일을 저지르면 어김없이 주먹으로 내 뒤통수를 쳤다.

내 생활은 아주 달라졌다. 나는 아버지나 어머니보다 형과 더 가까워야 했고, 지금까지처럼 고집을 세워 어른들께 투정부리는 일을 할 수 없게 되었다. 잘못하면 형에게 뒤통수를 곧장 얻어맞았다. 형은 어른들의 눈치를 보면서 나를 호되게 다루었다. 나는 일어나면 우선 내 이부자리부터 정리해야 했다. 공부도 형을 따라 했다. 자고 싶어도 잘 수도 없었고, 놀고 싶어도 마음대로 놀지 못했다. 둘째 형은 큰형보다도 모진 데가 있어서 악착같이 공부를 했다. 나는 그러한 형 곁에서 형을 따라 싫어도 공부를 해야 했다. 그렇게 지내는 동안 처음 방을 옮길 때 가졌던 불안과 어른들에 대한 섭섭함을 차츰 잊어갔다.

방을 옮기고 한 학기가 지났다. 나는 형을 따라 공부한 덕분에 학교에서 단연 공부 잘하는 아이로 소문이 났다. 그래서 쌀쌀맞고 모진 형인데도 이상하게 친해졌다.

"내년에 내가 시내 중학교로 가게 되면 네가 혼자 이 방을 차지하게 된다. 이 방의 주인이 되는 거야. 너도 시에 있는 중학교로 진학해야 하니까, 언젠가는 이 방을 떠나야 하고, 그러니까 내가 없더라도 지금처럼 열심히 공부해야 한다."

형은 예전과는 달리 나를 은근히 쳐다보면서 차근차근 내가 혼자 이 방의 주인으로 생활하는 데 필요한 여러 이야기를 해주었다.

반년 후에 형은 도청 소재지 중학교로 진학하였고, 나는 방 주인이 되었다. 그때 떠나버린 형에 대한 그리움과 방을 혼자 지켜야 하는 두려움과 책임감 때문에 한동안 정신을 차리지 못했다.

시간이 흐르면서 형에 대한 감정도 조금씩 엷어졌다. 그러나 혼자서 방을 쓰게 된 것이 부담스러웠다. 후에 안 일이지만, 그 두려움은 사람은 세상을 혼자서 살아가야 한다는 희미한 깨달음이었다. 처음에는 형이 없는 것이 자유로웠다. 자고 싶으면 잤고, 혼자서 학교에서 배운 노래를 떠들듯이 불러도 탓할 사람이 없었다. 어떤 때는 몸을 벽에 기대어서 물구나무서기를 하기도 했다. 아침에 늦잠도 잤고, 급하면 이불을 개지 않은 채로 두고 학교에 가기도 했다. 그런 날에도 학교에서 돌아와보면 방이 깨끗이 정리되어 있었다. 어머님이 해줬을 것이라고 생각해도 별로 부담이 되지 않았다. 그런데 언제부터인가, 내 방에 대한 어머니의 관심이 멀어져갔다. 이불을 개지 않고 학교에 갔는데 돌아와보면 그대로 있었다. 그래도 나는 편했다. 자유스러웠다. 그렇게 되자 곧 방이 엉망이 되었다.

2학년 1학기 성적표가 나왔는데, 생각보다 성적이 떨어졌다. 공부 잘한다고 칭찬을 들었는데, 결과는 그게 아니었다. 2학기가 되자 학교 갔다 오면 방에 들어앉아 공부를 하려고 해도 되지 않았다. 졸음이 오고, 친구들과 놀던 일이 눈앞에 어른거리기도 했다. 그런데 아버지는 걱정하거나 꾸중하지 않았다. 그런 아버지가 이상했다.

　나는 방에서 혼자 지내는 것이 부담이 되었다. 형이 그립고, 나를 간섭해줄 사람이 있었으면 했다. 그즈음에 나는 이상한 꿈에 시달리기 시작했다. 꿈과 현실을 구분하지 못하고, 늘 꿈에 짓눌려 지내었다. 아무도 모르는 곳에 혼자 남아서 무서움에 떨기도 했다. 여름에 냇가에서 멱을 감고 나왔는데 바지가 없어져서 아랫도리를 벗고 학생들 앞에서 뛰어가면서 부끄러워 쩔쩔매기도 했다. 몰래 친구의 새 필통을 훔쳤는데, 선생님이 학급 학생들 책보자기를 조사하기 시작했다. 나는 그것을 내 책상 속에 숨겨놓았는데, 선생님은 점점 가까이 다가오고, 나는 어떻게 사태를 수습해야 할지 몰라서 허둥대다가 잠이 깨기도 했다. 어떤 때는 어둑하고 깊은 구덩이에 빠져서 밖으로 나오려고 발버둥을 치면서 울고 고함을 치기도 했다. 그러다가 잠이 깨면 어둑한 방 안에 혼자 누워 있었다. 방문을 열고 밖으로 나가면, 주변은 적막했다. 오직 하늘의 별들만이 총총 나를 내려다보고 있었다. 아버지와 어머니가 잠자는 안방은 문이 굳게 닫혀 있었고, 할아버지와 할머니가 주무시는 그 맞은편 방문도 굳게 닫혀 있었다. 어느 방도 내가 문을 열고 들어서기를 꺼리는 것 같았다. 나는 안방 문을 와락 젖히고 들어가 울면서 응석을 피워볼까 하다가 그만두었다. 지금쯤 아버지와 어머니는 한 이불 속에 자면서 나를 잊고 있을지도 모른다. 내가 들어가도 전혀 반겨주지 않을 것 같았다.

다시 하늘의 별들을 쳐다보았다. 이제는 아버지나 어머니, 할아버지 할머니, 형들보다 오히려 저 별들이 내게 가까이 있는 것 같았고, 그들이 내 외로운 마음을 이해해줄 것 같았다. 그즈음에 내 방에 대해 생각을 달리하게 되었다. 내가 이 방을 떠나면 아무 데도 갈 곳이 없다. 이제는 베개를 들고 어머니나 할머니 방을 찾아가도 받아주지 않을 것이다. 어떻든 나는 내 방에서 지낼 수밖에 없다. 그래서 아침에 일어나면 방을 깨끗이 청소했다. 그리고 방에게 인사했다.

"어젯밤에 나를 편안하게 잠자게 해줘서 고맙다."

"어젯밤에는 무서운 꿈을 꾸었는데, 그래도 네가 있어서 안심이 되었다."

그렇게 인사하면, 벽들이 고개를 끄덕이면서 미소를 짓는 것 같았다.

그런데 그해 겨울에 끔찍한 일이 벌어졌다.

한밤중에 온몸이 뜨거워지면서 숨이 헉헉 막혔다. 목이 말랐지만 일어나 부엌으로 가서 물을 떠 마실 힘이 없었다. 소리를 지르지도 못했다. 끙끙 앓는 소리를 질렀으나, 입안에서만 맴돌았다. 이제는 죽는구나. 그런 생각이 머리를 스쳐갔다. 그래서 의식을 잃고 말았다.

정신을 차려보니 대낮인데, 어머니가 머리맡에서 내 얼굴을 내려다보고 있었다.

"이 미련한 것아, 아프면 아프다고 말할 일이지. 쯧쯧."

나는 얼른 어머니 얼굴을 외면하고 말았다. 나와는 상관이 없는 어머니였다. 안채와 바깥채가 10미터도 안 되는데, 그 방과 방의 거리가 엄청나게 멀리 느껴졌다. 그 후부터 나는 잠자리에 들면서, 오늘 저녁 이 방에서 식구들도 모르게 죽을 수 있다는 생각을 이따금 하기도 했다.

3

저녁 식사를 마치고 차를 마신 다음에 식구들은 각각 제 방으로 들어가려고 서로 눈치를 살폈다.

"안녕히 주무세요."

고2인 큰딸이 먼저 제 방으로 들어갔다. 뒤이어 중2인 아들도 제 방으로 들어가 버렸다. 월요일은 모처럼 과외가 없는 날이어서 모두들 함께 저녁을 먹었다. 나도 2층 서재로 올라가기 위해 아내의 눈치를 살피면서 자리에서 일어났다.

"밤에까지 일을 해야 돼요?"

아내가 서재로 들어가는 내 등을 향해 혼잣소리처럼 말했다. 순간 아내의 음성에서 이상한 음색을 느꼈다. 뭐랄까. 한겨울 문풍지를 파르르 흔들면서 방 안으로 스며들어오려는 그런 소리였다.

"응, 내일 재판이 있는데, 기록을 다시 검토하려고."

나는 방으로 들어올 때마다 하는 말을 되풀이했다. 아내는 그러한 내 말이 거짓임을 안다. 새삼스러운 일이 아니니까. 나는 언제부터인가 집에까지 일을 가져오게 되었다. 서재에서 일하는 시간을 만들기 위해서였다. 사무실은 내 방이 아니었다. 거기에서 나는 일하는 변호사일 뿐이다. 한국에서 제일 잘 나간다는 법무 법인의 한 부서 책임자인 나의 사무실은 화려하다. 내 밑에서 일하는 변호사만도 다섯이나 된다. 내 방은 장관이나 대 기업체 회장 방 못지않게 잘 꾸며져 있다. 변호사 방에 대한 특별한 배려는 우리 회사의 특징이다. 의뢰인은 사무실로 들어와서는 잠시 자신의 용건을 잊고서 우선 방 장식부터 살핀 뒤 감탄하곤 했다. 그렇게 호화롭고 멋지게 꾸민 넓은 방인데도 그 공간은 내 방이 아니다. 나는 거기에서 기계처럼 일한다. 처음 판사복을 벗고 변호사가 되었을 때에 나부터 방에 압도되었다. 그래서 열심히 일하게 되었다. 방은 나를 일하도록 했다. 그러다가 언제부터인가 그 방이 낯설어지기 시작했다. 그래서 나는 일거리를 집으로 갖고 와서 일을 구실 삼아 서재에서 혼자 지내는 시간을 만들었다.

나는 출근할 때에 저녁 식사는 꼭 집에서 하도록 아내가 당부했던 일이 생각났다. 여느 날과 달리 식탁은 풍성했고, 온 가족이 함께 식사했다.

"일을 얼른 끝내고 내려가겠어."

나는 방문을 열고 TV 채널을 돌리는 아내에게 말했다.

"좋을 대로 하세요."

아내는 자존심을 세우려고 일부러 내게 무심한 척 말했다. 그 음색에서 그런 마음이 드러났다. 아내는 TV 전원을 끄고 베란다로 나가더니 동편 하늘을 쳐다보고 있다. 아내 등에서 외로움이 느껴졌다. 나는 되돌아서 아내에게 다가갔다. 달이 뜨고 있었다. 그 달이 아파트 동편 모서리에 있는 낙엽송 가지 사이로 보였다. 달빛 때문인가? 낙엽송 가지에 맺힌 이슬방울에서 하얀 빛살이 뿜어 나오고 있었다. 외롭다. 왜 이렇지? 나는 아내의 음성을 들었다. 입 밖으로 내뱉지 않는 음절들이 내 귀로 스며들었다.

아내와 내가 눈이 마주쳤다.

"왜 방에 안 들어가세요?"

"내가 얼른 끝내고 내려올 테니, 방에서 책이나 읽고 있어."

"모두들 제 방이 있는데, 내 방은 어디지요?"

아내의 얼굴 표정이 엉뚱해졌다. 내 방이 어디라니? 안방이 아내 방 아닌가? 나는 안방에 대해 전혀 관여하지 않았다. 그 꾸밈이나 가구도 모두 아내의 마음에 맞도록 마련했다.

"안방이 내 방이에요? 당신이 내 육체를 탐할 때만 필요한 방이지요."

아내의 음성이 도발적이다. 예전에는 그런 적이 없었다.

"그 말은 너무 심하군."

"심하다니요? 당신은 당신 방에서 무엇을 하는지 나는 몰라요. 그곳은 당신만이 누리는 특별한 성이지요? 이따금 내가 찻잔을 들고 들어가 잠시 당신이 일하는 책상 모서리에 서 있으면, 너무 외롭다는 생각이 물큰 들 때가 있어요. 당신 표정에서, 이렇게 서 있지 말고 어서 나가라는 것을 느끼지요. 마치 당신은 나를 침입자로 생각하는 것 같았어요."

아내는 작정한 듯이 말했다.

"내가 그런 표정을 지었나? 난 그런 마음이 전혀 없었는데……"

"저는 당신의 방을 나올 때마다 그런 생각을 했어요. 당신이 매일 밤 그 방에서 무슨 일을 할까? 퇴근 후에 꼭 서재에서 일을 해야 할까? 학자도 아니고, 그렇다고 원고를 쓰는 문필가도 아닌데, 남들은 변호사이면서도 제법 세상을 즐기면서 가족과 아내를 행복하게 해주면서 산다는데, 이런 생각도 하거든요. 나 아닌 딴 여자에게 은밀하게 전화를 하나? 아니면 이미 세속에 닳고 닳은 자신의 지성을 회복하려고 억지 애를 쓰는 것인가? 어쩌면 음란 사이트에 들어가 음흉한 눈빛으로 무디어가는 자신의 정력을 갈아보려고 안간힘을 쓰고 있지 않나 생각하지요."

나는 아내의 거침없는 말에 가슴이 섬뜩했다. 이미 내 마음속에 들어와서 내 의식의 심층에 숨겨놓은 것들을 다 헤집어놓는 것 같았다.

"어서 들어가 일 보세요. 오늘은 제가 당신 방에 침입하지 않을 테니."

아내는 지금까지 지껄였던 말이 미안했든지 싱긋 웃으면서 내 등을 밀었다. 그리고 딸의 방으로 다가갔다. 나는 기다렸다는 듯이 서재로 들어가버렸다.

"누구세요?"

튀는 딸의 목소리에 어머니는 주춤했다.

"엄마다."

딸이 문을 열고는 몸으로 문을 막아섰다.

"무슨 일이세요?"

"아니, 딸의 방인데 왜 못 올 데냐?"

어머니는 딸의 냉랭한 음성에 온몸이 굳어졌다.

가슴이 팬 잠옷을 입은 딸의 탄력 있는 육체가 어머니의 눈을 가로막았다. 딸의 나이가 열여덟임을 새삼스럽게 생각했다. 내게도 저런 시절이 있었던가? 이제는 어머니보다 애인이나 친구가 더 필요하겠지. 어머니는 딸이 몸을 밀치고 방으로 들어가려 했다.

"들어오지 마세요. 잠자기 직전이라 방이 엉망이란 말이야."

과외가 없는 날인 월요일은 딸에게 주말이나 한가지였다. 내일 아침부터 일주일 동안 딸은 전선의 병사처럼 살아야 한다. 그래서 월요일만은 멋대로 지낸다. 방 안은 모든 것이 제멋대로

이었다. 학교 가방은 그냥 책상 위에 널브러져 있었고, 화장대 위에는 갖가지 화장품들이 널려 있었다. 이불은 침대 한편에 뭉뚱그려져 있었고, 스타킹과 벗어 내던진 바지가 방바닥에 흐트러져 있었다. 그런데 딸의 얼굴을 보니, 조명등 아래여서 그런지 화장을 한 듯했다. 어머니는 그 모습이 낯설었다.

"화장을 했니?"

"예뻐지고 싶었어요."

"누가 널 예쁘지 않다던?"

"여자는 저녁에 화장을 한다면서요."

"저녁에 화장을?"

어머니는 가슴이 요동치기 시작했다. 벌써 딸이 여자가 저녁에 화장하는 것을 알게 되었나?

"공부해라. 공부를 하면 얼굴에 화장하는 것이 아니라 마음에 화장을 하게 된단다."

"고리타분한 말씀 그만하세요. 누가 들을까 겁나요. 요즘 남자애들은 공부 잘하는 여자보다는 화장 잘하는 여자를 더 알아준답니다."

"남자가 알아주기를 바라면서 살 테냐?"

딸은 여자가 화장을 한다는 말을 어머니가 수긍한다는 것에 놀랐다.

"혼자 방에 있어도 예뻐지고 싶어요."

"화장 안 해도 넌 예뻐."

"엄마가 예뻐해주시는 건 아무 의미가 없어요. 남자 친구가 예뻐해줘야지요."

딸은 그저께 만난 고3인 남자 친구가 '이영이가 밤에 화장한 모습을 보고 싶다고 그랬어요' 하고 말하려다가 그만두었다.

어머니는 밤에 보는 딸의 방과 화장한 딸의 모습이 낯설었다. 딸은 자기 방에서 혼자 성장하고 있었다. 이제 딸에게 어머니의 존재는 무엇인가? 가슴이 답답하고 목 안이 텁텁했다.

아내는 거실 한가운데 서서 허전함을 느꼈다. 남편 방에 들어가보고 싶었다. 남편의 서재도 자기와는 아무 상관이 없는 외딴 공간이다. 남편은 그 방을 청소하는 것까지도 꺼린다. 자신의 비밀을 훔쳐보는 것처럼 생각하는 모양이다.

남편은 인기척에도 몸을 돌리지 않았다. 그는 두툼한 서류를 읽고 있었다. 재판을 준비하기 위한 기록이었다. 아내는 무안해서 그대로 나와버릴까 하다가 헛기침을 했다.

"무슨 일이요?"

남편은 눈을 여진히 서류에 고정시키고 짜증스러운 표정을 지었다.

"당신 글 읽는 뒷모습이 보기가 좋아서요."

아내는 전혀 마음에 없는 말을 했다.

"한가하군."

별로 반가워하는 기색이 아니었다. 아내는 그러한 반응에 별로 신경을 쓰지 않았다.

그녀는 남편의 무관심에 역시 무관심으로 대응하면서 방 안을 휘둘러보았다. 10여 평이 되는 방에는 책과 신문, 사진 액자, PC, 프린터, 팩스, 찻잔과 서류 뭉치, 온갖 잡동사니로 가득 차 있고, 딸이 고등학교 입학 때 찍은 가족사진이 책상 한구석에 박혀 있었다.

"방이 썰렁해요."

"왜 그럴까?"

남편이 회전의자를 돌려서 아내의 등을 바라보았다. 의외의 반응이었다. 아내는 남편과 시선을 주고받고서 다시 방을 둘러보았다. 아무리 봐도 20년 가까이 함께 산 남편의 방처럼 느껴지지 않았다. 자기와는 전혀 다른 공간이었다.

"방이 낯설어요."

"내가 낯선 건 아니고?"

"당신도 낯설고."

"당신 옛 애인 생각하는 거 아냐?"

남자는 별로 마음 쓰지 않는 듯 가볍게 말하고는 다시 서류로 눈을 돌렸다.

"뭐라구요?"

아내가 버럭 성을 냈다.

"왜 화를 내나? 남편이 생소하고 남편이 매일 쓰는 방을 생소하다고 한다면 당신이 변한 것이지……"

"이젠 당신, 안방에도 함부로 드나들지 마세요. 그 방은 내 방으로 정했어요. 일평생 당신과 가족을 위해 살아왔는데도 제겐 방 한 칸 없어요."

아내는 깡깡한 어조로 선언하듯 말했다.

"이 집이라도 당신 이름으로 이전해줄까?"

"그런 형식 말고요. 안방은 당신과 내가 공유하는 방이 아니라, 이제부터는 제 방이에요. 내가 이 방에 들어오는 것을 당신이 싫어하는 것처럼, 당신도 함부로 내 방을 드나들지 말아요."

"딴 방을 쓰자는 것인가?"

남편은 야유하듯이 말하면서도 아내의 신상에 문제가 생긴 것이 아닌가 걱정되었다. 정말 옛 애인이, 아니면 젊은 애인이 나타났는지도 몰랐다.

아내는 대답을 하지 않고 방을 나오면서 생각했다. 고작 안방이 부부가 섹스하는 공간에 불과하다면, 그 방은 자신의 방이 아니다. 우선 남편의 옷장을 서재로 옮겨놓고, 서재에 침대도 하나 마련해서 섹스도 안방과 서재를 돌아가며 해야겠다고 결심했다. 안방에서만 그 일이 이뤄진다는 깃도 자존심이 허락하지 않았다.

"왜 그래? 내가 무슨 잘못이라도 저질렀어?"

남편이 뒤따라 나오면서 따지듯이 물었다.

"아니요. 갑자기 내 방을 갖고 싶어서요."

"당신에게는 이렇게 화려하고 좋은 방이 있는데, 내겐……"

남편은 아내의 눈치를 살폈다.

"이제부터 함부로 이 방 출입을 할 수 없어요. 당신 서재에 내가 함부로 드나드는 것을 당신이 싫어하는 것처럼 말이에요."

남편은 아내가 장난삼아 말하는 것으로 알았다.

"나도 방을 갖고 싶어요. 딸도 제 방에서 나를 거부했고, 당신도 그러시는데, 난 방이 없지 않아요."

아내는 아까 잠시 생각했던 그대로 말했다.

"왜 그래?"

남편은 아내를 등 뒤에서 껴안으려 했다.

"이러지 말아요. 내가 당신이 그리워서 투정부린 줄 아세요?"

"알아. 내가 요즈음 바빠서 당신과 약속한 날을 두 번이나 놓쳤군. 자, 오늘 밤에 우리……"

남편은 여자의 입술을 더듬으면서 숨을 가쁘게 쉬었다.

"아직 아이들도 자지 않고 있어요."

"자지 않으면 대순가? 애들은 각자 자기 방에 있는데 뭐."

"그래도……"

"이제 그들도 부모의 사랑 행위를 이해하게 될걸."

남편은 서둘러 샤워실로 들어갔다. 아내는 어처구니가 없었다. 남편은 항상 섹스에 있어서도 일방적이다. 응당 요구하는 대로 따라줄 것으로 안다.

샤워를 끝낸 둘은 곧 한 몸이 되었다. 사면이 벽으로 막혀 있는 공간에서 사내와 여자는 무한히 자유로웠다.

안방과 거실이 너무 조용하다. 조용한 것은 예사 일이 아니다. 아들은 '에덴'이라는 성인사이트의 주소를 입력하고 클릭하면서 지금쯤 아버지와 어머니가 사랑에 빠져 있을 시간이라고 짐작한다. 아버지는 좀 전에 서재에서 안방으로 들어갔다. 그러한 조짐은 이미 저녁 식사를 마쳤을 때부터 나타났다. 어머니는 저녁 식사 다음에 식구들과 과일과 차를 마시면서 연속극을 한 프로 보았다. 그리고 식구들이 각자 제 방으로 흩어지자 거실은 너무 조용했다. 어머니의 심사가 너무 산란했을 것이었다. 그래서 2층 누나의 방과 그 맞은편에 있는 아버지 서재를 거쳐 아래층 안방으로 되돌아왔다. 잠시 후에 욕실에서 물소리가 났고, 이어 집안은 조용했다. 그때 어머니는 화장을 하고 있었고, 아버지는 어머니 마음을 알고는 서둘러 변론 원고를 마무리했다. 좀 전에 서재에서 내려오는 아버지 발소리가 들렸다. 그 다음부터 집 안은 깊은 정적 속으로 깊이 가라앉았다.

아들은 반복해서 나타나는 이러한 집안 분위기 다음에 일어나는 일을 경험으로 알고 있었다. 이런 날이면 아버지와 어머니는 안방에서 짙은 사랑을 나눈다는 사실을 알고 있다.

아들은 화면에 나타나는 남자의 근육질 몸과 여자의 신비로운 육체를 보면서 목이 말랐다. 이들은 아주 자연스럽게 서로 몸을 애무하면서 신음을 토했다. 아들은 이어폰 소리를 더욱 크게 조절했다. 가슴이 뛰고 목이 마르고, 사타구니가 뻣뻣해졌다. 다음 순간 그 화면 위에 여러 사람들의 모습이 덮였다. 이 어폰의 볼륨을 더 높였다.

그는 고개를 내저으면서 컴퓨터 채팅으로 사귄 여고 2학년 누나의 얼굴을 일부러 떠올렸다. 그러나 마음에 차지 않았다. 그는 이어폰을 귀에 꽂은 채 침대 위에 벌렁 누워 바지를 벗었다. 지지난 주에 친구에게 빌려온 비디오를 연상하고 친구에게 들은 대로 자신의 성기를 자극했다. 털이 삐죽삐죽 난 가랑이 사이가 신비하게 보였다. 아이는 손을 빨리 놀리면서 지금 화면 에서처럼 고2 누나를 연상했다. 아무것도 생각나지 않았다. 방 이 한없이 넓어지면서 평안했다. 좁은 침대가 넓어지며, 낮은 천장이 하늘로 뻗어간 것처럼 자유로웠다.

아들은 자신의 겨드랑이에 날개가 돋는가 싶더니 어느새 그 날개를 퍼덕이면서 하늘로 날아올랐다. 그 순간이었다. 날개가 부러지면서 그는 곧 침대 위로 떨어졌다. 아늑한 절망이 한순간 사라지면서 맥이 풀렸다. 배꼽과 가슴 위에서 선뜻한 감촉이 느 껴지면서 묘한 냄새가 코로 몰려왔다. 그러나 배 위에 흩어져 있는 자신의 정액도 닦을 엄두가 나지 않았다. 이상한 치욕과 허탈이 온몸을 깊은 나락으로 떨어지게 했다. 하늘로 열려 있던 천장이 낮게 내려앉았고, 헤엄칠 정도로 넓은 방 안에는 겨우 한 몸 누울 침대가 좁게 자리 잡고 있을 뿐이었다. 아들은 하늘 로 솟아오르던 그 환희와 깊은 어둠의 수렁으로 빠지는 그 절망 의 차이를 생각해본다. 그는 방을 휘둘러보았다. 좁은 방에 그는 혼자 누워 있었다.

그는 서둘러 자리에서 일어나 방을 나왔다. 현관을 나서자 마당 저편에 보안등 주위로 풀벌레들이 부유했다. 아들은 마당 한가운데 서서 자기 방을 쳐다보다가 고개를 돌려버렸다.

어머니는 아들의 방문을 여는데 이상한 냄새가 코를 자극했다. 초여름 무더기무더기로 핀 밤꽃 향기 같았다. 무슨 냄새일까 생각하다가 오도독 어깨를 떨었다. 처음 남편과의 잠자리에서 느꼈던 그 정액 냄새였다. 어머니는 아들의 침대 시트 얼루기를 보고는 상체가 굳어졌다. 아들의 모습 위에 젊은 사내의 얼굴이 떠올랐다. 아들은 아이가 아니었다. 마치 낯선 남자의 방에 잘못하여 들어간 것처럼 놀라서 튀어나왔다.

아들도 갓난아기 때에는 밤마다 울었다. 엄마가 아기를 품에 안고 재우다가 잠이 든 것 같아서 요람으로 옮겨놓으면, 잠자는가 싶었던 아기가 깨어나 모질게 울어대었다. 엄마는 울상을 지으면서 아기를 안고 일어났다. 아기는 밤만 되면 혼자 잠을 자지 않았다. 팔이 아파서 더 아기를 안고 있을 수 없었다. 팔은 피 돌기가 정지된 것처럼 뻣뻣하게 굳어졌다.

남편이 아기를 넘겨받고 안아서 둥실둥실 자장가를 읊조리면서 재웠다. 잠시 후에 아기는 방긋방긋 웃더니 코 고는 소리까지 내면서 잠에 빠졌다. 그러나 남편도 아내에게 눈짓을 하면

서 아기를 요람에 눕히려 하면, 아기가 다시 깨어나 울기 시작
했다.

"왜 이렇게 울지? 내일은 소아과에 가봐야겠는데……"

남편은 우는 아기를 다시 안고 일어났다.

"당신 닮아서 이러는 거 아니에요. 당신이 돌이 되기 전까지
밤에 잠을 안 잤다면서요?"

아내는 시어머니에게서 들은 남편의 버릇이 생각났다.

막내는 '밤일'은 했다. 밤에 혼자 요람에 재워놓으면 잠을 깨
고는 계속 울기만 했다. 그러다가도 안아주면 울지 않았는데,
잠시라도 품에서 떨어지면 다시 울었다. 밤새 품에 안아서 재울
수밖에 없었다.

아기를 안고 울음을 달래던 남편은 자신의 유아 시절을 생각
했다.

"어머니 품에서 벗어나서 요람에 혼자 자는 것이 두려워서
울었겠지."

아내가 우는 아이의 마음을 설명하였다. 듣고 보니 그럴 듯
했다. 아기는 잠을 자는지 조용했다. 남편이 조심스럽게 아기를
요람으로 옮겼다. 아기가 어느새 다시 깨어나 발작하듯 울어대
었다.

4

　여자는 약혼자를 찾아 깊은 산속 암자까지 왔다. 열차를 타고, 버스를 타고, 다시 산속 길을 4킬로미터나 걸었다. 여자는 약간 너른 공터에 단칸 기와집 두 채가 ㄱ자형으로 옹색하게 앉아 있는 암자 앞에서 잠시 머뭇거렸다. 고시 공부를 하기 위해서 암자로 찾아온 청년을 전혀 이해할 수 없었다. 공부를 하다가 안 되면 그냥 수도자로 나설 것인가? 일 년만 기다려. 그러다 또 일 년만. 그렇게 삼 년을 기다렸는데, 올해에도 안 되면 청년은 도시로 내려오지 않고 아예 산에 주저앉아버릴 것만 같았다.

　인기척에 암자 방문이 열리면서 파랗게 머리를 깎은 젊은 스님이 얼굴을 내밀었다.

　"저 공부하는 청년을 만나러 왔습니다."

　스님은 아무 말 없이 여자를 외면한 채 오른손을 들어 동향으로 앉은 건물의 오른쪽 끝 방을 가리켰다. 여자는 문 닫히는 소리를 듣고서야 스님이 가리켰던 곳으로 다가갔다. 방문 앞에 하얀 고무신과 낡은 구두가 가지런히 놓여 있었다. 잠시 여자는 창호지 문에 어리는 청년의 그림자를 보면서 그대로 서 있었다. 깊은 산속 숲을 흔드는 바람이 멀리서 밀려왔다가 밀려가는 소리가 신비롭게 들렸다. 산속의 4월은 서늘했으나, 아기 치아처럼 뾰족뾰족 돋아나는 어린잎들을 보니 기운이 솟았다. 몸체는 벌거벗었으나 나무 끝마다 엷고 순수한 싹이 소리를 지르면서 터져 나오고 있었다. 벌거벗은 나무들은 산세를 숨김없이 그대로 드러내주었다. 여자는 산을 보면서 자신에게 티 없이 맑은 얼굴로 다가왔던 청년을 생각했다. 두 번 고시에 떨어진 청년은 아주 순진하게 자기 인생을 겸손하게 받아들이고 있었다.

방문이 열렸다. 하얗게 바랜 청년의 얼굴이 밖으로 쑥 나왔다. 군복을 물들인 윗도리에 산바람이 차게 느껴졌다.

청년은 상체를 일으켜서 얼른 마루로 나왔다. 그는 여자의 모습이 의외여서 어색하게 웃었다. 여자는 열린 문으로 방을 들여다보았다.

"이렇게 험한 산길을……"

청년은 여자를 방 안으로 안내했다.

"나도 이 암자에서 고시생을 위해서 밥이나 지어주면서 살까? 산이 너무 순수하고 투명해서 눈물이 나올 것 같아. 숨길 것도 막힐 것도 없는 것 같네."

청년은 순수한 산에 매혹되어 빙긋이 웃는 여자를 한동안 쳐다보기만 했다.

방바닥은 서늘했다. 두 평짜리 방에는 한편 구석에 이불이 개어져 있고, 앉은뱅이 책상 위에는 책이 수북이 쌓여 있었다. 책상 위에는 노트와 책이 두 권 펼쳐져 있었다. 사면 벽 중에 두 벽면에는 앉은키만큼 책이 쌓여 있고, 다른 한 벽에는 깨알 같은 글씨가 가득 찬 8절 모조지가 벽을 온통 도배하듯이 붙어 있었다.

"모의 답안들이야."

청년이 의아해하는 여자에게 설명했다. 스님이 도를 닦기 위해서 마련해놓은 이 암자는 인간 세상을 향한 강렬한 욕망의 용광로가 되었다. 여자는 혼란스러웠다. 좀 전까지 가졌던 그 순수한 감정들이 어느 새 모두 날아가버렸다.

"고시에 합격하면 뭘 할 거야?"

여자는 담배에 불을 붙이는 사내를 쳐다보면서 엉뚱하게 물었다. 세상의 욕망을 벗어던지고 해탈의 경지를 소망하며 사는 이 공간에서, 세상을 향한 강렬한 욕망을 불태우며 살아가는 청년의 혼란스러움을 조금은 이해할 수 있었다.

"윤애 씨와 결혼을 하지."

"나와 결혼을 하는 것이 아니라, 세상의 욕망과 결혼을 하는 거겠지."

여자는 피식 웃으면서 대꾸했다. 청년은 그제야 물음의 의도를 알았다.

"이 방에는 모순으로 가득 차 있군. 무념무상을 지향하는 부처의 세계와 세상의 권세를 갈구하는 인간의 세계가 함께 있으니……"

청년은 자조적으로 지껄였다.

"세상은 어디든 그래."

　여자는 열어놓은 창으로 들어오는 깊은 산세의 그 묵직하고 오묘한 풍경을 보면서 청년을 위로하고 싶어졌다.

　"언젠가 외국 잡지 기사에서 미국 어디에 있는 트라피스트 수도원 이야기를 읽은 적이 있어. 그 기사에서 세상의 욕망을 모두 내던지고 하나님이 내려주시는 은혜를 체험하며 살아가는 사람들을 만났는데, 그들은 한때 세상에서 추구하던 욕망이 허깨비처럼 무의미한 것이라고 고백하더군. 이 암자를 찾아오면서, 나는 오빠가 혹시 그 수도사들처럼 수도승이 되어버렸으면 어쩌나 하고 걱정했는데……"

　청년은 자기가 그렇게 되지 않아서 안심했다는 말인지, 아니면 실망했다는 말인지 애매하다고 생각했다. 그 점은 말하는 여자의 마음도 마찬가지였다.

　청년은 그러한 말을 곱씹으면서 여자를 데리고 암자를 나섰다. 내려가는 길은 오르는 길보다는 훨씬 수월했으나, 여자는 더 천천히 걸었다. 산이 마치 자신이 살아갈 집이나 방처럼 느껴지면서, 그 산이 품고 있는 모든 것을 하나하나 마음에 두고 싶었다.

　산속 길을 한 시간이나 걷고, 다시 아래 본전에서 마침 내려가는 택시를 얻어 타서 절 아래 관광단지로 내려왔다.

　"불과 사 킬로미터 남짓한 거리에 암자와 본 사찰과 관광단지가 있지. 그 거리감이 이따금 묘한 여운으로 다가오거든."

　청년은 관광 식당에서 산채백반을 주문하면서 그 거리감 때문에 의아해하는 여자의 마음을 읽고 먼저 말했다. 둘은 배를 채우고서 자연스럽게 그 건너에 있는 모텔로 들어갔다.

거기에서 사내는 여자의 옷을 벗기고 그동안 숨죽이며 참아왔던 정욕을 배설했다. 밤새도록 그 방에서 정욕을 태우는 불꽃은 사라지지 않았다.

청년은 세번째로 사법고시에 도전해서 합격했다. 그리고 둘이 결혼하고, 지방 근무 3년 만에 서울로 전근해 와서 31평 아파트를 장만했다. 고향에 계신 부모님이 올라와서 아들이 마련한 집 안을 샅샅이 살피면서 대견해 하였다.

"이제 너희들도 집을 마련했구나."

아버지는 그동안 아들 내외가 집을 마련하기 위해 알뜰하게 살아온 것을 기특하게 생각했다. 그런데 어머니는 아들네 집을 돌아보면서, 이제는 이 막내가 부모 슬하를 완전히 떠나게 되었다고 생각했다. 자식이 자라면 부모로부터 떠나야 한다는 것을 실감한 것은, 아들이 짐을 싸고 외지로 공부하러 가던 날이었다. 그 후부터 아들은 방학이 되어 집으로 돌아와도 마음은 늘 집을 떠나 있었다. 서울로 올라가 대학을 다니면서부터는 더했다. 그래도 방학이 되면 내 집처럼 찾아와 며칠이고 쉬다가 갔다. 장가를 들고 자기 가족을 거느리게 된 아들은 부모의 품에서 더 벗어나 있었다. 고향을 찾아온 아들 곁에는 늘 며느리가 따라다녔다. 그 다음 아들이 첫 아기를 데리고 고향을 찾았을 때에는 전보다 더 다르게 보였다. 그런데 오늘 아들네가 마련한 집을 보니, 이제는 아주 딴 식구라는 것을 비로소 알게 되었다.

아들은 흐뭇해하시는 아버지와는 달리 어머니의 얼굴에서 쓸쓸한 기분을 알아차렸다. 그 표정을 보면서, 아들은 자신이 아버지와 다른 집안의 가장으로서 살아가게 되었음을 확인했다. 이미 법적으로는 결혼하고 분가했으니 독립 가족의 가장이 되었다. 그런데 그러한 형식적인 사실들이 비로소 내 집을 소유함으로 구체화되었음을 확인하게 되었다.

5

아버지는 집으로 돌아가고 싶어 했다.

"애들아, 내가 마지막으로 집으로 돌아가 내 방에서 한잠 자고 싶구나."

아버지는 있는 힘을 다해서, 모여든 자식들에게 말했다.

"그 고집은 죽음을 앞에 두고서도 여전하시군. 집에 가셔도 다시 병원으로 오셔야 할 텐데 뭘⋯⋯"

어머니는 눈물을 손수건으로 닦으면서 아버지 고집을 안타까워했다. 아들들도 아버지의 고집이 두려웠다. 잘못하다가 길 위에서 아버지가 숨을 거두게 될 것이 두려웠다.

"내 방에서 편히 한잠 자고 싶구나. 어서 날 집으로 데려다

다오."

아버지는 힘겹게 말했다.

"아버님, 병원에 계셔야 됩니다. 의사 선생님들이 늘 대기해 있으면서 아버님을 돌보시지 않습니까?"

큰아들이 설득 조로 말했다. 사실 병원이 집보다 훨씬 편했다. 이 도시에서는 제일 크고 시설이 좋은 병원이고, 원장이 큰아들의 친구라서 특실에 입원해 병원이 할 수 있는 모든 것을 다하고 있었다. 호텔처럼 아늑하고 조용하고 깨끗하고, 위급한 때를 대비하여 모든 것이 다 갖추어져 있었다.

"너희가 이 애비 마음을 모르겠니. 난 내 방에서 죽고 싶다."

아버지는 숨넘어가는 소리로 겨우 말했다. 아들들은 아버지 소원을 물리칠 수 없었다.

앰뷸런스에서 내린 아버지는 굳이 걸어서 집 안으로 들어가겠다고 했다. 아들들이 두 팔을 끼고 부축했다. 마당으로 들어서자 아버지의 얼굴에 화색이 돌았다. 오랜 여행을 마치고 돌아오는 편안한 얼굴이었다.

아버지는 온돌방에 마련해둔 잠자리에 눕고는 모여 앉은 한 사람 한 사람을 확인하듯 얼굴을 바라보더니 미소를 지었다. 그 미소는 스쳐 지나가는 듯하더니 곧 얼굴 위에 싸늘하게 각인되었다. 그러고는 고개가 옆으로 비스듬히 숙여지며 눈언저리에 물방울이 몇 개 흘러내렸다.

아버지가 시신으로 누워 있는 이 방에서 아들은 다섯 살까지 잠자고 놀면서 지냈다. 방 한구석에 요람을 만들어 따로 자도록 하면, 아들은 억지로 그곳에서 내려와 아버지와 어머니 사이에서 잠을 자겠다고 떼썼다. 옛날에는 넓고 천장이 높았는데 지금은 아주 좁고 천장도 낮다. 그동안 방 내부를 수리하고 고치기도 했으나, 거의 예전 그대로였다. 그런데 아들은 이 방이 낯설었다.

아들은 마당으로 나왔다.

그가 쓰던 바깥채 방을 보았다. 휴가 때에는 이따금 내려와서 며칠 지내던 방이다. 휴가가 아니더라도, 출장이나 볼일이 있어 고향 부근으로 내려올 때면 일부러 이 방에서 머물렀다. 어른들은 아들이 온다면 미리 방을 정리해두었고, 어떤 때는 도배도 하였고, 새로 집기를 마련해놓기도 했다. 그렇게 해서 묵게 되어도, 그 방은 아들 방이 되지 못했다. 이미 아들은 방에서 떠나버린 후였다. 고향을 떠났다 잠시 돌아와 쉬는 아들을 위해 부모가 일부러 마련해놓은 방에 불과했다. 아들은 잠시 머물고 가는 나그네처럼 방의 기억을 즐길 뿐이다. 이미 떠난 아들은 이 방에서 옛날의 체취를 취미처럼 아끼며 즐길 뿐이다.

이따금 친구들이 그에게 고향을 돌아와 살지 않겠느냐고 물을 때마다, 아들은 자신 없는 대답을 했다. 고향과 옛집과 그 집의 한 부분인 이 방은 이미 꿈속에만 존재하는 과거의 공간이다. 거기에 미래를 맡긴다고 약속할 수 없었다. 아들은 그 옛 고향 공간에 눕기에는 너무 늙어버렸고, 몸이 굳어져 있었다. 그렇게 생각하자 설움이 복받쳐 올랐다. 아버지의 죽음이 부자 지간의 인연을 단절해놓은 것이 아니라, 이미 오래전에 그는 아 버지와 어머니로부터 떨어져 나갔음을 알게 되었다.

이미 아들은 그러한 훈련을 하면서 살아온 것이다. 자란다는 것은 낳아준 부모로부터 완전히 떠나기 위한 학습 과정이었다.

그러고 보니 생각나는 일이 있었다.

초등학교 때부터 아들은 5리 길이 넘는 길을 걸어 학교를 다 녔다. 아들이 학교에서 돌아오는 시간에는 어머니도 되도록 집 을 비우지 않았다. 집과 이웃해 있던 과수원에서 일을 하다가도 아들이 돌아올 시간이 되면 일손을 놓고 집으로 돌아와 기다렸 다. 그것은 막내인 아들이 그렇게 학교 가기를 싫어했다는 것을 알고 있었기 때문이고, 그보다도 어른들이 없는 집에서 당하게 될 외로움을 덜어주기 위해서였다.

아들은 학교에서 집으로 돌아왔을 때 어머니가 기다리고 있으 면 안심이 되었다. 어머니는 그러한 막내의 마음을 알고 있었다. 그런데 어느 날 아들이 집에 돌아와보니 아무도 없었다. 넓은 집 안이 텅텅 비었다. 아들은 갑자기 무섭고 외로웠다. 집안 식구들 이 나만 두고 어디로 모두 가버렸는가? 화가 치밀었다. 아들은 마당에 앉아서 소리 내어 울었다. 점점 무서움이 더해졌다.

그런데 한참 울고 나니 더는 울음이 나오지 않았다. 아들은 기다리지 않는 어머니를 차츰 잊기 시작했다. 그때 가위 소리가 가까워지더니 엿장수가 마당으로 들어섰다. 모르는 사람 앞에서 눈물을 보이는 것이 창피해서 아이는 얼른 눈물을 소매로 훔쳐버렸다. 그런데 엿장수는 헌 고무신이나 쇳조각, 낡은 알루미늄 그릇 등을 갖고 오면 엿을 주겠다고 하였다. 아들은 바닥이 낡아 구멍이 뚫린 제 검정 고무신을 툇마루 아래서 끄집어내었다. 엿장수가 미소를 지으면서 연필처럼 가늘고 긴 엿을 한 가락 내주었다. 아들은 다시 엿을 바꿔 먹을 것이 없나 집 주위를 살피고는 부엌으로 들어갔다. 마침 고양이 밥그릇으로 쓰던 낡은 알루미늄 그릇이 보였다. 아들은 그것을 얼른 갖고 나왔다. 엿장수는 반갑게 웃으면서 엿을 세 가락이나 주었다. 아들은 기분이 좋았다. 엿장수가 짤각짤각 가위 소리를 내면서 나가는 것도 상관하지 않고 받은 엿을 맛있게 먹었다. 그리고 먹다 남은 엿가락을 방으로 가져가서 책상 서랍 깊숙이 숨겨놓았다.

그 후부터 아들은 학교에서 돌아왔을 때 집에 사람이 없어도 괜찮았다. 엿을 먹으면서 다시 집 주위와 툇마루 아래와 울타리 주위를 둘러보았다. 헌 고무신짝이 있을까 찾아보았다. 바깥채 헛간에 자루가 빠진 낡은 낫이 한 자루 있었다. 그리고 툇마루 아래에 낡은 여자용 검정 고무신도 한 짝 있었다. 기분이 괜찮았다. 다시 엿장수가 오면…… 그는 그것들을 신문지에 싸서 방으로 가져와 벽장 깊숙이 감추어두었다. 그러고 보니 방에 대한 생각이 달라졌다. 이 방 안에 나만 아는 비밀들이 숨어 있다고 생각하니, 방에 더 애착이 갔다.

처음 집에 아무도 없다는 것을 알았을 때에는 집 안이 온통 어두움에 휩싸여 있는 것 같았다. 그런데 이제는 그 어두움이 희부옇게 사라져가면서 빈집 안에 자기가 혼자 있게 된 것이 오히려 다행으로 느껴졌다. 아무도 없는 방의 주인이 자신임을 알게 되면서 처음에 느꼈던 무서움과 외로움에서 조금씩 벗어나기 시작했다. 아들은 방으로 들어가 책보자기를 내려놓고 마당으로 향한 문을 열었다.

"이제 이 방 안에는 나밖에 없구나. 나는 이 방의 주인이다."

그리고 그 방 안에 이 집 식구가 모르는 물건들을 숨겨놓았다고 생각하니 오히려 아무도 없는 집이 더 마음에 들었다. 이제는 집에 어른이 없어도 무섭지 않을 것 같았다.

추억들이 몰려들었다. 오랜 시간이 지났는데도, 추억은 시간의 늪에서 잠을 자다가 머리를 쳐들고 마치 어제 일처럼 달려나왔다.

6

아들은 아버지가 영원히 누울 광중을 내려다본다. 일꾼들이 낫으로 광중의 옆 벽면을 깨끗하게 다듬는 일을 마쳤다.

하관이 시작되었다. 일꾼들에 의해 조심스럽게 관이 광중으로 내려졌다. 관과 광중 벽면 사이에 틈이 나지 않도록 흙을 고루고루 뿌리고 관이 흔들리지 않도록 바로 고정시켜놓았다. 일꾼들의 섬세한 손놀림이 끝난 다음에 상주들이 한 사람씩 나서서 삽으로 흙을 떠서 관 위에 뿌리기 시작했다. 아들은 흙을 뿌리면서 아버지의 시신이 누워 있는 그 좁은 공간을 찬찬히 바라보았다. 이제 아버지와 나는 지상과 지하라는 그 먼 거리에 각각 따로 방을 마련하게 되었구나. 그 지하는 지상과 불과 2미터도 안 되는 거리이지만, 아들로서는 살아서는 갈 수 없는 먼 거리였다. 하관 절차가 끝났다.

"여기는 우리 부부가 묻힐 자리이고, 저기는 동생이, 그리고 막내 동생은 아마 저기쯤 될 것이다."

환갑을 넘긴 큰형이 이미 정해놓은 묏자리 위치를 형제들에게 가리키며 설명했다. 각자에게 배당된 공간은 세 평쯤 되었다. 여기에 내가 영원히 잠잘 방을 만들고…… 막내아들은 그 자리를 자기 아들에게 이야기할까 하다가 그만두었다.

"할아버지가 눕는 방은 너무 좁아요."

딸이 은밀히 제 아버지 표정을 살피면서 말했다.

"이제 할아버지는 우리 곁에 올 수 없나요?"

제 엄마의 손을 꼭 잡고 서 있던 아들이 소곤거렸다.

"그렇지 않다. 몸은 저곳에 누워 계시지만 영은 우리 곁에 함께하실 것이다. 이 세상은 온통 할아버지 영이 생활하실 아주 큰 방이다. 그러니까 항상 우리 곁에 계시게 되는 것이지."

아들은 조용히 속삭이는 아내의 말을 들으면서 고개를 끄덕였다. 이 세상은 온통 아버지 방이 되겠지. 입속말로 되뇌어보았다.

"온 세상이 할아버지 방이라니요?"

아들이 물었다.

"그래, 죽으면 육체는 땅에 묻히지만 영은 사람이 생각하는 시간과 공간을 초월하여 아주 자유롭게 돌아다니시지. 그 영의 방은 이 온 우주가 된다. 사람들은 땅에서는 자기 방을 만들며 살아가지만, 죽어서는 모든 공간이 영들이 살아갈 방이 된단다. 그렇게 되면 더 크고 아름다운 집이나 방을 얻기 위해 싸우지 않아도 되겠지?"

아내의 말이 귓바퀴에 윙윙거렸다. 이 온 우주는 영의 집이고 방이다. 아버지는 자유로운 집과 방을 찾아 떠난 것인가.

이제는 어른이 된 막내아들은 처음 고향을 떠나던 날 버스 정류장에서 억지로 자기를 떼어놓듯이 트럭에 태워 보내던 아버지 얼굴이 떠올랐다. 그때가 엊그제 같은데.

방문객

아침

산골이라서 그런지 휴대전화 통화 상태가 좋지 않았다. 친정 어머니 목소리는 중간 중간 흔들리다가 이어지곤 했다.

왜, 잘 안 들리니? 아무리 세상과 인연을 끊고 산다고 하지만 이 에미와도 인연을 끊을 생각이냐? 어머니는 보통 세상 사람이 아니잖아요. 왜 전화를 하지 않니? 강 서방은 잘 있냐? 잘 있어요. 요즘은 산 아랫동네로 내려가 사람들과 자주 어울리곤 해요. 오늘도 아침부터 마을 이장을 만나러 내려갔어요. 그래, 참 다행이구나. 이장이 좋은 분이어서 집에도 종종 들러서 세상 이야기를 해줘요. 그래. 세상에는 좋은 사람도 많단다. 너무 사람들을 미워하고 의심하지는 말아라. 하긴 너희를 그 지경으로 만든 것도 친한 친구였으니까, 사람을 두려워할 만도 하지. 통화를 할 때마다 듣는 말이다. 그래도 그 친구가 일부러 사기를 치려고야 했겠니? 원한도 미움도 다 풀어라. 알았어요. 이제는 다 옛날 일이에요. 그래. 잘 생각했다. 주님이 너희를 잊겠냐? 참 교회엔 다니냐? 세상 사람 다 너희를 배반해도 주님만은 그러지 않으신다. 알았어요. 저 요즈음 기도 많이 해요. 그런데 강 서방은 아직도 마음의 상처가 아물지 않은 모양이에요. 그래 권 집사 그 사람도 사업을 하다 보니까, 사기를 치게 되었겠지. 엘에이에서 전화가 왔더구나. 용서해달라고. 우리 집 전화번호 말해주지 마세요. 강 서방이 겨우 잊고 사는데, 다시 그 사람 전화 받으면, 아마 더 심하게 미워하게 될 거예요. 어떻게 모은 돈이에요. 강 서방이 일생을 바쳐 번 퇴직금 아니에요. 그래 다 잊어라. 알았어요. 말로야 잊을 수 있다지만, 쉽게 잊히겠니.

어머니 목소리가 축 늘어진다.

여자의 눈앞에 배신한 권 사장의 얼굴이 떠오르면서 잠자던 분노가 일어나 가슴을 흔든다.

어머니, 이제는 통화를 마치세요. 전화 요금이 많이 나오겠어요. 야, 걱정 말아라. 전화 요금 다 이곳에서 낸다. 걱정 말고, 이야기나 실컷 하자. 한번 찾아가고 싶은데, 강 서방 마음이 흔들릴까 봐서 참는다. 산골이라 길이 험해서 오시기 힘들어요. 그리고 우리 사는 것 보시면 어머님 마음이 상하세요. 여기

묻혀 사는 것이 남 보기에는 궁색하게 보이지만 우린 행복해요. 아마 주님이 이러한 행복을 주시려고 그런 시련을 주셨나 봐요.

여자는 우울했을 어머님 마음을 위로하려고 마지막으로 '주님'을 말한다. 이제는 통화를 끝내야겠다. 여자는 몸을 마당 쪽으로 돌리면서 오른손에 쥐었던 휴대전화를 왼손으로 옮겨 잡았다. 그때 산 아랫동네로 난 길 위에 언뜻 사람의 머리가 보였다가 사라졌다. 벌써 그이가 돌아오는가.

남편이 돌아오기에는 아직 이르다. 이제쯤 아랫마을에 도착했을 것이다. 여자는 어머니 목소리를 들으면서도 산 아래로 난 길에 나타난 사람이 궁금해서 눈을 떼지 않았다. 눈앞을 막아선 산 능선 위로 아지랑이가 피어오르는지 시야가 어질어질하다. 엷은 녹음에 묻힌 능선들이 어깨를 나란히 하고 늦잠에 덜 깬 몸짓으로 몸을 늘어뜨리고 있다. 떡갈나무 참나무 상수리나무와 낙엽송 그리고 이름을 모르는 많은 나무 들의 연두색 이파리들은 하루가 다르게 짙어지고 있다. 그 위로 파란 하늘 지붕에 하얀 솜털 구름을 줄줄이 매달아 흔들거리면서 갖가지 형상을 만들었다가 흩어놓곤 하였다. 어디에서 꿩 우는 소리가 적막을 흔들었다. 꿩꿩, 호오오 호르륵, 호오오 호르륵, 봄이면 제일 먼저 찾아와 우는 저 새소리, 그 소리 사이로 어머니 목소리가 들려왔다.

네 아버님이 말이다. 골프에 취미를 붙이셨는데, 골프채를 휘두르면 십 년이 젊어진다면서, 나 참 웃겨, 연애를 하고 싶단다. 원, 영감도 나이 일흔에 주책이지. 그래도 난 그 말이 얼마나 반가운지, 젊어서 딴 여자에게 한눈팔지 않고 나만 바라보며 살았던 네 아버지의 그 일편단심을 내가 아니까, 내가 누님처럼 달래면서 어디 한번 마음에 드는 여자 찾아보라고 그랬다. 그랬더니 아니, 정색을 하면서 그게 진심이냐고 그러더라. 어디에 눈여겨봐뒀던 할망구가 있기는 있는 모양이지. 네 아버지 열정이 귀여워서 그래도 에미는 즐겁다. 어머니 도량이 꽤 넓으시네.

여자는 소리 내어 웃는다. 아버지가 연애를 하고 싶다고? 그게 즐겁다고? 그런 이야기를 나누시면서 웃을 두 노인의 얼굴이 하늘을 나는 흰 구름처럼 자유롭게 느껴졌다. 어머니는 한 주 동안 일어났던 일들을 샅샅이 들려줬다. 행여나 딸과 사위가 이 세상과 인연을 끊어버릴까 미리 배수진을 치는 노인의 마음을 여자는 다 알고 있다. 그래서 노인의 과장스런 목소리가 더욱 고맙다.

산장은 잘되냐? 산장이랄 거 없어요. 지나가다 오다 지친 사람들이 잠시 쉬어가는 쉼터예요. 그래도, 돈 벌려고 하는 일은 아니에요. 심심할 때마다 사람들이 찾아와줘서 오히려 우리가 반갑고 고맙지요. 그들에게 세상 소식 듣는 즐거움이 오히려 커요. 이제 그만 내려와라. 벌써 사 년이 넘었지 않니? 원 서방이 사업을 같이하자고 하더라. 사업이요? 그런 말 마세요. 돈 싫어요. 돈 때문에 사람 잃고 마음 멍든 것 생각하면 너무 억울해요. 앞으로 얼마나 살려고 그런 일을 해요. 이렇게 사는 것이 더없이 행복해요. 그래도 사람들이 너희 사는 것 보고 뭐라고 한단다. 산속으로 피해 산다고, 사람까지 피할 수 있다고 생각하니? 어우러져 사는 재미도 있는 거다.

통화를 할 때마다 듣는 말이다. 여자는 친정어머니 말에 아예 귀를 막고 아래를 내려다본다.

사내의 상체가 나타났다. 얼굴과 가슴께쯤이 나타났다가 다시 사라져버렸다. 오르막과 내리막이 계속되는 고개를 세 개나 넘어야 이곳에 닿는다. 동산에 오르면 아마 이 집이 바로 보였을 것이다. 그러면 사람들은 대개 놀라고, 즐겁고, 그래서 걸음이 빨라진다. 여자는 어머니와의 통화를 끝낸 후에도 휴대전화를 손에 쥔 채 멍하니 아래를 내려다보면서 서 있다. 이제 고개 위로 올라온 사내의 상반신이 뚜렷이 나타났다. 남편은 아니다.

누굴까? 여자는 저 사람이 궁금하다. 그의 상반신이 점점 아래로 내려가더니 잠겨버렸다. 그 대신 먼 하늘이 동그랗게 그 자리에 사람 그림자를 만들어놓았다. 빈 하늘에 푸른 공간이 가득 차고, 그 위로 피어나는 산정기가 가득 들어차는 것이 눈에 보이는 듯하다.

여자가 좁은 마당으로 나서자 집 울을 지키고 있는 밤나무에서 짙은 꽃향기가 풀풀 흘러나왔다. 여자는 코를 벌름거려보았다. 벌들이 나무 주위로 몰려들면서 윙윙거렸다. 그 뒤로 비탈진 산 정상을 따라 단풍나무와 소나무와 졸참나무와 낙엽송 들이 어우러진 숲 속으로 다람쥐들이 들락거렸다. 마당가에 가득 심어놓은 들꽃들 주위에도 벌들이 몰려들어 윙윙거리는 소리가 들린다. 하늘로 올라가는 새들이 지저거리는 소리가 마치 파란 하늘에 떠돌아다니는 구름들의 웃음소리처럼 들렸다. 구름들은 쉬지 않고 넓은 하늘을 헤엄치듯이 흩어졌다 모이곤 했다. 그런 풍경 사이로 어머니의 진득한 목소리는 여전히 계속되었다.

몸조심하고, 지난 일은 다 잊어라. 언제 기회 잡아서 강 서방과 같이 서울로 와라.

어머니는 마지막 당부를 하고서 오랜 통화를 끝냈다. 여자가 휴대전화를 접고 툇마루 기둥 옆에 두는데, 인기척이 들렸다. 뒤돌아보니, 중년 사내가 댑싸리로 만든 문으로 들어서고 있었다.

"실례합니다. 무작정 산으로 들어가는데 집이 보이기에 반가워서……"

여자는 중년 사내의 떨리는 목소리에 가슴이 찡 울렸다.

사내는 여자에게서 눈길을 거두면서 집 주위를 둘러보았다. 불안정했던 그의 눈길이 안정을 찾았는지, 다시 그녀를 바로 쳐다보았다.

"이 위쪽에도 집이 있나요?"

사내는 양복을 반듯하게 입었는데, 걸어오느라고 그랬는지 바짓단과 검정 구두에 흙먼지가 뽀얗게 앉았다. 와이셔츠에는 넥타이를 매지 않았는데, 아마 매고 오다가 풀어서 가방에 넣은 것 같았다. 좀 크게 보이는 사무용 갈색 가방은 어깨에 둘러메었는데, 애초부터 산을 오르려고 준비를 하고 떠난 걸음걸이가 아닌 것 같았다.

"이 위로는 집이 없는데요. 어디를 찾아가시죠?"

여자는 사내의 지친 표정과 행색을 살피다가 어깨를 떨었다. 절망적인 표정이 저런 것인가. 사내는 아무 말도 못하고 몸을 돌려 잠시 산 아래로 눈을 주다가 주춤거리면서 되돌아섰다.

"어디로 가시는 길인지는 모르지만 잠시 쉬고 가세요."

여자는 불안정하게 서 있는 사내에게 툇마루를 가리켰다.

"죄송합니다만 물 한 그릇 얻어 마실 수 있을까요?"

사내는 툇마루에 걸터앉으면서 어렵게 청했다.

여자가 집 옆을 돌아 뒤 울타리가에 흐르는 도랑물을 표주박으로 떠다가 내밀었다.

사내는 표주박을 보더니 눈을 크게 떴다.

"여기는 전기도 수도도 안 들어와서 물이 시원하지 않고, 우리는 산에서 내려와 이 옆을 흐르는 도랑물을 그대로 마십니다."

여자는 두 손으로 표주박을 움켜잡고 물을 마시는 사내를 바라보면서 미안한 듯이 말했다. 사내는 한동안 물을 마시다가 표주박에서 얼굴을 떼고 고개를 들었다. 여자의 눈길에 얼떨떨한 표정을 짓더니 빈 표주박을 내밀었다. 표정이 다소 풀린 사내는 고개를 주억거리면서 고맙다는 인사를 하더니 툇마루 기둥을 의지하고 앉았다.

여자는 집 안으로 들어가 나무 쟁반에 삶은 감자 몇 알을 담아 나왔다. 비스듬히 벽을 의지하고 눈을 붙인 사내가 가늘게 코를 골고 있었다. 여자는 깨울까 하다가 그만두었다.

여자는 문득 이 집을 찾아왔던 남편을 생각했다. 저렇게 피곤한 몸이었겠지. 무작정 산으로 향하던 남편의 눈에 이 집은 구원이었다. 달포 전에 영감을 저세상으로 먼저 보낸 노파는 강릉에 살고 있는 자식들이 어서 내려오라고 재촉을 해도 고집스럽게 혼자 집을 지키고 있었다. 남편은 그 노파의 배려로 이 집에서 이틀을 묵었다. 아무 생각 없이 동해안으로 여행을 떠났던 남편은 동해 바다를 보는 순간 가슴에 치밀어 오르던 분노와 허무를 가라앉히지 못했다. 그래서 바다를 버리고 산을 찾았다. 남편은 마지막으로 산에서 무엇이라도 얻어보려 했다. 그것이 위안이든 절망이든 구원이든, 무엇이라도 얻지 못한다면 산에서 내려오지 않기로 단단히 각오했다.

양양에서 내륙 지방으로 가는 버스를 타고 가다가 월둔이라는 곳에서 내려 무작정 산으로 갔다. 내린천 계곡을 따라 오르다가 사잇길로 빠져서 산속으로 들어가는데 띄엄띄엄 인가들이 있었다. 그는 산속에도 사람이 산다는 것을 알고는 이상한 위안을 얻었다. 무작정 어디까지든지 인가가 있는 곳까지 가려고 했다. 그렇게 가다가 이 집을 찾은 것이다.

노파의 푸근한 정에 묻혀 남편은 이틀을 지냈다. 그동안 노파는 사정을 듣고는 선뜻 이 집을 내주었다.

여자는 그때 이 집까지 찾아왔을 남편의 표정을 생각해보았다. 이 집이 없었다면 남편은 산속에서 내려오지 않았을 것이다. 후에 남편은 이 집을 만나게 된 것을 행운으로 생각하면서 새살림을 마련했다.

잠에 묻힌 사내의 얼굴을 물끄러미 쳐다보던 여자는 부엌으로 들어가 노파가 두고 간 무쇠솥에 삭정이로 불을 지폈다. 사내에게 더운점심을 대접하고 싶었다. 삭정이 타는 냄새가 숭늉 냄새처럼 구수하게 피어올랐다. 마치 일터에서 돌아온 남편의 저녁밥을 지을 때처럼 마음이 여유로웠다.

한참 자다 깬 사내는 부엌에서 나오는 여자를 보다가 입가에 묻은 침을 얼른 손잔등으로 닦았다.

"점심을 드시고서 방으로 들어가 주무시죠. 종종 산을 오가다가 지친 분들이 쉬어가도록 저곳에 빈방이 둘이나 있습니다."

여자는 ㄱ자로 꺾인 끝방을 가리켰다. 한 달에 두서너 번은 그 방에 머물렀다 가는 사람들이 있다.

"감사합니다."

사내는 여자의 말이 누님의 말처럼 편안했다.

사내는 여자가 소반에 차려온 점심 그릇들을 말끔하게 비웠다. 콩과 쌀과 좁쌀과 수수를 섞은 잡곡밥과 산나물 무침도 맛있었다. 두릅국의 향긋한 향기가 주인 여자의 향기로 느껴졌다. 사내는 이 집에 사는 사람들의 행복함이 부러웠다. 순간 그는 살아 있음이 다행이라고 생각했다. 죽고 싶었던 마음이 차츰 잊했다. 저 사람들처럼 몇 달만이라도 아무 생각 없이 여기서 살고 싶었다.

사내는 점심상을 물리고서 벽에 등을 붙이고 그러저러한 생각을 하다가 잠이 들어 그 자리에 그냥 쓰러져버렸다.

여자는 잠든 사내의 얼굴을 내려다보면서 생각했다. 얼마나 이 집이 편안했으면 저렇게 쓰러져 잠이 들까? 피곤과 편안을 한꺼번에 감당할 수 없었을 테지. 여자는 사내의 무심한 얼굴을 보면서 방을 나왔다.

오후

산골의 봄날은 짧았다. 한낮의 해가 서편으로 기울면서 마당에 그늘이 차츰 넓어졌다. 여자는 마당에서 하염없이 아래를 내려다보면서 남편이 돌아오기를 기다렸다. 남편과 사내가 만나면 즐거운 이야기들을 나눌 수 있을 것이다. 남편의 과거를 이 사내가 듣는다면, 사내도 절망의 늪에서 헤어날 수 있을 것이다.

고갯마루 위로 남편의 갈색 모자가 보였다. 그 모자가 갈색인지는 확실하지 않으나, 남편의 모자임에 틀림이 없다. 남편은 퇴직금을 친구 회사에 투자하여 회사 부사장이 된 첫해에 미국 시장 조사 겸 휴가차 라스베이거스를 거쳐 래플린을 돌아오는 여행을 떠났다. 콜로라도 강에서 밤배를 타고 반짝이는 하늘의 별들을 보면서 번창할 회사의 미래를 생각했다. 그날 밤에 그 도시에 있는 대형매장에서 여자가 골라준 모자였다. 세계적인 유명 상표가 붙은 모자는 평범한 여행용이었지만, 써보니 폼이 났다. 흔한 등산용도 아니고, 그렇다고 골프나 산책용도 아니었다. 아주 평범한 것이었지만 모양도 나고 품위도 있었다. 어떤 경우에 쓰든 무난했다. 미국 여행 동안 내내 그 모자를 쓰고 다녔다. 그러나 그 모자는 나중에 안 일이었지만. 실패를 암시하는 불운의 징표였다.

남편의 모습이 사라졌다가 다시 고개 위로 나타났다. 남편의 몸이 봄바람에 나뭇잎이 흔들리듯 휘청거리는 것 같았다. 콧노래 소리도 들려오는 듯했다.

얼굴이 발갛게 달아오른 남편이 콧노래를 흥얼거리면서 마당으로 들어섰다. 여자는 반가우면서도 의외였다. 술을 좀처럼 하지 않았는데? 엷은 술 냄새가 싫지 않았다.

"이장과 기분 좋게 한잔했어."

남편은 자기를 기다리느라 마당가에 서 있는 아내가 오늘따라 정겨웠다.

"잘하셨어요. 당신이 내려간 후에 서울 어머니께서 전화주셨어요."

남편은 그 말에 아무 반응도 보이지 않았다.

툇마루에 걸터앉아 등산화를 벗던 남편이 먼지 묻은 사내의 구두를 보고서 여자를 쳐다보았다.

“참, 손님이 오셨어요. 매우 피곤한 얼굴이던데, 차려준 점심을 맛있게 먹더니 그 자리에 꼬꾸라져 잠이 들었어요.”

여자는 사내가 잠을 깰까 남편 곁에 앉으면서 손짓 눈짓으로 사내가 찾아왔던 일들을 자세하게 말했다. 남편은 고개를 끄덕였다.

“당신이 이 집에 처음 찾아왔을 때의 모습이 떠올랐어요. 그래서……”

남편은 잠시 여자의 편안한 얼굴을 들여다보았다. 사내가 눈을 비비면서 툇마루로 나오다가 남편과 눈이 마주쳤다. 사내가 움찔하면서 얼굴이 굳어졌다.

“제가 이거 실례가 많았습니다. 허기진 배를 채우자 그만 저도 모르는 사이에 잠이 몰려와서……”

사내는 면구스러운 표정을 지으면서 변명을 늘어놓았다.

“편하셨다면 다행입니다. 이 집은 임자가 따로 없습니다. 저희도 빌려 사는 형편이니까요.”

남편의 위로에, 사내는 설핏하게 웃으면서 고개를 끄덕이더니 먼지 묻은 구두를 신고 마당으로 내려섰다.

“고맙습니다. 저는 이제 가봐야 하겠습니다.”

사내는 툇마루 기둥 옆에 있는 가방을 들면서 허리를 굽혔다.

“하룻밤 묵었다가 내일 아침 떠나시죠. 산길이라 어둠이 급히 옵니다.”

남편이 만류했다. 여자는 떠나려는 사내에 대해 궁금해졌다.

"감사합니다. 제가 갈 곳이 있어서요. 잠시 다리만 쉬고 가려고 했는데, 너무 편안해서 잠이 깊이 드는 바람에……"

사내는 손목시계를 보더니 서편으로 기울어진 해를 쳐다보았다.

"정 바쁜 일이 있으시다면 내려가시구려."

"예."

"오셨던 길로 그냥 내려가십시오. 두 시간 남짓이면 아랫마을에 도착할 것이고, 거기 가면 버스가 있을 겁니다."

남편이 사내를 따라나서면서 설명을 했다.

"안녕히 계십시오. 감사합니다."

사내는 인사를 하더니 총총히 내려갔다. 부부는 사내가 안 보일 때까지 마당가에서 그를 지켜보았다. 하얀 햇살이 초록빛으로 덮여 있는 숲 위에 잔잔하게 부서지고 있었다.

첫째 고개 위로 사내의 뒷모습이 올라왔을 때에 남편은 방으로 들어갔다. 여자는 그 자리에 서서 움직이지 않았다. 그늘이 마당 한 귀퉁이만 남겨두고 거의 찼다.

여자는 고개 위로 두번째로 올라온 사내의 상반신 뒤쪽을 보고서 방으로 들어왔다.

저녁

"그 손님 하룻밤 묵고 가라고 더 권할걸, 길을 제대로 찾아갔
는지……"

여자는 저녁상을 남편과 마주 받고 앉아서도, 식사를 하자마
자 자리에 쓰러져 잤던 그 사내 생각이 얼른 사라지지 않았다.

"아마 한잠 자고 나서 정신을 차려보니 갈 곳이 생각났던 모
양이지."

남편은 밥그릇을 모두 비우고 뒤로 물러앉으면서 아내의 걱
정을 달래려 했다.

"참 이장을 만나서 무슨 이야기를 나누셨어요?"

여자는 남편이 기분 좋은 이유가 궁금했다. 남편은 이곳으로
와서도 사람 만나기를 꺼렸다. 이 집에서 하룻밤 묵고 가는 사
람들과도 별로 이야기를 나누지 않았다. 남들이 보면 이상할 정
도로 그저 묵묵히 집안일만 도왔다. 손님들에게 산머루로 담근
술이나 약초로 끓인 차를 권하는 것도 여자 몫이었다. 남편은
손님이 집에 있을 때에도 그들과 상종하지 않고, 장작을 패고
집 주위를 정리하거나, 집 서편에 있는 개간한 밭에서 살았다.

이 집주인 노파는 집이 싫어질 때까지 관리하면서 살도록 맡
겨주었다. 사람이 살지 않으면 집은 폐가가 될 것이고, 개간했
던 5백여 평 밭도 못 쓰게 될 것이기에, 관리만 해주는 것도 고

맙다고 했다. 그래서 노파에게 배운 대로 철따라 밭농사를 지었다. 산에는 먹을 것이 많았다. 산나물, 약초, 나무 열매, 토종 꿀, 버섯 등등 이른 봄부터 늦가을까지 산에서 살아도 시간이 모자랐다. 그것들을 모아 때때로 아랫마을 관광농원에 마련된 상품 코너에서 팔기도 했고, 서울 친척들이나 양평에서 중학교 교사로 있는 딸에게 보내기도 했다.

"이 부근 일대에 산장을 지어서 농가 수입을 올리는 방안을 나보고 세워보라고 하더군."

남편은 그 계획이 싫지는 않은 모양이었다.

"이곳에요?"

"이곳은 아니고 요 아랫동네인데, 내 머리를 빌리겠다니, 도와주지 않을 수 없지."

"다행이네요. 난 이곳에 산장 마을을 만든다고 할까 봐서."

"이장도 산골 생활이 이제는 진절머리가 나니, 좀 편하게 살 방도가 없는가 해서 군청에 가서 알아보았더군. 그런 사업을 하면 밀어주겠다고 했다던데, 우리야 도회지 생활에 진절머리가 나서 산속으로 숨어들어 왔지만, 신에만 살았던 사람들이 도시 사람처럼 살고 싶은 거야 탓할 수 없지."

여자는 남편의 마음이 그쪽으로 많이 기울어진 것을 느꼈다.

"참 아까 그 사내 지금쯤 아랫마을에 도착했을까요?"

남편은 손목시계를 본다.

"길을 잃어버리지 않았으면 도착했겠지."

"처음 마당으로 성큼 들어섰을 때 저는 당신인가 했어요. 당신이 이 산속으로 들어왔다가 처음 이 집을 찾아 들어섰을 때 그 모습이 생각났어요."

"그랬어? 그때는 정말 한심했어. 무작정 산으로 들어왔는데, 무엇을 하러 왔는지…… 그런데 사람 생각과는 다르게, 이 집이 우리에게 주어졌으니, 사람 한세상이라는 것이 참 묘해. 사람의 계획과 생각과 준비하는 것과는 전혀 다른 곳에서 살아가는 일이 기다리고 있으니……"

"그래서 어머니가 다 주님의 뜻이라고 말씀하시지 않으셨어요?"

아내는 낮에 들은 친정어머니가 전한 그 사기꾼 친구의 이야기를 할까 하다가 삼켜버렸다.

"우리가 친구에게 사기를 당한 것도 주님의 뜻이었단 말이오?"

남편이 여러 번 신을 원망하면서 되풀이했던 말이다.

여자는 잠잠했다. 실패가 이렇게 전혀 새로운 인생을 우리에게 마련해주지 않았나? 나는 지금 참 행복한데. 그러나 남편의 가슴에는 아직도 멍이 된 원한이 엉킨 채 있다.

"어머니가 서울에 와서 같이 살자고 하시던데요."

"서울로 가서? 뭐를 하면서?"

"하려고만 하면 할 일이 없겠어요?"

"당신, 서울이 그리워서 그래?"

"아니요."

"여기서 우리 인생을 마칩시다. 애들은 다 제 살길을 찾아 자리를 잡았으니……"

큰아들은 군에서 제대해서 서울에 직장을 잡았고, 2살 아래인 딸은 양평에서 중학교 교사로 있다.

"어머니가 그러시던데, 아버지가 연애를 하고 싶다고 하신대요. 그 말을 듣고 어머니가 즐겁다고 하세요. 참 속을 모를 분들이야."

아내는 분위기를 바꾸려고 전화 이야기를 꺼냈다.

"세상에 그런 분들이 다시 있겠어. 그런데 올곧은 장인어른이 남에게 사기 당하지 않고 일평생 살아오신 것은 이상해."

"왜 안 당했겠어요. 우리가 모르고 있겠지요. 사기를 당해도 적선한 것처럼 생각하시고 곧 잊어버린다 그러지 않아요."

"그래서 우리도 잊으라는 거야?"

"다시 뭘 해보라던데요?"

"우리 때문에 부담 가지지 마시라고 그래요. 이제 다시 뭘 하겠어. 이 넓은 산과 하늘이 모두 우리 것인데."

"당신도 그렇게 생각하세요?"

"아직은 좀 이르지만, 그렇게 생각하며 살아가려고 그래."

여자는 남편의 말에 마음이 편안해졌다. 이 넓은 산과 들과 하늘이 모두 우리 것인데, 이보다 더한 부자가 어디 있으랴. 그렇지. 마음먹기 따라서는 다 우리 것이 될 수 있다.

"아까 낮에 그분도 아직은 젊은데 어디 가서 마음 붙이고 새로 출발할 수 있었으면 좋겠네요."

"자신이 의도하고 준비한 일에 실패하면 실망이 더 크겠지. 그런데 사람의 일생에는 스스로 의도하여 계획하고 준비한 일들보다는 그렇지 않은 일들이 너무 많이 숨어 있는데. 그 사내는 아직도 자기 의지를 믿는 것 같았어. 그러니까, 그 시간에 다시 산 아래로 내려갔겠지."

"그랬을까요?"

여자는 사내의 일이 궁금했다. 그렇게 급하게 내려갔다면 틀림없이 사람을 만나기 위해서일 것이다. 그 사람을 만나서 무슨 일을 벌일 것인가? 일은 잘될까?

마당에 덮어놓은 짚을 흔드는 바람에 부시럭거리는 소리가 났다. 여자는 혹시 사람 발소리가 아닌가 하고 귀를 기울였다.

잠자리에 들어서도 멀리 고개를 오르고 내려오는 사내의 발소리가 들리는 듯했다.

한밤중에, 전에 왔던 그 사내가 다시 찾아왔다. 방 안으로 들어온 사내의 옷차림은 전보다 더 추레했고, 얼굴에는 피곤이 덕지덕지 묻어 있었다. 여전히 가방은 들고 있었으나 와이셔츠 대신에 검은색 남방에 재킷을 입고 있었다.

"죄송합니다. 자꾸 이 댁이 생각나서 이렇게 늦게 찾아왔습니다."

너무 의외여서 여자는 당황했다. 남편은 사내의 행색을 빠르게 살피고 물었다.

"잘 오셨어요. 우리 집이 생각났다니 다행이오. 내려갔던 일은 어찌 되었소?"

"죄송합니다. 사람 일이 잘될 리 있나요?"

사내는 차려주는 저녁 식사를 맛있게 먹으면서도 내려갔던 그 일에 대해서는 더 말하지 않았다.

"어르신네, 청이 좀 있습니다만, 이 댁에서 며칠 묵을 수 없나요? 제가 뭘 좀 조용히 생각해보려고 합니다."

밥상을 물린 사내는 주저주저하다가 어렵게 청했다.

"그러시죠. 저쪽에 방이 두 개 있는데, 오다가다 지친 사람들이 쓰지요. 임자가 따로 없고 사용하시는 분이 임자지요. 며칠 쉬시면서 마음을 정리하세요."

남편은 흔쾌히 승낙했다. 사내는 몇 번이나 감사하다고 말하고는 방으로 건너갔다. 아내는 밤이 늦었는데도 그 방에 군불을 땠다.

다음 날 아침, 사내는 밥그릇을 말끔히 비우고는 다시 방으로 들어갔다.

낮에 점심 식사 상을 차려 들어갔을 때, 사내는 방에 엎드려 뭔가 열심히 쓰고 있었다. 저녁에 사내는 방에서 나와 식구들과 함께 마루에서 식사를 했다.

"무슨 긴한 사연이 있기에 여기까지 오셨어요?"

남편이 사내의 사정이 궁금해서 물었다.

"예, 세상이 하도 갑갑해서 산을 찾았는데 이 댁에서 저를 받아주셔서 마음이 놓입니다. 세상과는 다른 세상을 만났습니다. 저도 이런 집이 있으면 세상일을 잊고 살고 싶습니다만, 그래서 며칠 전에 황급히 내려가지 않았습니까? 마침 오대산 근처에서 농장을 하는 친구가 생각나서……, 그런데 가보니 거기는 여기와 다르더군요."

사내는 말끝을 흐리더니 천장을 올려다보면서 한숨을 후우 내쉬었다.

"실망하셨나요?"

"실망이 아니라, 참 말씀드리기가…… 그 친구는 부도를 내고 사라져버렸습니다. 제가 친구라고 말했다가 그곳 채무자들 앞에 곤욕을 당했습니다. 동업자가 아니냐고 따지면서 저를 하루 동안 감금했습니다."

"저런!"

남편은 사내의 처지를 상상해보았다. 친구에게 큰 기대를 갖고 찾아갔는데, 그 봉변을 당했으니.

"산에 산다고 모두 행복하지는 않다는 사실을 알았습니다. 제가 너무 철부지였지요."

아내는 사내가 너무 측은했다. 그런데 남편은 사내가 이상하게 보였다. 정말 일부러 부도를 내고 이 산골로 도망쳐 왔을지도 몰랐다. 예전에 투자하라면서 자기를 끌어들였던 그 친구도 회사

부도 처리를 하면서 뒤로는 돈을 빼돌려 외국으로 도피했다.

"이 부근에 이와 같은 집을 구할 수 없나요?"

사내가 남편에게 물었다.

"아직도 젊으신데 재기하셔야지요. 이런 산속에 묻혀서 살수 있나요. 우리야 이제 세상을 거의 살았으니까 여기도 좋지만……"

남편의 말에 사내는 고개를 끄덕이면서 아무 말도 하지 않았다.

사내는 식사 시간을 제외하고는 방에서 나오지 않았다.

여자와 남편은 사내가 궁금했다.

둘째 날도 사내는 하루 종일 방에서 살았다.

점심시간에 여자가 식사를 차려 방으로 들어갔는데, 사내는 리시버를 귀에 꽂은 채 방바닥에 엎드려 뭔가 쓰다가 노트를 얼른 거두어버렸다. 여자는 당황하는 듯한 사내의 표정에 미안해서 얼른 밥상을 두고 나와버렸다.

그날 저녁에 남편에게 그 말을 했다. 남편은 그날 밤 악몽에 시달렸다. 미국에 사는 배신한 친구가 그를 찾아왔다. 두렵고 화가 치밀어서 남편은 문을 열어주지 않았다. 그런데 친구가 문을 부수고 들어와 안방을 차지해버렸다. 그리고 며칠을 눌러살았다. 그러더니 이 집으로 사람들이 몰려와서는 그들 부부를 강제로 내쫓았다.

남편은 소리를 지르면서 꿈에서 깨어났다. 온몸이 땀으로 젖어 있었다. 꿈에서 깨는 바람에 잠이 달아나버렸다. 그런데 마루 건너에 있는 그 사내가 묵고 있는 방에서 이상한 소리가 들리는 것 같았다. 그는 살그머니 일어나 마루로 나왔다. 무릎으로 걸어서 사내가 묵고 있는 방으로 다가갔다. 무슨 소리가 들리는 듯하였는데, 아무 소리도 안 들렸다. 고개를 갸웃거리면서 남편은 방으로 들어왔다.

다시 겨우 눈을 붙였다. 그런데 이번에는 뿔 달린 괴물이 그를 향해 돌진해왔다. 이리저리 피해도 괴물은 끈질기게 다가왔다. 남편은 집 안에 있는 공기소총으로 괴물을 쏘았다. 그러나 괴물은 끄덕하지 않았다. 새벽이 되도록 남편은 악몽에 시달렸다.

사내는 이른 새벽에 일어나 산으로 올라갔다. 그는 작은 배낭을 메고 있었다.

남편은 마당에 나와 어스름 미명에 산으로 올라가는 사내의 뒷모습이 사라질 때까지 지켜보았다. 사내는 이른 아침 초록 숲 속으로 마치 산신령처럼 사라져버렸다.

사내가 돌아온 것은 그날 오후였다. 아침도 안 먹고 산에 오른 사내는 별로 지쳐 보이지 않았다.

"저 능선을 넘어서 다른 동네로 내려가보았지요."

사내는 뭔가 새로운 것을 발견이나 한 듯 얼굴을 펴고 말했다.

"그 동네에 관광농원을 만들 계획인데요, 아랫길로 내려가려면 한참이나 돌아가야 하는데, 용케도 사잇길을 찾아 다녀오셨군요. 능선을 두 개 넘으면 그 동네가 나오지요."

남편은 사내가 꽤 의욕이 찬 사람이라고 생각했다.

낮

아침에 남편은 이장을 만나러 아랫마을로 내려갔다. 사내는 아침을 먹고서 다시 방으로 들어가 나오지 않았다.

한낮 봄볕이 꽤나 청명했다. 나무 이파리 위에서 햇살이 말을 할 듯이 튀었다.

여자가 사내의 점심상을 마련하고 방으로 들어가려는데, 고개 위로 사람 둘이 눈에 들어왔다. 여자는 고개를 갸웃거리면서 상을 사내의 방으로 들여놓았다.

사내가 점심상을 물렸을 때야 마당으로 사람 둘이 들어왔다. 이장이 지서 경찰관을 데리고 왔다.

여자는 무슨 영문인지 몰라 당황했다.

"여기 낯선 사람이 들어와 있다면서요?"

이장이 흐흠 기침을 하면서 뒤 울로 사라져버리자 경찰관이 사내가 든 방을 눈짓하면서 여자에게 물었다. 여자는 대답할 말을 찾지 못했다.

"저 방이지요?"

경찰관이 ㄱ자로 꺾인 끝 방문 앞에서 기침을 하더니 노크를 하려는데, 사내가 마루로 나왔다.

"잠깐 여쭤볼 말이 있어서 그러는데요. 같이 지서에 가십시다."

사내의 얼굴이 굳어지더니 눈으로 여자를 쳐다보았다. 여자는 너무 당혹스러워서 사내의 눈길을 피했다. 뒤 울로 갔던 이장이 마당으로 들어왔다.

사내가 방에서 나와 신을 신었다.

"소지품들을 다 갖고 나와요."

경찰관의 목소리가 약간 튀었다.

사내는 다시 들어가 가방과 배낭을 들고 나왔다.

"갑시다."

경관이 앞장을 서고 사내가 가운데, 그리고 그 뒤를 이장이 따랐다.

여자는 어안이 벙벙했다.

사내는 마당을 나서다가 고개를 돌렸다. 여자는 얼굴이 달아올라 사내를 바로 볼 수 없었다. 사내의 당혹해하는 표정을 대할 수가 없었다.

저녁에 남편이 돌아오자 사내가 지서에 연행되어 갔다는 말을 전했다.

"거참, 이장이 일을 저질렀는데. 내가 그 사내 이야기를 했더니 이장이 지서에 알려야 한다더니 기어이 데리고 갔군. 난 만류했는데, 뭐 아무 일 없으면 곧 돌아오겠지. 조사를 받아도 문제

76

가 없다면 우리도 안심하고 그 사람을 묵게 할 수 있지 않겠어?"

남편은 아내의 민망스러운 눈총을 피하면서 변명 삼아 말했다.

사내는 경찰관 앞에서 주민등록증과 가방에 들어 있는 모든 물품을 모두 꺼냈다.

주민등록증을 받아 든 경찰관은 그것을 다른 직원에게 넘겼다.

"당신, 그 집에 머물면서 뭘 하고 있었소?"

"죽을까 살까 그런 궁리를 했습니다."

"지금 장난하는 거요? 당신이 처음 그 집에 갔다가 밥을 얻어먹고 급히 나왔다고 하는데 어딜 갔다 왔소?"

사내는 사실대로 오대산 월정사 부근에서 농장을 하는 친구를 찾아갔다가 봉변을 당한 일을 말했다.

"당신, 그 친구와 동업했지요? 그 친구가 부도를 내고 뺑소니쳤다던데. 그 근방 농부들 돈을 이십 억이나 빼돌렸어. 당신도 한패지?"

사내는 어처구니없었다.

"제가 한패리면 왜 그곳에 갔겠어요? 제가 혹시 그 친구와 의논해서 이 좋은 산속에서 살아갈 방도를 얻을 수 있을까 하고 갔는데……"

"당신 산골에 다니면서 사기 치려는 거 아니오. 그 강 선생에게 접근해서……"

"아닙니다. 제가 어떻게 그 성자 같으신 분들을 상대로 사기를 치겠습니까?"

"그렇다면 당신 혹시 간첩 아냐? 방 안에만 들어박혀 뭘 했어요?"

경찰관은 그의 소지품에서 두꺼운 노트를 꺼냈다. 뭔가 가득 글이 채워져 있었다.

"이건 그 강 선생 댁 이야기인데, 이렇게 자세히 써서 어디에 보고하려는 거요? 혹시 그분에게 흑심을 품은 거 아니오?"

"무슨 말씀을……"

사내는 저녁이 되도록 조사를 받고는 다음 날 아침에 지서에서 나왔다. 흐린 날씨에 하늘까지 침침했다. 눈앞이 침침했다. 날이 어두웠고 갈 곳이 없었다. 그는 무작정 산으로 올랐다.

한낮의 태양이 머리 위에 부서질 때에는 산이 온통 진초록이었는데, 지금은 온통 어둠이다. 그래도 사내는 그 선량한 부부를 만나겠다는 생각에 이제는 조금 익숙해진 그 길을 오르기 시작했다. 사위는 온통 어둠인데, 그는 손전등 불빛 하나를 의지해서 걸어갔다. 나 때문에 그분들이 얼마나 마음고생을 했을까. 내가 잘못이었지. 사내는 밥상을 들여놓다가 자기를 보고서 주춤거리면서 당혹해하던 여자의 표정이 떠올랐다. 오해를 풀어야지. 그들이 나를 의심하면서도 얼마나 괴로웠을까?

사내는 한밤중이 되어서 그 집 앞에 이르렀다. 어둠으로 뒤덮인 산속에 석유 등잔불이 창을 하얗게 밝히고 있다. 사내는 한참이나 집 앞 마당 어귀에 서 있었다. 그 집과는 불과 10여

미터 거리에 있다. 그런데 마음이 자꾸 흔들렸다. 손전등을 껐다. 사내가 서 있는 주위로 어둠이 확 몰려들면서 그를 옥죄었다. 눈앞에 산이 벽처럼 막아서 있는데, 그 벽을 허물고 석유 등잔불빛이 새어 나왔다. 그 불빛을 보노라니 사내는 눈물이 나왔다. 그는 하늘을 올려다보았다. 산으로 올라올 때에는 하나둘 떠 있던 별들이 구름에 가려서 침침했다. 그는 마당으로 들어서려다가 되돌아섰다.

저 산속 어디에 다른 집이 또 있겠지. 사내는 손전등을 켰다. 그저께 아침에 탔던 그 길로 접어들었다.

아침

사흘이 지나서 마을 이장이 경찰관을 데리고 그 집으로 왔다. 경찰관이 남편에게 노트를 한 권 건넸다.

"어제 낮에, 전에 이 집에 묵었던 사내의 시신을 찾았습니다. 수지품에 이것이 있었는데, 꼭 선생에게 전해달라는 쪽지가 있더군요."

남편은 아침에 그 사내가 시신으로 발견되었다는 소문을 들었다.

"그곳으로 가려면 우리 집을 지나야 하는데, 왜 우리 집에 안 들렀을까요?"

아내는 남편을 쳐다보면서 물었다. 남편은 아무 대답도 못 했다.

"우리가 너무 박정하게 대했던 거 아닐까요?"

여자의 목소리에 물기가 끼었다. 남편은 아무 대답도 하지 않았다.

"펴보세요."

경찰관은 남편이 그 노트를 받고 그냥 툇마루에 놓아버리자 고개를 주억거리면서 말했다.

남편이 마지못해 그 노트를 폈다. 그 안에는 만 원짜리 몇 장이 나왔다.

"그것도 꼭 선생에게 전하라고 씌어 있었어요. 며칠 묵으면서 신세 져서 고맙다고 적혀 있어요."

남편은 노트를 다시 폈다. 맨 마지막 장에 흐트러진 글씨로 이렇게 씌어 있었다.

며칠 동안 고마웠습니다. 이 작은 돈은 제 고마운 마음이고요, 이 노트의 내용은 제가 누구에게라도 하고 싶었던 말입니다.

남편은 노트를 덮었다.

"하고 싶은 말이 많은 사내였는데, 외로웠는가 봅니다. 참 못나긴, 살아야 말을 하지, 죽어서야 무슨 말을 할 수 있나? 미련하긴."

경찰관이 중얼거리면서 되돌아섰다.

　1.5톤 작은 화물차가 지서 앞에 섰다. 운전석에서 남편이 내려서 지서 안으로 들어갔다. 조수석에 앉아 있는 아내는 남편의 뒷모습을 바라보다가 고개를 돌려버렸다.
　잠시 후에 남편이 지서에서 나왔다. 그 뒤에 이장과 경찰관이 따라나왔다.
　"제가 이 산에서 살 자격이 없었나 봅니다. 공연히 도시 물에 절은 주제에 산 사람이 된다고 해봤는데, 산도 제대로 모르고, 사람도 모르는 주제에 산과 더불어 산다고 했으니……"
　더듬거리는 남편의 얼굴은 서울에서 떠날 때처럼 어두운 표정을 지우지 못했다.
　1.5톤 트럭이 부르릉 엔진 소리를 내며 움직였다. 지서 앞에 선 이장과 경찰관이 손을 흔들었다. 트럭은 산과 산 사이로 난 국도를 따라 서울로 달려갔다.

유리 벽

1

월요일 산행을 위해 집을 나서는데, 그의 사고 소식을 들었다.

배낭을 둘러메고 현관문을 나서자, 등 뒤에서 전화벨 소리가 요란스럽게 들려왔다. 나는 잠시 주춤했다. 여보. 아내가 전화기를 내밀었다. 나광석 목사님 댁인가요? 잡음이 어지럽게 끼어든 사이로 굵은 남자 목소리가 들려왔다.

"여기는 경찰인데요, 채민이라고 아시지요?"

지편에서는 사고 시점 위치를 대강 설명하고서 통화를 끝냈다. 나는 배낭을 놔둔 채 집을 나섰다. 무엇에 홀린 기분이었다.

어제 1부 예배 후에 교인들과 인사를 나누고 나서 내 방으로 들어오는데, 그가 내게 다가왔다.

"잠시 차라도 한잔할 시간 있겠어? 참, 곧 이 부 예배가 시작되지?"

그는 내 손을 잡은 채 했던 말을 얼른 거두어버렸다. 20분 후에 다시 예배가 시작된다.

"삼 부까지 예배를 드리고 나서는 시간이 어때? 참 예배 후에 시간 좀 낼 수 없을까? 같이 가까운 산에나 가려고. 저녁 예배 두 시간 전까지 돌아오면 되지 않겠나?"

그는 빙긋이 웃으면서 엉뚱한 제안을 했다. 주일에 교회 목사에게 산에 가자는 그의 제안을 나는 진정으로 듣지 않았다. 흉허물 없는 사이라, 안식을 취하도록 정해진 주일날이 오히려 더 바빠야 하는 나를 야유하면서 위로하는 말이라고 받아들였다.

"이 사람, 산에 뭐 좋은 것이라도 묻어두고 왔나?"

"아니, 오늘 나 목사와 산에 가고 싶어서 그래. 옛날 생각이 나기도 하고……"

우리는 신학대학원 시절 대학 뒷산을 자주 올랐다. 그러다가 나는 교회 목회를 하게 되고, 그는 기업에 입사하면서 같이 산행할 기회는 1년에 고작 한두 번 정도였다.

"그러지 말고, 내일 저녁이나 같이하자."

나는 그와 함께 내 방으로 가면서 시간을 내지 못하는 미안함을 메우려 제안했다. 목회자인 나는 월요일이 휴일이다.

"알았어. 내일 전화할게."

그렇게 헤어졌는데, 결국 사고 소식을 전해 듣게 된 것이다.

핸들을 잡은 손에 땀이 촉촉이 뱄다. 어제 그는 혼자 산에 갔는가? 나는 월요일마다 산에 오르지만, 그가 바빠지면서 함께 산에 오를 기회를 자주 갖지 못했다. 그러나 그는 중요한 선택을 할 때마다 산을 찾았다. 신학대학원 마지막 학기에 목회자의 길을 포기하려 했을 때, 아내와 결혼을 결심할 때, 두 해 전 경리부장으로 승진하면서 회사 비자금 관리를 맡게 되었을 때, 그는 주일에 산에 오르면서 결정을 했다고 했다. 그때마다 그는 내게 동행을 원했지만, 한 번밖에 그의 청을 들어주지 못했다. 나는 이미 교회를 맡아 목회를 하는 처지에 일요일 등산을 할 수 없었다. 내가 들어주지 못할 것을 빤히 알면서 그는 어제처럼 꼭 동행을 원했다. 어제 함께 산에 갔다면 사고를 면할 수도 있었을 것이다. 빤히 내 처지를 알면서도 산행을 제안한 것은 예삿일이 아니었다. 나는 어쩐지 사고를 방조한 것 같은 자책감을 가지면서, 그 사고가 어쩌면 자살일지도 모른다는 생각이 문득 들었다.

과천 성당을 지나 우회전해서 개천을 따라 계속 일방통행로를 따라가는데, 등산로 입구에 순찰차와 119구급차가 대기하고 있었다.

"나 목사님이십니까?"

휴대전화를 든 서른 남짓한 사내가 과천 경찰서 형사라고 자신을 소개했다.

"목사님은 그 사람과 매우 가까운 사인가 보죠. 가족도 놔두고 연락이 가도록 준비해둔 것을 보면……"

형사는 등산로로 들어서면서 물었다. 그는 내 대답을 듣지도 않고 두어 걸음 앞장섰다. 정말 죽었느냐고 묻고 싶었지만 확인하는 것이 두려웠다. 얼마를 올랐더니 등산로 표지판이 보였다. 형사는 연주암으로 가는 코스가 아니라 오른편에 난 좁은 길로 들어섰다. 키 큰 나무들이 숲을 이루고 있었고 능선 왼편 낭떠러지를 끼고 길이 나 있었다. 나도 몇 번 다녀서 익숙한 길이었다.

"어떤 사이입니까?"

형사는 두어 걸음 뒤져서 걷는 나를 뒤돌아보면서 물었다.

"친굽니다. 대학과 신학대학원에서 같이 공부했습니다."

"그분도 목산가요?"

"아닙니다. 세웅그룹 모기업인 세웅물산 경리부장입니다."

"경리부장이요?"

형사의 표정이 팽팽해지더니, 들고 있던 무전기로 어딘가 통화했다.

"나이는?"

"오십칠 년생이니까……"

"회사 생활에 문제가 있었던가요?"

"능력을 인정받은 걸로 알고 있습니다. 일 처리가 분명하고, 머리가 비상한데, 성실하기까지 하지요. 그래서 퍽 신뢰를 받고 있었던 것으로 압니다."

"아니, 신학교를 다녔다면서요?"

형사는 신학대학 출신이 기업 경리부장이라는 사실을 의아하

게 받아들였다. 나는 그가 명문대 법과를 나와 목회자의 길을
가기 위해 신학대학원에 입학한 사정을 설명했다.

"가정은 원만한가요?"

"예. 부부 금실도 좋고, 일곱 살짜리 아들과 다섯 살짜리 딸
이 있는데, 모두 귀엽고 똑똑합니다. 고향에는 고등학교 교편을
잡는 동생이 노모를 모시고 있고⋯⋯"

나는 고등학교 음악 선생이면서 우리 교회 1부 성가대 반주
를 맡고 있는 그의 부인에 대해서도 말했다.

"왜 목회자의 길을 포기했던가요?"

"부인을 만나 사랑을 하면서였지요. 고통스러운 목회자의 길
보다는 평범한 행복을 바라면서 살고 싶다고 했어요. 그러나 사
실은 한 여자를 사랑하게 되면서, 더 큰 세속적 욕망을 갖게 되
었을 겁니다."

나는 평소 그에 대해 갖고 있었던 생각을 말해버렸다.

"직장에서는 문제가 없었던가요?"

"입사 동기생들보다 승진도 빨랐고, 특히 지난달 방계 건설
회사로 자리를 옮긴 부회장에게 신임을 받아 중요한 일을 맡았
지요."

"교회 생활은 어땠나요?"

나는 얼른 대답을 못 했다. 그는 부인의 권유에 못 이겨 주일
이나 지키는 일요일 교인이었고, 한국 교회 제도나 현실을 비판
하는 까다로운 신자였다. 그러나 십일조 헌금은 거르지 않았다.

그러한 사실은 말하지 않았다.

"성격적으로는 무슨 결함이 없었던가요?"

"너무 순수한 것이 탈이라고 할까요. 남에게 피해를 안 주려는, 그 점에서는 까다롭지요. 자신에게는 엄격하고 타인에게는 관대했다고 할까요."

나는 그를 누구보다도 잘 알고 있었다. 그는 문제가 있으면 내게 속사정을 털어놓았다. 나를 목사로 신뢰하기보다는 친구로서 더 가깝게 생각하고 있었다.

"혹시 그에게 자살할 만한 이유가 있다고 생각하십니까?"

"자살이라니요? 그가 자살을 했나요?"

형사는 내가 당황하자 입을 다물었다. 갑자기 주위가 조용했다. 찌직찌직. 어디선가 산새 소리가 났다. 짐승의 발소리도 들려오는 것 같았다. 나는 그 적막에 갇혀서 몸이 움직여지지 않았다. 그가 불쑥 숲에서 튀어나올 것 같았다. 주위를 돌아봤다. 잎이 진 나뭇가지들이 싸늘한 하늘을 향해 가슴을 벌리고 있었다. 앙상한 나뭇가지 사이로 하늘이 보였다.

"어서 가시지요."

형사가 멍청하게 서 있는 나를 재촉했다.

경사가 심한 고개를 넘으니 길이 완만하게 이어졌다. 왼쪽은 깊숙한 낭떠러지인데 키 큰 상수리나무와 단풍나무 새에 드문드문 소나무들도 끼어 숲을 이루고 있었다. 쌓인 낙엽 위로 다람쥐가 이따금 지나갔다.

그 건너에서 두런거리는 사람 소리가 났다.

길가에서 왼편으로 10여 미터 내려간 곳에 사내 둘이 노란 끈으로 경계를 가르는 줄을 치고 있었다. 두 가닥으로 갈라져서 뻗어 오른 상수리나무 가지에 하얀 밧줄이 대롱대롱 걸려 있었다. 나는 가슴이 철렁 내려앉았다. 주위를 돌아봤다. 좀 떨어진 곳에 들것이 있었는데, 그 위에 하얀 천이 덮여 있었다.

"이분이 나 목사님이십니다."

지금까지 나를 안내하던 형사가 다른 사내에게 나를 소개했다.

"수고하십니다. 저는 경찰서 수사팀에서 나왔습니다."

반장은 호주머니에서 종이쪽지를 꺼내 내게 건네면서 자기를 소개했다.

'나병규 목사에게 연락해주십시오. 전화 564-3361~4. 563-2729.'

하얀 종이에 청색 사인펜으로 갈겨쓴 글씨는 첫눈에도 그의 필체임이 분명했다.

"그 친구 글씨 맞지요?"

"예."

나를 안내했던 형사가 들것 위에 덮여 있는 천을 걷었다. 그가 편안하게 잠자듯이 누워 있었다. 안색은 이미 거무스름하게 변색되어 있었다. 눈앞으로 뽀얀 물안개가 몰려왔다. 나는 뒤로 한 걸음 물러서면서 눈을 감았다가 다시 떴다. 채민이 분명했다. 회색 바탕에 적갈색 사방 연속무늬 남방셔츠와 황갈색 조끼

를 입었고, 무릎까지만 오는 회색 바지에 등산 스타킹 차림이
다. 들것 옆에 등산화 두 짝이 나란히 놓여 있었다. 신을 벗고
목을 맨 것이다. 나는 목이 탁 막히면서 울음덩이가 치밀었다.

"조끼 주머니에 이 쪽지와 핸드폰이 있었어요. 누구든지 먼
저 발견하는 사람이 목사님께 알리도록 한 것입니다."

반장은 처음 현장을 목격한 오십 대 남자의 설명이라면서 전
했다. 나는 어제 연락하겠다던 그의 목소리가 생각났다. 이럴
줄 알았으면, 예배를 끝내고 같이 산에 올걸. 그를 외면한 내가
안타까웠다. 어제 교회에서 날 만났을 때부터 이미 죽음을 준비
하고 있었던가?

반장은 형사들에게 현장 보존을 당부하고는 시신을 옮기도록
지시했다. 나는 그가 매달렸던 그 참나무 가지에 대롱대롱 드리
워져 있는 오랏줄을 바라보다가 몸을 돌렸다.

일행이 산기슭에 내려왔을 때였다. 그의 부인이 안전 구조원
의 부축을 받으면서 올라오다가 일행을 보더니 멍청해졌다. 그
러다가 나를 알아보고는 입술을 달싹거렸다. 목사님. 나는 그녀
의 울음 섞인 소리를 알아들었다.

부인은 들것을 보더니 불쑥 앞으로 나오면서 팽팽한 눈초리
로 나를 노려보았다. 부인이 들것을 붙잡더니,

"목사님, 그이가 어디 있어요?"

그녀의 목소리는 들릴락 말락 했다. 그녀는 나를 쳐다볼 뿐
들것에 씌워져 있는 하얀 천을 걷지 못했다. 나는 아무 말도 하

지 못했다. 부인의 얼굴이 하얗게 변하더니 비틀거렸다.

2

경찰 병원으로 옮긴 시신을 부검한 결과 자살로 판명되었다. 그러나 유족들은 믿지 않았다. 나도 믿을 수 없었다. 시골에서 소식을 듣고 올라온 그의 일흔 노모나 그의 부인은 자살을 가장한 타살이라고 주장했다. 소식을 듣고 달려온 친구들 중 누구도 그의 자살을 믿지 않았다.

나는 병원 영안실에서 밤샘을 하고 새벽이 되어서야 눈을 좀 붙이려고 집으로 돌아왔다. 아파트 문 앞에 떨어져 있는 조간신문을 들고 거실로 들어오는데, 네모진 그의 여권용 사진과 함께 '세웅상사 경리부장 회사 돈 20억 착복…… 자살'이라는 활자가 스쳐 지나갔다.

나는 단숨에 기사를 읽었다. 일류 대학을 나오고, 한때 목회자가 되려던 채민은 회사에서 촉망받던 중견 사원이었다. 상사로부터 특별한 신임을 받아 회사 비자금을 관리하던 중에, 돈을 유용해 개인 용도로 쓰면서 문제가 커졌다. 증권에 투자해서 재미를 얻다가 금년에 막대한 손실을 보았고, 그 손실을 보충할 대책이 없자, 자포자기 상태에 빠져 경마, 포커, 술과 여자로 그 불안을 해소하려 했는데, 결국 자살을 하게 되었다.

나는 신문을 든 채 집을 나왔다. 아내가 그 기사를 읽을까 두려웠다. 목사 사택에서 나와 교회 내 집무실로 들어와 신문을 펼쳐놓았다. 그의 사진을 보면서 다시 기사를 읽었다. 그의 죽음도 믿을 수 없었지만, 그 기사는 더욱 믿을 수 없었다.

빈소에 들렀더니, 분위기가 이상했다. 부인도 안 보였고, 노모는 빈소를 등에 두고 벽을 향해 앉아 있었다. 사람들도 몇 안 보였다. 그의 동생만이 빈소를 지키고 있었다.

"그놈은 내 아들이 아니여!"

노인은 나를 보더니 '헉' 하고 거친 숨을 내쉬면서 손을 내저으며 울먹이기 시작했다. 손님들이 소곤거리다가 비실비실 자리를 떴다.

"민 선생은 어디 갔는가?"

나는 그의 동생에게 그의 부인이 어딨는지 물었다.

"어머님이 다 집으로 돌려보냈습니다."

"왜?"

"아직도 세상 살 날이 많은데, 조문객들에게 부끄러운 모습 보이면서 앉아 있어 뭘 하겠느냐는 것입니다. 조문객들이 혹시 형님의 그 치욕스런 모습을 형수님이나 조카들에게서 찾으려 할까 두려우신 것이지요."

"내가 다 보냈다. 이 어미가 차마 개들 못 보겠더라. 죽은 놈은 안 봐서 좋겠지만 산 사람은 어찌 살라고? 칠칠맞지 못한 것, 지 한 짓은 지가 갚고 가야지."

노모는 역정을 내면서 죽은 아들을 원망했다.

나는 그 노모의 모진 마음이 이해가 갔다.

"각 언론사에 전화해서, 그 기사에 대해 책임을 질 수 있느냐고 따졌습니다. 형님은 그럴 분이 아닙니다. 설사 회사 돈을 썼다고 하지만, 그럴 만한 내막이 있었을 겁니다. 왜 회사에서는 죽은 사람에게 다시 매질을 합니까. 묻혀서 봉분에 흙이라도 마른 후에 밝혀도 될 일인데……"

동생은 회사를 향해 분통을 터뜨렸다. 그런 와중에서도 나는 죽은 자를 장사 지내는 일에 마음을 썼다. 모든 의식의 집례를 내가 맡았다. 목사로서는 곤혹스러운 일이었다. 교회의 관례나 신앙의 측면보다는, 인간의 정리를 더 소중하게 생각할 수밖에 없었다. 그런데 고인에 대해 근거도 확실하지 않은 이야기들이 떠돌아다니는 바람에 난처했다.

장례 전날이었다. 내가 담임하는 교회 장로 몇이 직접 찾아와서 내게 권고했다.

"목사님, 이 장례 집례는 하지 마십시오. 나중에 구설수에 오르게 됩니다."

6년 전에 직접 개척해서 시작한 교회는 매 주일 2천여 명이 예배드릴 정도로 성장했다. 새로운 성장 모델이 되는 교회라고 소문이 자자하였다. 장로들은 나를 잘 도와주었다. 한 번도 내 생각과 맞서는 일이 없었다. 그런 장로들이 주저하는 기색도 없이 이 장례를 집례하지 말라고 권하는 것이었다.

나는 한마디로 그 권고를 거절했다. 장례 일체를 내가 맡아서 처리했다.

나는 그의 장례를 치른 다음 날에 그가 근무했던 회사로 찾아갔다.

소문이 퍼진 날부터 회사 동료들의 조문은 눈에 띄게 줄어들었고, 조문을 왔다가도 겨우 분향만 하고 총총히 사라졌다. 그런 중에서도, 그의 바로 밑에서 일했다는 장 과장은 장지까지 따라왔다. 그는 내 곁에서 일을 도왔다. 회사 간부들은 조화만 보내놓고 아무도 나타나지 않았다.

나는 그에게 고맙다는 인사부터 했다.

"저희야 뭐 몸으로 때웠지만, 목사님이야 얼마나 마음고생이 크셨겠습니까?"

장 과장과 나는 사무실 옆 휴게실에서 자판기 커피를 마시면서 서로 위로했다.

"기자들이 회사엘 들른 모양이지요?"

나는 그의 죽음에 대한 신문과 방송 보도 내용을 이야기하면서 회사 임원을 한 사람 만나고 싶다고 전했다.

"경리 담당 이사님을 만나보시죠. 지난달 사장단 인사이동 때, 사장이 갈리면서 이사도 갈렸는데, 새로 부임해 왔습니다."

장 과장은 나를 이사실로 안내해주었다.

나는 망인의 친구라고 소개하고서 의례적인 인사를 나누었다.

"돈 문제가 아니라, 회장님 이하 전 직원들은 일종의 배신감을 느낍니다. 윗분들의 사랑을 많이 받았던 사람이, 그것을 이용해서 그런 엄청난 일을 저질렀으니 그럴 만하지요. 이번에 만약 사장단 인사가 없어서 예전 사장이 그냥 그를 믿고 놔뒀다면, 아마 그 친구, 그 자금을 전부 말아먹었을 것입니다. 지난번 사장님은 한번 사람을 믿으면 끝까지 믿었거든요. 그래서 광열쇠를 맡겼는데, 그런 일을 저질렀으니, 말이 됩니까. 아무리 세상인심이 각박하다 하더라도. 전 이 자리에 온지 얼마 되지 않아서 책임이 없습니다만, 막상 일을 당하고 보니, 인간적인 배신감이 큽니다."

그 사람은 장황하게 채민의 부도덕함을 비난했다.

"정확한 액수는 얼마인가요?"

이사는 나를 빤히 쳐다보았다. 당신이 그 돈을 변상하겠느냐는 표정이었다.

"확실히 따져보지는 않았습니다만, 한 이삼십억쯤 될 겁니다."

그의 표정이 애매했다.

"그 많은 돈을 그가 혼자서……"

"혼자서라니요? 그러면 누구와 공모를 했단 말인가요?"

나는 웃으면서 고개를 저었다. 그러나 보도 기사에 대해서는 더 확인할 것이 있었다. 여전히 그의 죽음에 대해서 뭔가 미심쩍었다. 나는 더 묻지 않고 방을 나와버렸다.

"시중에 떠돌아다니는 말을 믿지 마십시오. 채 부장님은 제가 잘 압니다."

장 과장은 나를 배웅하면서 한마디 했다. 그 말이 그저 단순한 위로의 말이라고 해도 나는 마음이 좀 가라앉았다.

"죽은 친구에 대한 이야기를 장 과장님께 들었으면 합니다."

"제가 뭐 드릴 말씀이 있겠습니까? 요즘 세상에는 한 이불 속에서 잠자리를 같이하는 부부지간에도 피차 너무 많이 모르고 사는데요. 그러고 보면 사람들이 참 고독한 존재지요?"

그가 엘리베이터까지 따라오면서 위로의 말을 했다.

"참, 채 부장님 친구가 있는데, 한번 만나보시죠. 한국증권 여의도 지점 원 차장이라고, 그는 아마 제가 모르는 것을 알고 있을지 모릅니다."

문득 생각난 듯이 그는 자기 명함 뒷면에 원 차장의 전화번호를 적어주었다. 나는 그것을 받으면서, 장 과장이 미리 그런 준비를 해둔 것처럼 생각되었다. 엘리베이터 문이 닫혔다. 안에는 아무도 없다. 혼자 고속으로 내려가는 작은 쇠 상자 안에서 문득 '혼자'라는 것이 실감났다. 죽은 채민이 내게 등을 돌리고서 있다. 내가 이따금 그의 회사를 찾아가면 그는 나와 같이 엘리베이터를 타고 내려갔다. 그날 예배 후 교회 뜰에서 만났을 때 그의 표정을 그대로 등 뒤로도 느낄 수 있었다. 엘리베이터가 멎고 문이 열렸다.

"언제 내가 연락할게."

그는 급히 빠져나가는 내 등을 향해 중얼거렸다. 1층 현관문 앞에 섰을 때, 그가 뒤따라오는 것 같아서 뒤돌아봤다. 너른 로비에는 초록색 유니폼을 입은 여자 안내원이 마네킹처럼 앉아 있을 뿐, 주위는 텅 비어 있었다.

나는 그 친구에 대해 아는 것이 무엇인가를 곰곰이 생각해보았다. 나만이 아닐 것이다. 그의 부인이나 어머니까지도 그에 대해서 아는 것보다 모르는 것이 더 많을 것이다. 안다고 해도 잘못 알고 있는 것이 많을 것이다. 나도 그렇다. 그렇다면, 그에 대한 기사도 상당 부분 사실이 아닐 수도 있다. 그러나 모든 사람이 그 기사를 믿는다. 부인과 아이들과 그를 낳고 길렀고 모든 애정을 다 쏟았던 어머니까지도 그 기사를 믿고 그를 용서하지 않으려 했다.

3

그를 땅에 묻고 돌아온 날부터 나는 그의 생각에서 헤어나질 못했다.

내 방에서 성경을 읽다가, 또는 기도를 마치고 고개를 들면, 그가 내 옆에 서 있곤 했다. 강단에서 설교를 하다가도 문득 예배실 출입구 쪽으로 눈길이 가면, 그가 성큼성큼 예배실로 들어오곤 했다. 예배를 마치고 교인들과 인사를 나눌 때에도, 그가 교인들 틈에 끼어 나오다가 내 곁을 슬쩍 지나쳐버리기도 했다.

교인들을 다 보내고 내 방으로 돌아오는데, 그가 다가와 '나 목사' 하고 어깨를 툭 쳤다. 오늘 바빠? 시간 있으면 나하고 산에 갈까? 그 목소리가 귓가를 어지럽게 흔들어놓았다.

가슴 아픈 일은 그의 죽음만이 아니었다. 교인들 가운데서 몇몇 사람이 그의 죽음에 얽힌 불확실한 이야기들을 은밀하게 퍼뜨렸다. 그의 부인은 사람들 보기가 부끄럽다고 교회 출석을 어려워하더니, 성가대 반주를 사임하겠다는 뜻을 전해왔다.

장로들도 드러내놓고 말하지는 않았으나, 내가 그의 장례를 맡아 처리했다는 사실을 좋게 보지 않았다. '아무리 친구지만, 당신은 개인 나광석이 아니라, 새나라교회 담임 목사라는 것을 잊어버렸소?' 그런 비난이 소리 없이 내게 들려왔다.

장례 후 일주일이 지나서였다. 그의 부인이 사택으로 나를 찾아왔다. 딴 사람처럼 얼굴이 초췌했다.

"죄송합니다. 목사님께까지 누를 끼쳐드리게 되어서."

그녀는 교회 안팎에서 흘러 다니는 이야기들을 알고 있었다.

나는 그날 산에 가자던 그의 청을 받아주지 못한 사실을 털어놓았다.

부인은 듣기만 하고 잠잠했다. 바지 입은 무릎 위에 손가락으로 무엇인가를 되풀이해서 쓰고 있었다.

"그이는 사람에게서 위로를 얻지 못할 분이었습니다. 아마 제게서도 위로를 얻지 못했으니까, 결국 죽음을 택했겠지요. 그래서 빨리 주님 앞으로 가서 위로를 받으려 했는지 모르지요. 설령 목사님과 같이 산행에 갔다 하더라도, 그이는 죽었을 겁니다."

고개를 들고 나를 물끄러미 쳐다보면서 부인은 담담하게 말했다. 나는 부인의 말에서 그가 아무에게도 위로를 얻지 못했다는 말이 이해되지 않았다. 그는 매사에 적극적이었다. 아내에 대한 사랑도 열정적이었고, 일을 한번 시작했다 하면 전력을 쏟았다. 주위 사람들은 그의 그런 태도를 부러워했다.

부인은 당분간 교회를 나오지 못할 것 같다면서 성가대 반주자를 사임하겠다고 했다.

며칠 후에는 또 고향에서 교편을 잡는 그의 동생이 긴 편지를 보내왔다.

의례적인 인사에 이어, 세웅그룹 내부 사정이 상세하게 써 있었다. 일흔이 넘은 회장은 5형제나 되는 자식들 중에 후계자를 정하지 않아, 자식들은 은밀히 후계자 다툼을 치열하게 벌이고 있다. 장자보다는 셋째가 성실할 뿐만 아니라, 기업 경영 능력도 갖고 있어서, 회장은 그 아들을 마음에 두고 있었다. 그런데 그 눈치를 챈 큰아들과 그 추종 세력들이 가만 있지 않았다. 그래서 애초부터 사업에 관심이 없어 의사의 길을 택한 둘째를 제외하고 큰아들과 셋째 아들 간에 치열한 다툼이 시작되었다. 지난해 9월까지는 셋째가 부회장으로 그룹 내 모기업인 세웅상사 사장을 맡았다. 바로 후계자 자리였다. 역시 부회장으로 세웅건설 사장을 맡고 있던 큰아들이 호시탐탐 기회를 엿보고 있었다. 그룹 비자금은 세웅상사에서 관리하고 있었는데, 그것이 잘못 운용되고 있다는 투서를 회장이 받게 되었다. 회장은 은밀히 그 내막을 조사했다. 그 결과, 실무 관리자인 채 경리부장이 그 자금을 빼돌려 증권에 투자했다가 막대한 손해를 봤다는 사실이 드러났다. 더구나 채 부장의 사생활 문제까지 보고되었다. 셋째 아들은 결국 책임을 지고 형과 자리바꿈을 하여야 했다. 그러나 싸움은 자리바꿈으로 끝나지 않았다. 첫째 아들 측에서는 이 기회에 동생의 세력을 완전히 무력화시키려 했다. 채 부장과 셋째에게도 그 책임을 물을 것을 주장했다. 그러한 상황에서 채 부장은 견딜 수 없어서 결국 스스로 목숨을 끊었다. 죽은 자가 말이 없자, 셋째 아들은 모든 것을 채 부장에게 뒤집어씌우고 책임을 모면하려고 했다.

형제지간 세력 다툼에 휘말려, 결국 형 채민은 모든 과오를 혼자 뒤집어쓰고 죽었다고 결론을 지었다. 주식 투자를 했다 하더라도, 소문처럼 비자금을 몰래 빼돌려 한 것이 아니라, 윗사람의 양해하에 비자금 관리 차원에서 했다. 그리고 방대한 비자금 액수에 비해서 주식투자 규모는 일부이고, 그것이 그룹 내에서 큰 문제가 될 사안이 아닌데도, 셋째 아들 측에서는 일부러 사건을 확대해서 사회에 물의를 일으키도록 함으로써 자신은 빠져나오고, 형의 공격을 피하려 했다. 그래서 일부러 언론에 퍼뜨렸다.

"목사님, 아무리 큰 과오를 범했다 하더라도, 죽었으면 주위 사람들은 그 망자의 영혼과 유족을 위로하는 것이 일반적인 예인데, 그 사람들은 오히려 죽은 송장에 매질하듯 했으니 어찌 그럴 수가 있겠습니까? 더구나 유족들에게까지 그처럼 가혹하게 대할 수 있습니까? 목사님께서는 바쁘시더라도, 꼭 이 사건의 내막을 밝혀 형님의 넋을 위로하고, 살아 있는 형수와 조카들의 한을 풀어주십시오. 저는 시골 교사로서 힘이 못 미치는 일입니다만, 목사님이면 가능하리라 생각합니다. 그 장 과장과 이야기를 나누는 가운데 뭔가 사정이 있음을 느꼈습니다. 그들을 만나보면, 좀더 확실한 내막을 알 수 있을 것입니다. 부디 제 청을 물리치지 말아주십시오. 형님의 죽음은 틀림없이 세웅그룹 내부 사정과 관계가 있습니다. 늙은 회장의 후계자 문제로 형제 간에 암투가 심한데, 형이 희생양이 된 거라고 생각됩니다……"

동생의 편지를 다 읽고 나서 나는 사람들이 두려워졌다.

장례를 끝내고 인사차 회사를 찾아갔을 때, 경리담당 이사의 말이 생각났다. 그들이 채 부장을 비난하는 것은 그럴 만한 이유가 있었던 것이다.

나는 장 과장을 만나고 싶었으나, 정작 만나려고 전화기를 몇 번 들었다가도 그만두었다. 그 동생의 편지 내용에 대해 물어보고 싶으면서도 왠지 내키지 않았다. 나는 채민이 회사 돈을 빼돌렸다는 사실을 확인하는 것이 두려웠다.

시간이 지나도 그의 일은 내게서 떠나지 않았다. 그는 내가 잊어버릴 만하면 불쑥 내 앞에 나타났다. 차츰 나타나는 횟수는 줄었지만, 그럴수록 그 모습은 더욱 선명했다. 내가 그를 만난 날이면, 내가 하고 있던 일들이 일시에 정지되었다. 하루 내내 그 친구에 눌려서 아무 일도 손에 잡히지 않을 때도 있었다. 마치 내가 그의 죽음을 묵인하거나 방조한 것이 아닌가 하는 생각을 떨쳐버리지 못했다. 그런 일 때문에 한국증권 원 차장을 만나는 일도 미루어졌다.

그러던 차에 낯선 사내로부터 전화를 받았다.

"전 죽은 채민의 친굽니다. 근간에 몇 번이고 목사님을 뵙고 싶었습니다만……"

그렇게 시작한 통화는 언제 한번 찾아뵙겠다는 말로 끝났다. 다소 불안정한 목소리에 나는 긴장했다. 그의 전화를 받은 그 뒷날부터 그를 기다렸다. 그러나 그 사내는 나타나지 않았다. 그렇게 사흘이 지나서였다. 다시 그의 전화를 받았다.

"요새 화급한 사정으로 뵈올 형편이 못 됩니다. 그런데, 제가 우연히 어떤 주간지에서 채민의 기사를 읽었습니다. 그처럼 착한 놈이 그렇게 되리라고는 생각 못 했습니다. 그래서 곰곰이 생각해보니, 바로 제가 죄인입니다. 저 때문에 그가 죽었습니다. 제가 죽인 거나 매한가지입니다…… 전, 송형철이라고 하는데요, 사실은 제가 그놈에게 너무 신세를 많이 지고 아직도 갚지 못하고 있는데…… 그리고……"

그는 울먹이면서 말했다.

"목사님, 제 사정이 지금은 모든 내막을 다 말씀드릴 형편이 못 됩니다. 언제 찾아뵙고 상세한 말씀을 드리지요. 그럼……”

그는 회사가 어려웠던 때에 급전 5천만 원을 그에게서 빌려 썼는데, 아직도 갚지 못하고 있으며, 아마 그 친구가 그것을 보전하려고 주식투자를 시작했을 것이라고 말했다. 자기는 지금 부도로 피해 다니고 있는 처지지만, 언젠가는 꼭 돈을 갚겠다고 말했다.

“목사님의 전화번호를 제가 겨우 알아내서 이렇게 전화를 드립니다. 다른 사람은 몰라도 목사님과 그의 부인에게만은 이러한 사실을 알려야 될 것 같아서 우선 전화로 말씀드립니다. 언제 제가 찾아뵙고 자세한 내막을 말씀드리겠습니다. 그럼……”

내가 ‘여보세요’ 하면서 더 통화하기를 요구했으나, 저편에서 먼저 통화를 끝냈다.

나는 당혹스러웠다. 전화 한 통에 죽은 친구가 다시 살아난 것처럼 생각되었다.

증권사 원 차장을 만나야겠다고 결심했다.

원 차상은 놀연한 내 방문이 의외라는 듯이 다소 당황해했다. 우리는 장례식 때 서로 인사를 나누었던 사이였다.

“채민의 동생으로부터 이 편지를 받았습니다.”

나는 편지를 내밀면서 오늘 찾아온 이유를 우선 그 편지로 돌렸다. 그는 편지를 받아 빠르게 그 내용을 읽었다.

“회사 사정은 다소 복잡합니다만……”

그는 편지를 다시 내게 전하면서 애매하게 중얼거렸다.

"그렇다면 그가 주식에 투자한 것은 비자금 관리 차원이었습니까?"

나는 한발 건너뛰어 그의 대답을 유도했다.

"그 점에 대해서는 제가 뭐라고 말씀드릴 수 없습니다. 회사 기밀에 속하는 문제니까요."

나는 직답을 회피하는 것은 사실을 시인하는 것이라고 판단했다.

"전 죽은 채 부장과는 고등학교 동기 동창입니다. 제가 그놈 신세를 많이 졌는데, 소문에는 그가 주식 투자로 입은 손실 때문에 죽은 것처럼 되어서 얼굴을 들고 다닐 수 없습니다."

그는 세상 사람들의 이야기가 부담스럽다고 말했다.

"구좌는 모두 채민의 이름으로 설정했습니까?"

나는 친구의 거래 내역을 알고 싶었다. 그는 다소 의외라는 듯이 나를 은근히 쳐다보았다. 목사라는 사람이 왜 돈에 대해 마음을 쓰는 것이 이해되지 않는다는 표정이었다. 그는 망설이더니, 부인과 노모와 동생 등, 주로 그의 친지 이름으로 개설했다고 말했다.

"그동안 거래 상황은 알 수 없을까요?"

"회사 입장에서는 타인에게 공개할 수 없습니다."

그는 사무적으로 말했다.

"이미 구좌는 모두 정리되었습니다. 지난번 그룹 사장단 인

사 이동 이후였죠. 손실이 크다는 것이 그때야 구체적으로 밝혀
졌고, 그래서 그놈이 고민하다가 결국……”

원 차장은 결론부터 말했다. 그러면서 손실은 소문과는 달리
3, 4억쯤 될 것이라고 했다.

“정말 그가 회사 돈을 가져다가 투기와 주색잡기로 이십억이
나 탕진했을까요?”

“그 점에 대해서는 저도 이해가 안 갑니다. 그가 주식에 손을
댄 것도 정말 우연한 일이었지요.”

“우연이라고요?”

그 우연이라는 말에 나는 그 낯선 사내로부터 걸려온 전화가
생각났다.

“참, 제가 채 부장의 친구라는 사람으로부터 전화를 받았는
데요……”

나는 송형철의 전화 이야기를 꺼냈다.

“허허 참, 그놈이 죽지 않고 소식을 전했군요. 사실은……”

원 차장은 한참이나 뭘 생각하더니 입을 열었다.

“사실은 그 송형철 때문에 채 부상이 증권사 줄입을 하게 되
었습니다. 그 친구도 고등학교 동창입니다. 세운상가에서 컴퓨
터 매장을 열어 한때는 꽤 재미를 보았는데, 그 바람에 부산과
대전에 점포를 확장하면서 돈이 잘 돌아가지 않아서, 아마 채
부장에게 급전을 융통해 썼을 겁니다.”

원 차장이 입을 열기 시작했다. 재재작년 5월 중순 경이었다.

그가 차장으로 승진해서 부임한 지 3개월쯤 지났을 때였다. 채민이 먼저 저녁을 같이하자고 해서, 둘은 북창동에 있는 동해라는 일식집에서 만났다. 저녁을 같이 하면서 채민은 송형철에게 돈을 빌려준 사실을 털어놓았다. 2주일 후에 갚겠다고 해서 회사 돈을 돌려줬는데, 한 달이 되어도 소식이 없자 그는 초조했다. 윗사람에게 책임을 추궁당하는 것이 두려워서가 아니라, 그러한 변칙적 거래를 그 자신이 용납할 수 없었다. 원 차장은 그의 성격을 잘 알고 있었다.

원 차장은 송형철의 형편을 아는 대로 말했다. 그는 듣기만 했다. 그러면서 채 부장이 5천만 원을 보전할 방안을 생각하고 있었다.

"그러지 말고, 돈 좀 동원할 수 있으면, 투자 좀 해라. 오천만 벌기로 하고……"

원 차장은 듣지 않을 것을 빤히 알면서 지나가는 말로 권했다. 그 즈음 한창 주가가 상승 행진을 계속하고 있었다. 투자자들이 눈독 들인 종목은 사지 못해서 야단이었다. 돈 놓고 돈 먹는 장세였다. 동작 빠르게 하면 5천만 원 정도는 어렵지 않게 벌 수도 있다. 원 차장은 몇 개 관심 종목을 가려놓고 있었다.

그러나 그는 별다른 반응을 보이지 않았다. 그리고 둘은 헤어졌다.

그런데 이틀 후에 그가 3억 원을 갖고 나타났다.

"딱 2주 동안 내가 보관할 수 있는 돈이다. 어떻게 자네 일이라고 생각하고서……"

그는 차장실 칸막이 너머로 자꾸 눈짓을 보내면서 은밀히 말
했다. 그렇게 그는 증권에 손을 대기 시작했다.

"어떻게 되었습니까?"

나는 우선 그 첫번 투자 결과를 알고 싶었다.

"이 주일 만에 오천이 들어왔습니다."

주가가 2천 포인트에 막 진입할 때여서, 3억 원을 가지고 시
작해서 단타로 두어 번 굴리니까 5천만 원이 떨어졌다. 그는 저
녁을 사면서 고마워했다.

"채 부장, 나 좀 도와줘."

이번에는 원 차장이 채민에게 사정했다.

"내가 그때 승진해서 지점에 부임했으니 실적을 올려야 하겠
는데, 자네가 이번 거래로 끝내지 말고 계속 좀 도와줘. 내 돈
같이 관리할 테니까. 그 삼억을 인출하지 말고 그냥 여유 갖고
굴려보지 뭐."

그는 원 차장의 사정을 곧 들어주었다. 그렇게 해서 그는 이
미 투지했던 3억 원을 인출하지 않고, 계속 투자를 계속했다.
그런데 그때가 바로 고비였다. 원 차장이 신용 융자까지 터놓아
서, 현금 3억 원으로 7, 8억 원에 해당하는 상품을 살 수 있었
다. 그는 거의 모든 거래를 원 차장에게 맡겨버렸다. 친구니까,
자기 돈처럼 관리해줄 것으로 믿었다. 그러나 그러한 믿음은 불
과 일주일 사이에 깨어졌다. 3억을 주고 산 주식이 하루 사이에

1, 2천만 원씩 시세가 내려갔다. 더 내리지 않을 것으로 믿고 나머지 상품을 담보로 다시 샀다. 그러나 떨어지는 주가는 멈추지 않았다. 불과 2주일 만에 거의 5천만 원에 가깝게 손해를 봤다.

"이제부터 새로 시작하는 셈 치고……"

그제야 그는 주식의 생리를 좀 알게 되어 투자에 대한 자신이 생겼다. 영리하고, 치밀하고, 자신을 다스릴 줄 아는 그로서는 단기간에 증권에 대한 기초 이론을 습득하고는 직접 투자에 나섰다.

주가가 곤두박질을 치면서 원금을 회복하기 어렵게 되었다.

추석이 지나서 원 차장이 그를 위로할 겸 술을 한잔 샀다. 강남 서초동의 '강변'이라는 카페였다. 거나하게 술이 취한 그는,

"원 차장, 봐라. 내가 이제부터 증권으로 승부를 건다. 그러니까 내게 부담 갖지 말아. 자네는 내게 새로운 세상을 안내해 줬을 뿐이야. 허허허. 오늘은 내 인생을 새롭게 변화시키는, 허물 벗는 날이야."

그는 호기 있게 떠들면서 기분 좋게 마셨다. 그것은 공연히 해보는 소리가 아니었다. 이후부터 그는 본격적으로 투자 기법을 연구하는 한편, 여러 방면으로 투자 정보를 수집해가면서 투자에 열을 올렸다.

"그 '강변'에서 술을 마시면서 증권으로 승부를 걸겠다고 한 때가 언제였지요?"

"지난해 시월 초순이었습니다."

나는 어느 가을날 새벽 기도회에서 그를 만난 적이 있었다. 그는 겨우 주일에만 교회에 나왔다. 주일에도 1부 예배를 드리고 사장의 골프 벗이 되거나, 손님 접대를 위해서 교외로 나갔다. 그러한 사실은 그의 부인으로부터 들어 알고 있었다. 그런데, 그날 새벽에 그가 예배실 한편 구석에 엎디어 있는 것을 보았다.

"그때 그 '강변'에서 일하던 손이라는 여자와 사귀게 되었지요."

"오래 사귀었는가요?"

"최근까지 관계를 유지한 것으로 알고 있습니다. 그런데, 그 관계란 것이 남들이 흔히 생각하는 그러한 지경에 이르지는 않았을 겁니다. 그저 한 여자를 통해서 부담 없이 위로를 받고 싶었겠지요."

나는 '부담 없이'란 애매한 말에 대해 더 물으려다가 그만두었다.

"부인도 그 사실을 알았습니까?"

원 차장은 대답을 하지 않았고 나도 너 묻지 않았다. 떠도는 소문이 하나하나 들어맞을 같아서 두려웠다.

"강변에서 그 여자를 사귀고 나서부터 이상한 낌새가 보이기 시작했지요. 주식도 투기성 투자를 하면서 적극적으로 나왔어요. 한마디로 차츰 그는 증권시장의 생리와 주식에 대해 자신을 갖기 시작했습니다. 정보나 시세 분석도 증권사 직원들 못지않았습니다. 그러나 워낙 한국 주식시장이 외부 여건에 민감해서, 그가 갖고 있는 무기로는 당해낼 수 없었습니다. 그러나 그는 물러서지 않았고, 주식시장과 싸운다는 식으로 거래를 했지요. 그런데 번번이 패했습니다. 그럴수록 그는 주식에 대해 더 강렬한 욕망을 갖게 되었습니다."

나는 원 차장의 말을 들으면서 증권사 객장으로 눈을 주었다. 전광판 앞좌석에는 여남은 사람이 하품을 하면서 앉아 있었다. 시세판은 거의 파란 숫자로 채워져 있었다. 그런 중에서도 한 중년 사내가 단말기 앞에서 기계처럼 빠른 손놀림으로 키보드를 두드리면서 모니터를 노려보고 있었다. 그 모습에서 나는 채민의 긴장된 표정이 떠올랐다. 교회 뜰에서 만났을 때에는 늘 세상을 달관한 사람처럼 여유 있었다. 표정이 풀려 있고, 말투가 느리고, 걸음걸이도 한가했다. 그런데 증권사 단말기 앞에서는 전혀 다른 모습으로 나타났던 것이라고 느껴졌다.

"시장이 맥이 없습니다. 비자금 문제로 홍역을 앓더니, 채 부장의 죽음이 공연히 증시에 대한 불신감만 증폭시킨 것 같습니다. 그러나 이렇게 잠을 자다가도 언제 한번 꿈틀거리기 시작하면 방 안에 활기가 넘치지요."

원 차장은 나와 이야기를 하면서도 증권회사 사원으로서 자기 모습을 숨기지 않았다. 다시 채민의 얼굴을 그려보았다. 증권에 미치다시피 했을 그즈음, 그는 전혀 교회에는 얼굴을 나타내지 않았다. 그때 그 '강변' 여자에 빠져 있었을 때였을까? 여자를 통해 주식 투자의 열정과 자신을 얻을 수 있었던가.

단말기 앞에 선 채민과 그 얼굴도 모르는 여자를 생각하는데, 슬그머니 누가 내 곁으로 다가오는 것을 느꼈다. 고개를 돌려보니까, 그가 내 오른쪽 어깨를 툭툭 치고 있었다. 왜 여기 앉아 있어? 어서 일어나. 그렇게 소곤거렸다.

나는 얼굴이 발갛게 달아올라 화끈거렸다.

4

나는 채민의 죽음에 대한 어떤 사연이 나타날 것이라는 기대를 갖고 하루하루를 보내고 있었다. 송형철에게서는 다시 전화가 없었고, 원 차장이나 세웅상사 장 과장에게서도 연락이 없었다. 그러던 차에 하루는 채민의 부인이 낙담한 얼굴로 찾아왔다.

회사에서 횡령액에 대한 채무 청구 관계로 한 번 들르라는 우편물을 받고는, 오늘 갔다 오는 길이라고 했다.

"애 아빠가 각서를 썼더군요. 회사 자금을 유용한 것을 인정하고 전액을 갚겠다는 내용이었습디다. 일억도 아니고, 십팔억 칠천만 원인데, 어떻게 갚겠다는 겁니까. 이해가 안 가요. 그분이 그렇게 당치않은 일은 하지 않을 것인데, 아마 각서를 쓰면서 죽기를 결심한 것 같아요."

부인은 각서 원본을 복사한 것이라면서 내밀었다. 받아보니 그의 필체였다. 그리고 사인도 눈에 익은 그의 것이었다.

나는 그 각서를 보는 순간, 각서와 그의 죽음 사이에 밀접한 관계가 있다고 생각되었다. 나는 내 비망록을 뒤져보았다. 11월 마지막 주일, 2부 예배 후에 그는 잠시 내 방에 들렀다. 내게 목회하기에 어려움이 없느냐고 물었다. 자신이 도와줄 일이 혹 있으면 말해달라고 했다. 전에도 비슷한 말을 한 적이 있다. 내가 깨끗하게 돈을 벌어 나 목사 선교 사업을 돕지. 나는 목사는 못 되었지만, 목사 후원자라도 되어야 주님께 책망은 덜 듣지 않겠어? 그러고는 녹차를 한잔 마시고서 일어났다. 그 일이 생생하게 되살아났다.

그날 그를 만났던 일이 간략하게 기록되어 있었다.

'채민에게 좋은 일이 있는 모양이다. 돈을 안 바쳐도 좋으니, 교회 일에 열심히 참여했으면……'

이렇게 비망록에 씌어 있었다. 하지만 나는 그 사실을 부인에게 내놓고 말하지 않았다.

"절 아내로 생각했으면 왜 이런 사정을 말하지 못했을까요. 항상 집에 들어와서는 밝고 명랑했어요. 속은 그렇게 아픈데, 식구들을 앞에서 그렇게 지내려니 얼마나 마음고생이 심했겠어요. 그가 정말 절 사랑하였다면, 그 아픔을 나누어 가질 수 있지 않았겠어요?"

부인은 그 점이 몹시 안타깝고 원망스럽다고 되풀이해서 말했다.

"그 친구의 그러한 정황을 알았어도, 부인께서는 그 고통을 나누어 가질 수 있었겠습니까? 오히려 두 사람 모두에게 고통을 안겨주게 되겠지요. 자기는 고통스럽더라도, 부인에게는 그 고통의 그림자까지도 보이지 않으려는 그 마음을 이해해주셔야지요."

나는 부인의 일방적인 생각이 안타까웠다.

"제 잘못이지요. 아마 그분은 제게 위로를 받으려고 생각했겠지요. 그러나 전 그분을 위해 가슴을 열어드리지 못한 것 같습니다."

부인이 갑자기 흐느끼기 시작했다. 이들 부부에게 어떤 문제가 있었음을 알았다.

부인의 흐느낌 때문에 나는 아무런 위로의 말도 할 수 없었다. 개인의 절망적 상황을 목사인 나도 어쩔 도리가 없구나. 그럴수록 목회자의 한계를 느꼈다.

"나중에 소송하는 일이 있더라도 변상 문제는 그냥 넘어갈 수 없지요."

나는 일어서는 부인에게 의례적인 위로밖에 더 할 말이 없었다.

부인을 보내고 나자 나는 그 카페의 여자를 만나고 싶었다. 부인과 남편 사이에 있었던 그 벽을 카페의 여자는 알 것 같았다.

카페는 '신세계'라는 대형 스탠드바 옆에 있었다. 나는 망설이다가 그 여자에게 전화를 걸었다. 만나자는 내 제안에 여자는 쉽게 응낙했다. 다음 날 11시쯤에 그 카페에서 만나기로 약속했다.

"언젠가는 목사님이 찾아오실 줄 알았어요. 저도 채 부장님을 조문하기 위해서 그 장례식장 주위에 맴돌다가 목사님을 먼발치에서 뵈었지요. 요즈음 제가 그분의 죽음을 조금은 방조하지 않았을까 생각해요. 이 말은 제 진실입니다."

화장하지 않은 얼굴에 생머리를 뒤로 묶은 그녀는 길고 가는 담배에 불을 붙이려다가 그만두면서 입을 열었다.

"저를 아세요?"

"채 부장님이 종종 목사님 말씀을 하셨어요. 그분도 목사님이 되려다가 그만두셨다면서요. 그러니까 언젠가는 돈 많이 벌어서 목사님 후원자가 되겠다고 그러셨어요. 참 좋은 분이셨는데, 그래서 이 오염된 세파에 익사했을 겁니다. 그렇지요?"

여자는 다소 비감 어린 말투로 이야기했다. 나는 숨을 죽이고 들었다. 이 여자에게서 한 사내의 죽음을 둘러싼 사연을 들을 수 있을 것 같았다.

둘은 한동안 술꾼과 카페 주인 여자 사이였다. 그는 이따금 신세계에서 마시다가 돌아가는 길에 한잔하러 들렀다. 여자는 부담 없이 그를 편안하게 해주었다. 오늘은 기분이 좋으신가 봐요. 짧은 인생인데 한 시간이라도 즐겁게 사세요. 너무 사는 일에 욕심을 부리지 마세요. 그러면 사는 일이 즐거우실 겁니다.

술 한잔에 가슴을 열고, 저를 보면서 마시세요. 저 조금은 예쁘지요? 호호호. 여자는 그를 만나면 그렇게 싱거운 말을 아무 생각 없이 던졌다. 그는 그러한 여자가 편안했다. 집안 살림은 빈틈없이 짜여져 있었다. 웃음도, 사랑도, 차도, 식사도, 음악도, 성서도, 기도도, 조금도 흐트러지지 않게 짜여져 있는 대로 움직였다.

어느 날 원 차장과 함께 온 그는 이미 취해 있었다. 술잔을 앞에 받아놓고는 전혀 마시지 않았다. 이따금 멍청하게 천정을 바라보다가 그녀에게 눈길이 옮겨지곤 했다. 그녀는 빙긋이 웃어주었다. 이따금 서로 눈길이 마주쳤다. 그는 왠지 급히 그 눈길을 피했다. 여자가 생각하기엔 그 눈길이 섬뜩할 정도로 외롭게 보였다.

"미스 손, 저 외로운 사내를 좀 위로해줘."

원 차장은 화장실에 다녀오다가 여자 손에 수표 두 장을 쥐어주면서 소곤거렸다. 원 차장은 그 집 단골이었다. 그날 밤에 여자는 원 차장의 말대로 그와 자지는 않았다. 손님이 다 돌아간 빈 홀에 혼자 남은 그는 홀 안에 자기와 여자만 있다는 것을 확인하고는 일어났다.

"왜, 가시게요?"

여자가 뒤따라 일어서면서 의외란 듯이 물었다. 사내는 뒤돌아서서 한 번 여자를 바라보다가 나가버렸다. 여자가 뒤따라 나와서 택시를 잡아 태우고, 기사에게 택시비를 주었다.

“나중에 알았는데, 그날 채 부장은 주식에서 상당히 손해를 보았답니다. 일억 이천여만 원어치 샀다가 오늘 상환했는데, 그게 모두 깡통계좌였다는 겁니다. 그러니까, 적어도 한 사오천은 날려버렸다는 거죠. 며칠 후에 그는 다시 찾아왔었죠. 그날 집에 돌아가서 부인에게 혼났다는 겁니다. 채 부장은 고독한 얼굴로 초저녁부터 들어와서는 주방 앞 탁자에 혼자 앉아 마시면서 말하더군요. 자기는 퍽 외롭다고. 전 그 말을 흔히 쓰는 사내들의 수작으로 알았어요. 여자를 갖고 싶은 욕망이 일어날 때마다, 사내들은 자신의 나약함을 드러내면서 여자의 모성을 자극하지요. 술집 여자들은 그런 데에 약해요. 그런데 나중에 알고 보니, 그분은 진짜 외로웠던 거예요. 종종 채 부장이 집에 늦게 들어가게 되면서 집에서는 자주 소동이 일어났나 봐요.”

그날 채민은 새벽 1시가 가까워서 집에 들어갔다. 잠을 자지 않고 기다리던 아내는 그를 이상한 눈으로 보았다.

“어디서 오시는 길이에요?”

“강변 카페에서.”

“카페에서요? 혼자서?”

“그곳 미스 손이 같이 있었어.”

“예?”

부인은 전혀 생각 못한 일이었다. 언제나 반듯하게 살아온 남편이었다. 12시가 넘도록 여자와 있었다는 것은 상상할 수 없었다. 그렇게 예민하게 반응하는 아내를 보자 그는 은근히 화가 치밀었다. 그는 처음부터 카페 여자에 대한 일을 모두 말하려 했다. 원 차장이 같이 여자에게 미리 돈을 주고 간 사실이며, 자기도 한 번 외도를 하고 싶은 충동도 있었는데, 겨우 참고 아내가 기다리는 집으로 돌아와서 생각하니, 참 잘 견뎌 이겼다는 생각이 든다고 고백하려 했는데, 부인은 애초부터 그런 분위기를 만들려 하지 않았다. 그는 흐트러지려는 몸을 겨우 가누면서 혼자 세수를 하고 잠자리에 들었다. 그러나 부인에 대해서 섭섭한 마음은 누를 수가 없었다. 곁에 자고 있던 부인도, 오늘 밤의 남편의 행적에 대해 자꾸 상상이 펼쳐졌다. 불결한 남편이 옆에서 자고 있다는 것이 싫었다. 부인은 잠을 이루지 못했다. 그러나 새날이 되어 일어나자, 그들 부부는 아이들 인사를 받고 식탁에 둘러앉아 식사를 했다. 아이들에게는 여느 날과 같이 그들 부모가 너무 행복하게 보였다.

부인은 침대 시트와 이불 홑청을 뜯어서 세탁소에 보냈다. 불결한 사내의 체온이 남아 있는 모든 것을 깨끗이 빨아버리고 싶었다. 그런데도 부인의 마음에는 그 불결한 사내의 모습이 지워지질 않았다.

나는 그 여자의 말을 들으면서, 언젠가, 남편은 외로워서 죽었을 것이라는 그의 부인 말이 떠올랐다. 그렇게 겉으로는 평안한 가정처럼 보였는데도, 부부는 여전히 각각 다른 사람으로 한 침대에서 지냈다.

"그런 사정을 알고 나니 채 부장이 가여웠어요. 그래서 더 가까워졌지요."

여자와 채민은 일주일에 한두 번씩 만났다. 토요일 오후 몇 시간이었지만, 둘은 마치 정지되는 시간 앞에 있는 것처럼 뜨겁게 사랑했다. 더구나 주식 시세가 폭락해서 하루 사이에 잃은 손실이 헤아리기도 무서울 정도로 컸을 때나, 그 반대로 주가가 폭등해서 엄청난 이익을 얻었을 때, 그리고 어떤 새로운 시도를 결행하려 할 때일수록, 채민은 여자를 거칠고 열정적으로 다루었다. 여자도 그를 이해하고 만족스럽게 받아주었다. 그들은 마치 종말 앞에 선 사람처럼 절망적으로, 환희에 싸여 타오르는 불길처럼, 그 불길로 종말을 이기려는 것처럼 뜨겁게 사랑했다.

"그렇게 사랑하다가도, 우리들 사랑이 공연한 소모일 뿐이지 사랑이 아니란 것을 채 부장이 깨닫게 되면, 곧 부인에게로 돌아갈 줄 믿었지요."

그러나 결과는 그 반대로 나타났다. 점점 부인과의 관계는 벌어져갔다. 나는 그녀 말을 들으면서, 그가 죽은 다음 부인이 그렇게 안타깝고 슬프게 생각하는 것도 결국 그 때문이었다는 것을 알았다.

"그래서 헤어지기로 작정했어요. 그런데 그 타이밍이 안 좋았지요. 제가 전혀 생각 못 한 일이었는데, 회사로부터 결정적인 배신을 확인하게 된 날 나도 결별을 선언했으니까요. 그는 절망적인 외로움을 이기려 절 찾아왔는데, 전 그와의 사랑을 청산하자고 말했으니, 그것도 다 운명인가요. 정말 제가 결별을 선언한 것은 채 부장과 그 가정을 위해서였는데, 그러고 보니 채 부장이 죽은 데는 제게도 원인이 조금 있어요."

여자의 목소리가 탁해지더니 눈가에 물기가 수북하게 고였다. 나는 여자의 그런 감정 변화를 대하기 어려웠다. 점심 후 커피를 마시려는 손님들이 하나둘 들어오기 시작했다. 나는 다시 만날 것을 생각하며 카페를 나왔다.

모두들 자기가 채민의 죽음과 관계가 있다는 것이다. 그를 죽이는 데 자신들이 조금씩 가담했다는 것이구나.

그 주일날 그의 청을 들어주지 못한 일이나, 그 부인의 결벽증에 가까운 어리석은 사랑 방법이나, 카페 여인의 눈물이 모두 나의 가슴을 울렸다.

5

나는 월요일이면 채민이 목매달았던 그 상수리나무 숲을 거쳐 관악산 곳곳을 뒤지듯이 헤매다가 돌아오곤 했다. 산속 어디에 그가 숨어 있을 듯하였다. 어떤 때는 그 도토리나무 아래 한동안 앉아 있기도 했다. 그러면 그가 내 곁으로 다가와 나란히 앉는다. 그는 내게 이야기를 많이 하였으나 나는 한마디도 알아들을 수 없었다.

나무에 걸려 있던 밧줄은 치워졌으나, 경계를 갈라놓았던 줄은 그대로 있었다. 나는 지저분하게 널려 있던 사람의 흔적들을 치워놓고, 낙엽 위에 다리를 뻗고 누웠다. 나뭇가지 사이로 하늘을 올려다보았다. 그 친구도 밧줄에 목을 걸기 전에 여기서 신발을 벗고서 두 다리를 뻗고 누워 하늘을 쳐다보았을 것이다. 죽음이라는 것을 하늘로 올라가는 것으로 생각했을까. 아름답고 포근한 하늘이 그의 얼굴 위로 쏟아져 내리는 것을 체험하면서 죽음의 안식을 그렸을까. 그래도 주님은 나를 박대하지 않을 테지. 죽음에 대한 유혹을 강렬하게 느끼면서 그는 비로소 주님을 만났는지도 모른다.

그날은 다른 날보다 일찍 산에 올라 11시쯤에 하산했다. 점심을 먹고 돌아오는 길에 세웅상사에 들러 장 과장을 만나기로 약속했다. 어제 채민의 부인을 교회에서 만났는데, 퇴직금을 공금 유용 배상금으로 처리했다는 통보를 내용증명으로 받았다고 했다. 나는 분통이 터졌다. 매정한 사람들. 고약하다 생각했다. 그래서 오늘은 회사에 들르기로 장 과장과 약속했다.

장 과장은 내 차림을 의아해했다.

"제가 오늘 산에 가서 채 부장을 만나고 오는 길입니다."

나는 흥분한 어조로 거칠게 말했다.

장 과장은 주위에 신경을 썼으나 나는 마음을 두지 않았다. 나는 주위 사람들이 들으라는 듯이 죽은 자의 퇴직금을 배상금 명목으로 처리한 회사의 처사를 비난했다.

"퇴직금과 그 배상 각서 문제는 법정에서 해결을 보겠어요.

변호사와 의논해보니, 그럴 수밖에 없다고 하더군요. 비자금 운용상의 문제로 인한 손해액에 대해서 설사 각서를 썼다 해도, 썼던 정황이며 실제 비자금 운용 상황을 모두 검토해봐야 그 배상의 법적 판결이 가능하다고 그럽디다. 그렇게 된다면 세웅그룹 비자금 내막이 법정에서 모두 밝혀지겠지요. 우리는 그렇게 되기를 바라고 있습니다. 회사 측에서 그렇게 몰인정하게 나온다면, 우리는 채 부장 자살 후의 여러 일들을 가지고 명예훼손으로 고소할 작정입니다. 그런 일들은 죽은 사람을 능지처참하는 거 아닙니까?"

나는 목사라는 내 신분을 잠시 뒤에 두고 고함을 지르듯이 큰 소리로 말했다.

"조용한 데 가서 이야기를 나누시죠."

장 과장이 당황해 하면서 일어났다. 우리는 빌딩 지하 커피숍으로 내려왔다.

"채 부장님이 각서를 쓰게 된 것은, 일이 이렇게까지 되리라고는 생각하지 않아서였습니다. 피차 믿고 서로 신뢰를 주고받던 사이였고, 형세시간 싸움에서 그가 쓴 각서는 예전 상사를 도와주는 일이라고 생각했을 겁니다. 장차 그룹 총수가 될 분인데, 각서가 그렇게 큰 의미를 가질 줄은 몰랐을 겁니다. 부회장의 한마디에 그 손해액보다 몇 배 되는 돈도 오갔는데, 이십억도 채 못 되는 돈을 가지고 그렇게 요란스럽게 될 줄은 몰랐지요. 더구나 그 각서가 배상 책임을 지는 중요한 증거가 되리라고는 전혀 예상하지 못했을 것입니다."

각서를 쓴 것을 단지 부회장을 보호해주는 형식상의 일이라고 생각했다는 것이다. 사실 비자금 운용은 전적으로 관리 책임자인 부회장과 실무자인 채 부장 소관 일이었다. 그것을 잘 운용해서 돈을 남기는 일이나, 쓰는 일 모두가 회장단이 결정하면 실무자 선에서 집행했다. 그러니 그런 정도의 각서가 문제되리라고는 전혀 생각 못 했다. 그러나 결과는 묘하게 돌아갔다. 싸움이 예상보다 격렬해졌고, 그 결과 형 쪽으로 형세가 기울어졌다. 비자금 운용에서 실무자 과실이 각서로 밝혀졌으니, 그 부회장이 책임을 면할 길이 없었다. 결국 부회장은 방계 건설회사 사장으로 나가야 했다. 동생이 패배하게 되자 주변에 포진해 있던 세력들까지 이긴 자 편에 가세했다. 이 기회에 패배자의 세력을 모두 전멸시켜서 다시는 힘을 쓰지 못하도록 한다는 전략으로 나왔다. 그래서 비자금 각서를 부풀려 늙은 회장에게 보고했다. 채민의 과실이 크면 클수록 사장도 책임을 져야 하기 때문에, 실무자 과실을 추하게 과대 포장하는데 마침 당사자의 자살이 좋은 기회가 되었다. 증권 투기, 도박과 경마, 술과 여자로 회사 비자금을 탕진했다는 인상을 노인에게 강하게 심어주려 했다. 그것이 세상 소문을 타서 의도대로 잘되었다. 결국 그 각서가 제대로 힘을 쓰게 되었다.

새 사장이 들어와 첫 브리핑 시간이었다. 채민은 사장 앞에서 비자금 상황을 보고했다.

"언제까지 변상할 테야?"

그 자리를 그대로 지키고 있던 경리 담당 이사가 다짐받듯이 말했다. 그는 전 사장에게 소외되었던 분풀이를 하려 했다.

"곧 변상 조치하겠습니다."

그는 별다르게 생각하지 않고 대답했다. 각서는 썼으나, 그것은 형식적이라고 생각했다. 그룹 비자금 운용 문제를 실무자에게 전적으로 책임을 지우리라고는 생각하지 않았다. 전임 사장이 다 알아서 처리해주리라 믿었다.

새 사장이 부임하고 이틀이 지나서였다. 사장이 그를 불렀다.

"이거 자네가 썼지? 금년 십이월 삼십 일까지 처리해야 해."

사장은 각서를 내보였다가 서랍으로 도로 넣더니 턱짓으로 나가보라고 했다. 사장실을 나오는데 이사가 불렀다.

"자리를 옮겨야 할 텐데, 희망 부서를 생각해봐. 사장님의 특별 배려야."

경리부장 자리를 내놓으라는 뜻이었다. 곧 채 부장이 쫓겨난다는 소문이 나돌았다. 그에 대한 험담도 은밀하게 퍼지고 있었다. 그는 사람들에 대한 배신감에 치를 떨었다. 세웅건설로 전 사장을 찾아갔으나 만나지 못했다. 사흘을 그렇게 드나들다가 직접 부회장 집으로 찾아갔으나 문전 박대를 당했다.

"부장님께서는 이러한 사정을 마지막 회사에 나오던 날 제게 조용히 말했습니다. 그러면서도 전혀 걱정은 안 한다더군요."

장 과장도 대략 사정은 알고 있었으나, 듣고 보니 월급쟁이

신세가 한스러웠다. 일을 시키기 위해 치켜세우면서 부려먹다
가 쓸모가 다 없어지면 내던져버리는 격이다. 그런데 그렇게 당
하면서도 저렇게 태평스러울 수가 있을까 의아했다.

"이제 생각하니 그때는 이미 죽음을 생각했던가 봅니다."

장 과장은 안타깝다고 말했다.

"그날 채 부장은 과장님과 헤어져서 어딜 갔을까요?"

나는 그가 죽음의 결단을 내렸던 그날의 정황을 알고 싶었다.

"글쎄요? 그날은 토요일이었는데, 아침에 나와서 책상을 정
리한 후에, 여기서 차를 한잔 마시고서 헤어졌어요. 월요일에
다시 만나자고 하던데요. 점심을 같이하자고 했더니, 약속이 있
다면서 총총히 갔어요."

그 뒷날은 나를 만난 일요일이었다. 다시 회사에 나오겠다던
월요일에 그의 죽음이 세상에 알려졌다. 그 토요일 약속은 '강
변' 손 양과 하지 않았을까.

"참, 목사님, 부장님이 책상을 정리하고서 제게 뭘 맡겼어요.
나중에 갖고 가겠다더니…… 그동안 제가 잊고 있었네요. 큰
서류 봉투 몇 개를 관광 기념 보자기에 싼 것인데요."

그는 잠깐 기다리라면서 다시 사무실로 올라갔다.

나는 장 과장으로부터 채민의 유품을 받고 세웅그룹 빌딩을
나왔다. 어디로 갈까 잠시 망설였다. 그것을 그의 부인에게 돌
려줘야 한다. 그러나 지금은 적절하지 않을 것 같았다. 오히려

상처에 더 큰 생채기를 낼까 두려웠다. 나는 교회로 가기 위해 을지로입구 전철역으로 향하면서 유품 처리를 생각하고 있었다.

교회의 내 방으로 돌아와 그의 유품 보자기를 풀어보았다. 보자기 안에는 사무용 봉투가 세 개 들어 있었다. 첫 봉투에는 외국에서 온 올해 연하장 몇 장이 들어 있고, 다른 봉투는 지난해 업무일지였다. 두어 장을 잘 넘겨보니 회사 업무와 관계된 모든 일들이 꼼꼼히 적혀 있었다. 세번째 봉투는 다른 것에 비해 얇았다. 그 속에는 부인과 그 아이들이 그에게 보낸 카드와 몇 통의 편지가 들어 있었다. 그의 생일과 진급 때와 부활절 때 보낸 카드들이었는데, 몇 해 전 것도 그대로 있었다. 나는 가슴이 콱 막혔다. 마지막 세상 떠날 결심을 하면서도 부인과 아이들에 대한 정을 생각하던 그의 얼굴이 떠올랐다.

나는 그것들을 얼른 봉투에 넣으면서 안심했다. 그가 소문처럼 도덕적인 파렴치한은 아니었다고 믿어졌다. 봉투들을 장 과장에게 받은 대로 보자기로 싸려는데, 제일 얇은 봉투 위에 파란 사인펜으로 갈겨쓴 문장이 눈길을 끌었다.

유리 벽, 내가 유리 벽에 갇혀 있구나. 아니, 내 모습이 유리로 되어 있다. 이제는 모두 환하게 드러난다. 정신이나 생각이나, 숨결까지도 확실한 형체로 드러난다. 모든 사람들에게 이 모습이 분명하게 보일 것이다. 편안하다. 오랜만에 나를 보게 되는구나. 사람들이 나를 보며 웃고 있다. 나도 그들을 보며 웃으려 한다. 그런데 그들과는 전혀 통하지 않는다. 손도 잡을 수 없고 미소도 보낼 수 없다. 이게 외로움이라는 것인가. 능력과 회사, 승진, 돈, 섹스? 미스 손? 사랑? 사랑? 그것은 영롱한 오색 비눗방울처럼 내 주위를 떠돌다가 소리 없이 사라진다. 유리같이 투명한 내 육신과 영혼을 주시하는 아내 눈길이 무섭다. 아내는 나의 추악한 흠집들을 보고 놀란다. 그녀의 놀람이 크면 클수록 나는 고통스럽다. 외롭다. 하나님은 너무 멀리 계신다. 아니, 어쩌면 유리로 된 투명한 내 안에 와 계시기 때문에 나는 볼 수도 느낄 수도 없을 것이다. 눈에 보이지 않기에, 내 손을 잡아주지 않기에 외롭다. 내일은 나 목사와 함께 산에나 오를 까. 참, 일요일, 주일이군. 어쩌면 2부 예배가 끝나고 저녁 예 배 시간까지는 내 동행이 되어줄지도 모른다. 그것은 어디까지 나 내 생각이다. 내 생각, 내 생각, 사람들 생각이 각각 달라서 참 편리하긴 하지만, 그래서 외롭다. 나는 그들을 생각하지 않 아도 되기 때문이다.

죽음에 대한
몇 개의 삽화

종이 한 장 차이

내가 28살 되던 해 겨울, 세상을 떠나신 조부님은 이따금 살아온 이야기를 할 때면,

"죽고 사는 것은 종이 한 장 차이라" 하고 말씀하셨다.

당신은 죽음을 두려워하거나 그 문제에 대해서 심각하게 고민할 여유도 없이 살아오는 동안 자연스럽게 터득한 생각이었을 것이다.

"저 둘째 놈하고 그 새벽에 우린 세 번 죽을 고빌 넘겼으니, 지금 살아서 이렇게 옛말을 하는 것 모두가 꿈 같은 이야기여."

조부님은 곁에 앉은 나를 힐끗 쳐다보시면서 곰방대를 소리 나게 빠셨다. 나도 그때 일을 너무나 생생하게 기억하고 있다.

아직 이른 아침인데, 조부님은 나를 깨우셨다. 가을로 접어들어 산골의 아침 날씨는 제법 쌀쌀했다. 나는 찬물로 대강 세수를 하고는 책보자기를 들고 할아버지를 따라 집을 나섰다. 종갓집 할머니 삭망 제사에 참례하고 거기서 젯밥을 먹고는 바로 10리 밖 학교에 가기로 되어 있었다. 나는 둘째인데도 형님이 일찍 15리 밖 중학교에 가야 해서 할아버지는 삭망 때마다 나를 데리고 가셨다.

마을 한복판에 있는 향사 옆에 키 큰 삼나무와 동백나무 들로 어우러진 올레길(제주도에 집 마당과 큰길을 잇는 좁은 통로)로 들어서면 종갓집이 있었다. 우리가 향사 앞에 이르렀을 때였다. 트럭 두 대가 향사 앞 잔디밭에 시동을 건 채 있었다.

두어 걸음 앞서가던 할아버지가 주춤하고 멈춰 섰다. 철모를 쓰고 총을 맨 경찰들이 잔디밭에 정렬해 있었다. 얼마 전에도 빨치산들이 마을에 나타났다고, 지서에서 경찰관 몇이 와서 마을에서 자취를 감춘 청년들을 찾으며 소동을 벌였다. 그러나 이렇게 많은 경찰들이 한꺼번에 들이닥친 일은 없었다.

할아버지는 잠시 머뭇거리다가 종갓집 올레 쪽으로 걸어갔다. 토벌대들이 왔다 해도 삭망에 참례하지 않고 뒤돌아설 수는 없었다.

우리가 막 향사 앞을 지나치려 할 때였다.

"야, 저놈들은 뭐야."

부대를 지휘하던 권총 찬 경찰이 우리를 가리켰다. 그러자

장총을 맨 경찰 둘이 우리 앞을 막아섰다.

"이렇게 일찍 어데 가는 거야."

젊은 경찰은 쉰이 넘은 할아버지께 반말을 했다.

"예, 저기 종갓집에 삭망이 있어서 가는 길이우다."

할아버지는 향사 옆 종갓집 쪽을 가리켰다.

"뭐? 삭망, 이 시국에 무슨 삭망이야. 우리가 나타났다고 폭도들에게 연락하러 가는 길이지?"

그중에 한 사람이 긴 총대로 할아버지 가슴을 툭툭 건드리면서 눈을 부라렸다.

"얼른 처치해버려."

권총 찬 토벌대장이 소리를 질렀다.

"야, 저리로 가."

총대를 들이댔던 사내가 할아버지 가슴을 밀쳤다. 할아버지는 뒤로 주춤주춤 물러서서 향사 울담 쪽으로 몰려갔다. 다른 경찰이 나를 슬쩍 쳐다보았다. 나는 할아버지 얼굴을 훔쳐보았다. 할아버지는 나를 향해 고개를 가볍게 끄덕거리시면서 어서 저쪽으로 가버리라고 눈짓을 했다. 그래도 나는 발길이 움직이지 않았다.

"왜 꾸물거려, 얼른 처치해버리라니까."

다시 고함이 들렸다.

그때였다.

"잠깐."

트럭 운전석에 탔던 사내가 훌떡 내리면서 고함을 질렀다. 할아버지 가슴을 향해 총을 겨누었던 사내가 소리 나는 쪽으로 고개를 돌렸다.

"어이, 고모부님, 이거 어쩐 일이우꽈!"

권총을 찬 무궁화 하나가 할아버지께 달려들었다.

"우리 고모부야."

"그래요? 이거 큰일 날 뻔했군."

총 든 경찰이 무안한 얼굴로 빙긋 웃더니 슬슬 피해버렸다.

"정말 운 트였네. 어서 돌아가요. 어정거리지 말고."

토벌대장이 손짓을 하면서 말했다. 할아버지는 처조카의 손을 잡고 움직이지 않았다. 멍청히 하늘을 올려다보는 얼굴에도 표정이 없었다.

경찰들이 사방으로 흩어지고 난 후에야, 할아버지는 말없이 내 손을 꼭 잡으시고 종갓집으로 들어가 삭망 제사에 참석하셨다. 그러면서도 아까 당했던 말은 입 밖에 내시지 않았다. 파제 후에 나는 학교 가는 것을 포기하고 할아버지를 따라 종갓집을 나섰다. 다시 향사 쪽으로 가는 것이 싫어서 샛길을 택하여 집으로 향했다.

마을 이곳저곳에서 총소리가 간간 들렸다. 나는 무서웠으나 할아버지는 아무 말도 하지 않았다. 우리는 앞만 보면서 재빨리 집으로 향했다.

"야, 저놈들 봐라, 거기 좀 있어."

어느 집 올레에서 나오던 토벌대원 셋이 우리를 세웠다.

"이른 아침에 어델 갔다 오는 거야. 산에서 내려오는 길이지?"

그중에 한 사람이 총부리를 할아버지의 가슴에 대면서 길가로 밀어붙였다.

"야, 이 꼬마는 연락병이야."

다른 한 사내가 총구로 나를 툭툭 건드렸다.

"아닙니다. 종갓집에서 삭망을 지내고 돌아가는 길입니다."

할아버지는 사실대로 말했다. 나는 눈앞이 뽀얗게 흐려져 아무것도 보이지 않았으나, 할아버지의 또렷한 음성만은 확실히 들을 수 있었다. 그래서 소리 내어 '으앙' 하고 울어버렸다.

"이 자식 봐라. 어디 실컷 울어봐라."

경찰이 내게 총을 겨누었다.

"여봐, 그만둬."

그때, 위쪽에서 내려오던 토벌대원이 소리를 지르면서 뛰어왔다.

"왜 그래?"

총을 들었던 자가 귀찮다는 듯이 물었다.

"저 노인이 중대장 고모부래."

"뭐야, 이 중대장 고모부, 큰일 날 뻔했네."

나는 그 소리를 들으면서도 그저 울기만 했다. 얼마 후에 할아버지의 큰 손이 내 팔목을 덥석 잡은 것을 알고서야 울음을 그쳤다. 그리고 서너 걸음 옮겼을 때였다. 따아앙쉬잉. 총성이 여러 발 마을을 꿰뚫고 지나갔다. 어데선가 까마귀 울부짖는 소리가 들렸다.

"어서 돌아가요. 다시 토벌대를 만나면 이 중대장 장 경위의 고모부라고 말하시오. 그렇지 않으면 목숨이 열 개 있어도 모자라요."

우리를 구해준 경찰이 한마디를 남기고 사라졌다.

우리는 다시 큰길로 나왔다. 그런데 얼마 못 가서 총소리가 바로 앞에서 났다. 토벌대원이 달아나는 젊은이를 뒤에서 쏘는 것을 보았다. 우리는 겁에 질려 얼른 밭 돌담 옆으로 숨었다. 잠시 후에 화약 냄새가 은근하게 밀려왔다. 그리고 사방이 조용했다. 할아버지는 좌우를 돌아보면서 일어났다.

우리는 끔찍한 광경을 봤다. 바로 이웃집에 사는 형님 친구 만봉이가 길가에 피를 흘리고 쓰러져 있었다.

"얘야! 정신차려라."

할아버지가 그에게 다가가 어깨를 붙잡고 흔들었다. 그래도 반응이 없었다. 나는 무서웠다. 엎드린 만봉이의 등에서 피가 솟아 허리를 적시고 길바닥으로 번지고 있었다. 손가락에 팥알 만 한 상처만 나도 무서워 울어버리던 나는 죽어가는 사람의 등에서 뿜어내는 피를 보니 손이 떨리고 가슴이 두근거려 견딜 수가 없었다. 나는 소리 내어 울어버렸다.

"야, 울지 마라."

할아버지는 나를 끌고 급히 집으로 돌아왔다. 그리고 집안 식구들에게,

"만봉이가 토벌대 총을 맞고 죽었다"고 소리를 질렀다.

나는 '죽은 사람'을 그때 처음 봤다. 피를 흘리며 맨 흙길 바닥에 엎드러져 있는 만봉 형의 형상이 너무 무섭고 끔찍스러웠다. 오래전부터 죽음에 대한 막연한 두려움으로 허둥대던 나에게, 그 무서움은 결국 피를 흘리고 죽어 있는 처참한 주검을 통해 더 선명하게 다가왔다.

나는 왜 그 경찰관 앞에서 울었을까? 죽음이 무섭다는 것을 알아서였다. 죽음이 왜 무서웠을까? 긴 총부리와 부라린 그 경찰관의 눈, 그리고 겁먹은 할아버지 표정이 죽음 때문이라는 것을 알았기 때문일까? 아니면, 죽음에 대한 막연한 두려움이 이미 내 의식 안에 자리 잡고 있었기 때문일까? 나는 그 흙길 바닥에 피 흘리며 엎드려 있던 만봉 형의 시체에서, 죽음의 실상을 비로소 알게 되었다.

생이집과 죽음의 냄새

우리 집에서 고개 하나를 넘으면 으슥한 길가에 상엿집이 있었다. 움푹 패여 들어간 길 양편에는 늙은 소나무가 몇 그루 서 있고, 그 길에서 약간 안쪽으로 들어가서 움막 같은 초가 두 채

가 있다. 마을 사람들은 그 집을 '생이집'이라 했다. 나는 처음에 그 말뜻을 몰라서 무슨 생이(제주 사투리로 새)가 밤에 잠을 자도록 만들어놓은 집인가 했다. 그런데 자란 다음에, 그 집에 마을에서 공동으로 사용하는 상여를 보관해둔다는 것을 알았다.

아이들은 되도록 그 생이집 앞을 지나기기를 꺼렸다. 그 주위에 빨갛게 익은 산딸기가 있어도 거들떠보지 않았다. 아이들은 그 집에 죽은 사람 귀신이 살고 있다는 말을 믿었다. 우리가 무서워 피한 것은 그 상엿집이 아니라, 거기에 살고 있다는 죽은 사람의 귀신이었다. 아이들은 귀신을 무서워하였다. 밤에 울다가도 귀신 나온다고 하면 울음을 그쳤다.

종갓집 할머니가 돌아가시자, 온 일가 어른들이 며칠씩 그 집에서 장례 준비하는 일을 거들었다. 나는 팥죽도 얻어먹고, 사람 많은 데서 노는 것이 즐거워서 학교가 파하면 할아버지를 따라 거기서 밤이 되도록 놀았다. 그러다가, 일가 어른들이 손보는 그 상여를 가까이서 찬찬히 들여다보게 되었다. 상여를 헤쳐놓고 보니 별것이 아니었다. 꽃과 새와 사슴이 그려진 상여 안에는 귀신이 살 것 같지 않았다.

종갓집 할머니를 태운 상여가 상여꾼들의 처량한 소리를 들으면서 사라져간 다음에, 나는 향사 앞 잔디밭에서 아이들과 놀고 있었다. 그런데, 이상한 냄새가 슬금슬금 코를 들쑤시더니, 차차 오장이 뒤집힐 것처럼 역겨워지기 시작했다. 지금까지 맡아보지 못하던 야릇한 냄새였다. 비릿한 것이 뼈가 타는 냄새

같기도 하고, 집 안을 청소하고 나서 지저분한 것들을 모아 태우는 냄새 같기도 했다.

그 냄새는 종갓집 쪽에서 흘러나오는 것이었다. 나는 냄새가 나는 곳으로 고개를 돌렸다. 어떤 중늙은이가 올레 어귀에서 막대기를 건들거리며 잡동사니를 태우고 있었다. 냄새는 바로 거기서 나고 있었다.

나는 그 냄새를 더 맡기가 역겨워 자리를 피해버렸다. 그리고 집에 와 그 이야기를 어머니께 했다. 그러나 어머니는 못 들은 척 대답을 하지 않았다.

그로부터 3년 후에 비로소 나는 그 냄새의 정체를 확실하게 알게 되었다. 할머니는 빨치산 습격 때 허벅지에 창을 맞고 피를 많이 흘린 탓으로 시름시름 앓으시다가 5월 장마가 끝난 즈음에 돌아가셨다. 나를 아껴주시던 할머니의 죽음을 직접 만난 것이었다.

할머니를 장사 지내고 집으로 돌아오는데, 올레 어귀에서 그 종갓집 올레에서 맡았던 역겨운 냄새를 맡았다. 그러나 나는 할머니기 돌아가신 슬픔 때문에 누구에게도 그 냄새를 다시 말하지 않았다.

올레로 들어서는데, 올레 어귀를 지나 약간 작은 돌무더기 앞에서 가는 연기가 모락모락 피어오르고 있었다. 거기에서 역겨운 냄새가 나고 있었다.

“아니, 이제야 치웠어.”

아버지가 마당으로 들어서면서 누구에겐가 말했다. 형님이 얼른 삽을 들고 나가서 그 연기 나는 데를 흙으로 덮었다. 연기가 사그라지고 잠시 후에 냄새도 차차 엷어졌다.

나는 그 지독히 역겨운 냄새가 할머니 관이 누워 있던 방에 깔았던 짚과 허드레 들을 치워다가 태우는 데서 나는 것임을 알았다. 그러니까 그 냄새는 할머니의 냄새, 정확하게 말하면 할머니의 주검 흔적을 태우는 냄새였다. 그렇게 생각되자, 지난번 종갓집 할머니 장사 때 맡았던 그 냄새가 다시 코끝으로 몰려들었다.

그 후로부터 나는 냄새에 유달리 약해졌다. 약간 비릿한 냄새가 나면, 곧 그 할머니 주검의 냄새가 이어 생각나곤 했다. 그렇게 죽음은 역겨운 냄새로 내게 가까이 다가와서는, 새처럼 자그마한 내 심장에 박히게 되었다.

좁고 어두운 광중

할머니의 죽음에 뒤따른 기억들은 그 외에도 많다. 그것들은 차차 나를 죽음의 굴레에서 옴쭉 못하게 묶어두었고, 얼마 동안은 밤마다 그것들에게 뜯김을 당하면서 시달려야 했다.

할머니는 예순을 바라보는 젊은 나이에 세상을 떠났다.

할머니의 죽음 앞에 나는 오랜만에 두건을 쓰고 아이들 앞에

뻐기기도 했다. 상가에서 아이들은 두건을 써야 행세를 했다. 그러지 않고는, 떡이나 돼지고기 몇 점을 얻어먹기 위해서 어른들을 따라온 것으로 사람들에게 오해를 받을 수도 있었다. 그러나 노란 삼베로 만든 두건을 쓰면 망인과 가까운 일가라는 것을 모든 조문객들에게 내보이게 되어서 떳떳했다.

나는 상주인 아버지를 따라 상여 뒤를 쫓아가면서도, "이제 가면 언제 오나 어허어야" 하는 상여꾼들 소리에 슬픔을 참았다. 그런데 그러한 슬픔은 광중에 할머니 관을 내려놓을 때, 절망적인 상태로 밀어 넣어버렸다. 나는 엉엉 소리 내어 울면서도, 관을 묻기 위해 광중으로 퍼넣는 흙에서 돌과 풀뿌리를 열심히 주워냈다.

할머니 관이 들어갈 광중은 너무 좁았다. 할머니가 그 좁은 광중에서 지내기에는 갑갑할 것 같아서 안타까웠다. 저기에서 할머니가 어떻게 지내실까, 그러한 염려는 바로 나타났다. 관이 그 네모반듯하게 파놓은 광중으로 천천히 내려 앉혀졌다. 술 냄새를 풍기면서 목수가 잔손질을 한 다음에 아버지가 먼저 흙을 한 삽 떠서 광중으로 딘졌다. 이어 곡소리가 사방에서 들리더니 흙이 광중을 메우기 시작했다. 빨강 바탕에 하얀 글씨로 쓴 할머니 명정 위에 흙이 쌓여지고 이어 할머니의 나무 관이 흙에 묻혔다. 나는 울음을 참을 수 없었다.

"어서, 풀뿌리랑 돌 들을 주워내야지 무슨 곡소린고?"

일가 어른이 곡하는 고모들과 어머니에게 호통을 쳤다. 일꾼들이 흙 담은 멱서리를 던질 때마다 흙이 광중 위에 쌓이기 시작했다. 상주들이 앞 다투어 흙 속에 들어 있는 풀뿌리와 돌 들을 추려내느라 슬픔을 잠깐씩 잊었다.

"어서어서 잘 추려내여. 곡소리들 치우고."

다시 일가 어른의 호통이 내려졌다. 울음소리가 뚝 그쳤다. 이따금 콧물 들이키는 소리만 들릴 뿐, 누구도 소리 내어 울지 않았다. 근친들이 부지런히 풀뿌리와 돌들을 추려냈다. 나는 울지 않을 수 없었다. 정말 할머니는 갑갑하겠다. 캄캄해서 어떻게 저기서 살지.

바로 그 순간이었다. 죽음이란 것은 흙으로 덮어버린 바로 그 좁은 광중처럼 어둡고 좁은 캄캄한 곳이라고 생각되었다. 모든 것을 덮어버리고 없었던 상태로 돌아가는, 아주 캄캄하고 더럽고 몸 하나 움직일 수 없을 만큼 좁은 곳으로 사라져버리는 것이라는 생각이 머리에 박혔다. 나는 몸과 가슴이 떨렸다. 언젠가 나도 저런 곳으로 가야 한다. 어둡고 캄캄하고 더러운 그 냄새가 나는 좁은 곳, 틈이 조금도 없는 흙 속, 바로 흙으로 되는 것이다. 죽음은 흙으로 되돌아가는 것이다. 흙이 검은 까닭은 그것이 밤처럼 어둡기 때문이구나 하고 생각해보았다.

차차 흙더미가 쌓여가더니 드디어 봉분이 되었다. 그리고 띠를 입혔다. 사람들이 소리를 지르면서 그 뙤약볕 아래서 일들을 했다. 내년 봄이 되면 파랗게 띠들이 살아날 것을 생각해보았다. 띠를 덮은 봉분이 평지 위에 제 모습으로 나타나자 나는 차

차 할머니가 누워 있는 그 좁은 광중에 대한 두려움에서 헤어날
수 있었다.

봉분이 완성되자 제사를 지냈다. 아버지와 삼촌 고모 들 다
음으로, 나도 그 봉분 앞에서 무릎을 꿇고 두 번 절했다.

배례를 마치고 고개를 드니, 할머니가 바로 새로 만들어진
봉분 안에 편안하게 누워 계신 것처럼 느껴졌다.

'오냐, 네가 왔구나.'

할머니가 얼른 내 손을 잡아끄는 것 같았다.

그렇게 할머니를 묻고 돌아온 다음부터, 이따금씩 한밤중에
그 좁고 어두운 곳이 이상한 형상으로 변형되어 나타나 나를 괴
롭혔다. 그것은 뚜렷한 형체로 나타났다. 어둠이 차차 짙어지면
서 내 주위가 모두 캄캄해지고, 그 안에서 나는 애벌레처럼 가만
히 누워 잠자는 것이었다. 그리고 내가 누워 있는 그 형체도 없
는 그것이 빙글빙글 돌면서 점점 좁혀지더니, 내 몸은 형체도 없
이 사그라져버렸다. 결국 내 주위는 끝없는 어둠이 좍 들어찼다.

나는 잠을 자면서 꿈인 듯 생시인 듯, 이대로 날이 새지 않고
어둠 속으로 완전히 기라앉아버릴 것 같은 흉봉에 시달렸다. 나
는 손을 허우적거리며 무서워 소리를 지르다가 깨곤 하였다.

그런 환영에 시달리면서 나는 죽음은 모든 것이 '끝남'이란
생각에 이르렀다. 그 끝남은 결국 아무 일도 더 일어나지 못하
는 마지막의 상태로 생각되었다.

나는 어디 갔다가 돌아오면, 할머니가 쓰시던 방에 마련된

혼백상 앞에서 꼭 배례를 했다. 다니다가 산딸기라도 따 오게 되면 먼저 할머니 혼백상 앞 작은 소반 위에 올려놓았다. 사람들은 나를 보고 착한 손자라고 칭찬했다.

"그 정성 다 알고 계실 거여."

할아버지는 그렇게 말씀하시곤 했다. 이러한 일은 돌아가신 할머니를 위한 것이 아니라 나 자신을 위한 일이었다. 할머니는 혼백상 한 귀퉁이에 앉아 계시다가 내가 들어가 절을 하면 '오냐, 너 왔느냐' 하고 인사를 받는다고 생각하고 싶었다. 내가 갖다드린 산딸기도, 사람 눈에는 안 보이지만 할머니가 맛있게 드시고 흡족하실 것으로 생각하고 싶었다. 할머니를 그 좁고 캄캄한 광중에 내버려두고 싶지 않아서였다.

고모의 비밀

우리 마을이 빨치산의 해방구가 되면서 마을 집들은 모두 군경 토벌대에 의해 불타버렸다. 우리는 어렵게 지서가 있는 면소재지 마을로 소개했다.

싸락눈이 어지럽게 날리고 바다가 소리 내어 울던 초겨울 이른 아침이었다. 어머니가 아침을 짓기 위해 부엌으로 나갔을 때였다.

"탕탕따따땅."

총성이 연달아 여러 발 마을 북쪽 어귀에서 났다.

"폭도 습격이다."

고함 소리가 들렸다. 밖으로 나갔던 아버지는 방으로 들어와서는 우리를 깨웠다. 형과 나는 아직도 잠에서 덜 깬 눈을 비비면서 일어났다. 계속 총소리가 들렸다.

우리는 밖으로 나갔다. 한라산 쪽인 윗동네에서 검은 연기가 솟아오르는 것이 보였다. 어디선가 사람들 고함 소리도 들렸다.

"어서 피협서. 폭도들이 습격 왔수다."

민보단 완장을 찬 젊은이가 자전거를 타고 지서 쪽으로 달려가면서 소리를 질렀다. 어머니는 갓난 동생을 업고 네 살 난 여동생을 데리고 나와 아버지를 쳐다보았다.

"야, 넌 동생 데리고 저기로 가 있으라."

아버지는 형에게 동편 바닷가를 가리키면서 등을 밀었다. 형은 내 손을 끌고 뒤를 몇 번 돌아보다가, 아버지와는 반대쪽으로 달려 나갔다.

빨치산들이 마을 집들을 모두 태워버렸다. 자욱한 연기가 마을을 뒤덮었다. 우리는 바닷가 언덕을 의지해서 숨어 있었다.

오후가 되어서야 응원 경찰 부대가 도착해서 빨치산을 퇴각시켰다. 여기저기 피해 있던 사람들이 지서 앞 공터로 몰려들었다.

형과 나도 사람들을 따라 지서 쪽으로 갔다. 마을 집들은 모두 불타버렸다. 지서 주위 몇몇 집만 그대로 남아 있었다. 어머니가 우리를 보더니, "내 새끼들아, 살아 있었구나" 하면서 부둥켜안고 울었다.

"할머님이 창 맞았저."

어머니는 지서 앞에 있는 양철집을 가리켰다. 우리 형제가 그쪽으로 달려갔다. 사람들이 소리를 지르면서 울고불고 야단들이었다. 핏발 선 눈에서는 독기를 뿜어내고 있었다.

할머니는 좁은 마룻바닥에 헌 이불로 둘둘 말려 누워 있었다. 그 주위에는 얼어붙은 핏자국이 보였다.

"느네들 살았구나."

할머니 옆에서 눈물을 글썽이시던 할아버지가 내 손을 잡아끌었다. 눈을 감고 있는 할머니 얼굴은 새하얗게 핏기가 없었다.

"사람 일은 아무도 모른다. 그저 다 운이여, 이 사람이 살아 있을 줄은 몰랐저."

할아버지가 물기 그득한 눈으로 우리 형제를 찬찬히 쳐다보면서 오늘 당하신 일을 이야기하셨다.

"뒷집에서 총소리가 나고 잠시 후에 바로 우리가 사는 집 마당에서 사람 소리가 들리더니 바깥채에 불길이 솟아올라서 감기로 누워 있던 할머니를 옆구리에 끼고 뒷문으로 뛰어나왔는데……"

할아버지는 할머니를 옆에 끼고는 울타리 높은 돌담을 기어올랐다. 그때 빨치산 몇이 우루루 몰려들었고 이어 할머니가 비명을 질렀다. 그 다음은 할아버지도 정신이 없었다.

할머니와 할아버지는 뒷밭으로 나뒹굴어 떨어졌다. 정신을 차린 할아버지는 피 흘리는 할머니를 옆구리에 끼고 무작정 달렸다. 뒤로 창을 든 젊은 청년이 뒤따라왔다.

신사 터 주위는 넓은 솔밭인데, 빨치산들의 은신처가 될 것을 두려워해서 소나무들을 모두 베어 뉘어놓고 있었다. 할아버지는 할머니를 누워 있는 소나무 가지 아래 슬쩍 숨겨두고 혼자만 달아났다. 뒤를 돌아보니 빨치산은 따라오지 않았다.

옆에서 듣고 있던 고모가 말했다.

"우리도 다 죽었단 살아났수다."

시집간 둘째 고모도 소개해서 할아버지가 임시로 묵고 있던 사랑채를 얻어 거처를 정했다. 고모도 뒷집이 불타는 것을 알고서야 마당으로 나왔다. 그때 벌써 올레로 장정 몇이 몰려오고 있었다. 엉겁결에 고모는 아이들을 데리고 외양간으로 들어가 쌓아놓은 목초 더미 속에 숨었다. 그런데 한 사내가 외양간으로 들어와서 안을 기웃거렸다. 순간 둘째 고모와 그 사내의 눈이 마주쳤다. 그는 우리 마을 청년으로 서로 잘 아는 사이였다. 고모는 이제 죽었구나 생각했다. 그런데 그 청년이 휙 고개를 돌리면서 밖으로 나가버렸다.

"여기는 아무것도 없어. 어서들 가자."

그 사내는 다른 빨치산들 등을 밀면서 안채에만 불을 지르도록 지시했다.

"외양간은 그대로 놔두고?"

할아버지가 묻자, 고모는 고개를 끄덕였다.

"그 사람이 누구니?"

아버지가 고모에게 물었다.

"알아서 뭘 허쿠과?"

고모는 입을 다물어버렸다. 잠시 방 안이 잠잠했다. 그때 길거리가 소란스러웠다. 사람들이 우우 소리를 지르면서 몰려다녔다.

"폭도 하나 잡았저."

그 소리에 아버지가 밖으로 나갔다. 경찰관이 호루라기를 불면서 사람들을 정리했다. 습격 왔던 빨치산 두 사람이 미처 퇴각하지 못하고 숨어 있다가, 응원군 수색대에 붙잡혀 끌려왔다고 했다. 사람들은 그들에게 돌팔매질을 하였다. 소리를 지르면서 몽둥이를 들고 달려들어 내리치기도 했다. 체포된 빨치산은 이미 반죽음 상태였다.

"죽여. 찢어 죽여."

사람들은 미친 듯이 날뛰었다. 하루아침에 집을 잃은 사람들, 가족을 잃은 사람들은 그 분함을 이 붙잡힌 빨치산에게 모두 쏟아놓고 있었다.

아버지가 그에게 가까이 다가가 얼굴을 쳐다보더니 말없이 되돌아왔다. 아는 사람이었다.

"누구니? 아는 사람이냐?"

할아버지도 할머니에 대한 분함을 삭이지 못하고 그 빨치산 얼굴을 한번 보자고 했다.

"예, 윗동네 강판규입니다."

강판규라면 나도 아는 사람이다. 일본 군대에 갔다가 돌아온 후에 마을에서 종적을 감춘 청년이다.

"예, 강판규라예?"

고모의 얼굴이 갑자기 굳어지면서 파랗게 바래어졌다.

"무슨 일이니?"

아버지가 되묻는데 고모는 아무 말도 하지 않고 일어나 나가려고 했다.

"애야, 무슨 일이니?"

할아버지가 고모 팔을 붙잡았다.

"가만있으라."

할아버지는 멍청하게 밖을 내다보고 있는 고모에게 더 말을 못하도록 눈을 부라렸다.

오랜 후였다. 할아버지가 돌아가시고, 고모도 회갑을 넘겼을 때였다. 어느 해 할머니 제삿날에 고모가 그때 일을 실토했다.

"그때 습격 왔다가 붙잡혀 죽은 그 강판규가 바로 우리 식구들을 살려주었저."

아버지도 어머니도 더 말을 하지 않았다.

관념과 실제

결혼을 하고 아내가 지어주는 더운밥을 제때에 먹게 되면서 위가 이상해지기 시작했다. 중학교 1학년 때부터 집을 떠나 객지 생활을 하기 시작해서 한 15년 동안, 찬밥이나마 제때에 먹지 못하고 살아오면서도 한겨울에 감기 한 번 안 걸리고 소화제 한 알 사먹지 않던 몸이었다. 병원을 찾아갔다.

"위궤양일세."

"위궤양?"

"위벽이 몹시 헐었어."

잘 아는 내과의사는 내 병에 대해서 소상하게 설명했다. 그 때부터 나는 음식을 조심했고, 때를 맞춰 약을 먹는 준환자가 되었다. 혼자 제대로 끼니도 찾아먹지 못하며 살 때에는 별 탈이 없다가, 좀 생활이 안정되고 나서야 위가 헐었다니 이해가 되지 않았다.

"위궤양이란 병은……"

의사는 병에 대해 설명했다. 전쟁 중에는 환자가 없는데, 전쟁이 끝나서 사회가 안정되면 환자가 급증하고, 개인도 긴장된 생활을 할 때보다는 편안해져 좀 여유로운 때에 그 증상이 나타난다는 것이다.

"일종의 호강병인가?"

"호강병이라기보다는 어려운 때 이미 위가 혹사를 당해서 상처를 입기 시작했는데도, 긴장해 있기 때문에 의식하지 못한 거지."

나는 의사의 말을 들으면서 어린 시절 일이 떠올랐다. 죽음의 현장을 거의 매일 만나면서도 죽음에 대해서 별스럽게 생각하지 않게 된 이유를 그제서야 알게 되었다.

사실은 그 엄청난 난리가 끝나고 난 후에, 나는 다시 그 막연한 '죽음의 공포'에서 벗어나지 못하여 이따금 호되게 시달려야 했다. 학교를 졸업하고, 직장을 얻고, 세상과 부딪치며 살아갈 때에, 원수와의 조우처럼 이따금씩 그것은 내 앞에 나타나 나를 못 견디게 하였다. 그 '죽음의 환영'은 소년기에 만났던 그 어둡고 좁은 죽음의 영상과는 약간 다른 것이었다. 마치 추상화처럼 나타나기도 하고, 구체적으로 펼쳐지기도 했다. 그러나 대부분 그것은 추상화의 그 복잡하고 아득한 환영 그대로였다.

만물은 다 시작이 있으면 끝이 있게 마련인데, 설령 사후의 세계가 있다고 하더라도 그것은 그냥 그 상태로 영원히 유지될 수 있을까? 영원. 그것은 얼마나 긴 시간인가. 정말 '끝없음'이란 것이 가능할까? 그런 생각이 한번 몰려오면 가슴이 서늘해지면서 온몸이 칭칭 무엇에 동여매어져 있는 듯이 불안하고, 허망하고, 힘이 빠졌다.

그런 증상은 때와 장소를 가리지 않고 찾아왔다. 길을 가다가, 밥상머리에서 즐거운 식사를 하다가, 친한 친구와 이야기를 하다가, 게임에 운 좋게 이기고 있을 때, 대부분은 약간 편안함을 느끼고 여유로웠을 때에, 그놈은 내 그 여유로움을 가만두고 볼 수 없다는 듯이 놓치지 않고 찾아왔다.

나는 위궤양 진단을 받은 후부터 마음을 가다듬고 위궤양과의 싸움을 시작했다. 그러나 별 효과가 없었다. 막연하게 위궤양과 대치하는 나에 비해서, 이놈은 상당히 전략적으로 나를 공격해왔다. 나는 아직도 병에 대한 게으름에서 벗어나지 못했는데, 그는 내가 그의 정체를 알고 있다는 사실을 알아서인지, 더 치밀하게 전략을 세워 나를 공격했다.

얼마 동안 조심하면서 약을 먹으면, 그놈은 죽는 시늉을 하면서 잠시 내게서 물러가는 척했다. 아픔의 자각증상도 사라졌다. 그러나 그놈은 거짓으로 손들고 항복하는 척했을 뿐, 사실은 나를 더 강하게 공격할 기회를 노리고 있었다. 나는 그런 전략에 곧잘 넘어갔다. 얼마만큼 병에 대해 안심하여 방어를 게을리하면 위궤양은 더 강하게 날 세운 칼로 내 위벽을 갉아내기 시작했다. 그러한 과정을 되풀이하는 동안, 나는 그놈을 완전히 알게 되었다. 그러나 그것도 내 오산이었다. 그놈은 별로 중요하지 않은 부분만을 알려주었다. 내가 위궤양에 대해서는 거의 의사만큼 알게 되었을 때, 내 위는 치료할 여지가 없을 정도로 닳고 헐어서 쓸모없게 되어버렸다. 결국 나는 수술을 받아야 했다.

12월 중순이었다. 고향 병원에서 찍은 위 사진에는 별 이상

이 없었다. 나는 지방 소도시 병원을 믿을 수 없어, ㅈ시에 있
는, 시설이 좋다는 기독교 재단에서 운영하는 병원을 찾았다.
애초에는 가벼운 마음으로 진찰이나 한번 받아보자는 심사였
다. 위병은 신경성이 많으니, 정확한 진찰을 받아 이상이 없음
을 확인하고 나면 아마 위병에 대한 부담도 없어질 것이므
로…… 이런 식으로 나는 나를 진단하면서 병원을 찾았다. 그
런데 위 사진을 찍던 의사는, '언제부터 아프셨나요?' 하면서
고개를 갸웃거렸다. 나는 그때부터 마음이 흔들리기 시작했다.
 정밀 진단 결과는 급히 수술을 받아야 한다는 것이었다. 위
수술. 그 당시만도 결코 안심하고 받을 수 있는 수술이 아니었
다. 나는 그 순간, 상당히 당혹했다. 모처럼 바쁜 때에 며칠 휴
가를 내고 병원에 들렀는데, 수술을 받게 된다면 퇴원할 때까지
오랜 기간이 걸릴 것이고, 그에 뒤따르는 여러 문제가 먼저 떠
올랐다. 연말이라 할 일이 많은데, 늙으신 부모님과 위궤양과의
신경전에서 나의 게으름과 안일함을 나무라면서 격려해준 아내
에 대한 부담감. 정작 수술 결과에 대한 걱정이나 생각들보다는
정리되지 않은 채 비결로 남겨둔 그 자잘한 세상사에 대한 어지
러운 걱정이 먼저 왔다.
 수술하기 전날 밤이었다. 나는 면도를 하라는 지시에 따라
건장한 사내를 따라 별실로 들어갔다. 사내는 나를 발가벗겨놓
고서 머리를 제외하고 전신에 있는 털을 남김없이 깨끗이 밀어
버렸다. 그때 문득 내가 살아있는 사람이 아닌, 이상한 물체로

생각되어 망연해졌다. 그리고 수술을 한다는 사실과 더불어 어릴 때에 돼지 추렴 장소에서 봤던, 돼지 배를 가르고 그 안에 들어 있는 내장을 하나하나 다 꺼내는 그 거친 손길이 생각났다. 위를 수술한다면, 내 배를 가른 다음에 내장을 다 꺼내고서 닳고 닳아 못쓰게 된 부분을 찾아내어 잘라버릴 것이다.

돼지처럼 의사에게 맡겨진 살덩이로 수술대 위에 놓여 있는 내 모습이 떠올랐다. 그러나 신경안정제를 먹고 잠을 잘 잤고, 다음 날 11시쯤 수술실에 들어가기 전에 다시 마취 주사를 맞았다. 몇 십 분이 지나면, 나는 몇 근의 고깃덩어리로서 의사들 손에서 놀아날 것이다. 다시 깨어나고 깨어나지 못하고는 누구도 알 수 없다. 이미 내 아내는 그 문제에 대해서 서약서에 서명을 했다. 그것은 깨어나지 못할 수도 있다는, 소생의 불가능성을 준비하는 것이다.

그런데도 나는 마음의 동요가 없었다. 깨어날 수 있다는 믿음 때문이었으나, 그러한 심사는 결코 논리적이 아니었다. 그저 자연스러운 마음의 상태 그대로였다. 이따금 나를 괴롭혔던 그 '죽음의 환영'도 접근해 오지 않았다. 다시 깨어나지 못한다면. 그러한 가정을 하면서도, 그 가정 앞에 자잘한 세상일들이 먼저 떠올랐다. 세상에 아무것도 남겨놓지 못한 처지에, 어린 아이와 아내가 세상을 살아가며 당할 어려움이 제일 큰 부담이 되었다. 그리고 직장과 주변 사람들에 대해 미해결로 남아 있는 일들. 간호사의 기도 소리를 들으면서 나는 깊은 잠에 빠졌다.

한 10시간 후에, 나는 어둑한 미명 속에서 견딜 수 없는 고통 때문에 잠이 깨었다. 다시 살아났으니 행운이다. 의사가 아내에서 수술이 복잡해서 예상보다 더 시간이 걸렸다는 소리를 어렴풋이 들으면서도, 다시 깨어났다는 안도감보다 온몸을 난타하는 아픔이 먼저 왔다. 행복한 아픔이라는, 깨어남에 대한 감사도 생각할 수 없었다. 오직 나는 그 견딜 수 없는 아픔 앞에 모든 생각이 막히고 의지가 무너졌다.

육신의 아픔 앞에서 나는 정직한 나의 모습을 보았다. 나는 발가벗은 고깃덩어리로서 환자복에 싸여 있으면서, 담당 의사에게 아픔에서 벗어나는 방법을 호소했다.

그러한 고통의 기간이 며칠 지나서야, 나는 비로소 예전의 나로 돌아왔다. 그리고 수술 직전의 그 편안함이 정말 내 자신을 정직하게 돌아보는 데서 얻어진 정신적 평정이기를 기대했다. 혹시라도 그것이 어쩌면 피할 수 없는 죽음의 상황 앞에서 당하게 되는 절망적 감정이 아니기를 빌었다. 죽음에 한발 가까워지는 현실과 맞부딪쳤을 때, 추상적 관념을 뛰어넘어 진정한 죽음의 실상에 다가가 일어진 평정이기를 원했다.

그리고 세월이 지나면서, 그러한 상황에서 나를 구속했던 생각들이 정말 진실이었음도 입증되기 시작했다. 지난날, 노인들의 탄식 가운데, 자식에 대한 걱정 때문에 죽어도 눈을 감을 수 없다는 말을 들을 때마다, 죽어가면서도 자식을 걱정하고, 못다 한 일을 생각하고, 이웃에게 미해결된 문제를 당부하는 그러한 일들이 마치 허위처럼 생각되었다. 죽음이란 그 불가사의한 사태 앞에서, 죽는 순간만은 그것과의 마지막 결투를 시도하여 발악하거나 분노하거나, 죽음을 저주하는 그 격렬한 행위가 오히려 진실일 수 있다고 생각했다. 그러나 죽음에 대한 내 생각 자체가 덜 여문 인식의 수준임을 비로소 알게 되었다. 관념은 늘 불완전한 것이기에, 혹 정직을 가장한 허위일 가능성이 많다. 그렇다면 죽음을 그렇게 두려워할 필요도 없겠구나. 이것도 관념인지 몰랐다.

거북이와 하루살이

1984년 늦은 가을, 써야 할 논문의 마지막 마무리를 위해 남산도서관을 찾았다. 소설가 빙허 현진건이 1930년대 동아일보 기자로서 경주를 여행하고 쓴 그 기행문이 게재된 신문을 찾아 읽기 위해서였다.

일제 치하 암울한 역사 앞에서, 화려했던 신라의 옛 서울 경주를 찾은 빙허의 감회는 유달랐다. 화려한 역사의 영화는 간 곳이 없고, 황폐한 역사의 잔해만 남아 있는 그 현장에서, 그는 인간의 한세상 삶이, 긴 영겁 앞에 얼마나 보잘 것 없는지를 절실하게 느꼈을 것이다. 그러나 그는 그러한 내심을 숨기고서, 그의 글에는 소멸해가는 역사의 현장에 다시 살아날 새 역사를 암묵적으로 시사하고 있었다. 이러한 소멸과 생성의 역사의식은, 일제의 억압을 극복할 수 있는 정신적인 힘이 되었을 뿐만 아니라, 삶과 죽음을 현상으로만 인식하는 데서 오는 그 허무를 뛰어넘을 수 있는 무기가 되었을 것이다.

더구나 매력적인 것은, 그러한 그의 역사나 인생에 대한 태도를 관념의 한계 안에서 머무르지 않고 직접 실천했다는 점이다. 그는 인간이 살다가 남긴 흔적에 대한 애착을 거부했다. 그래서 자신의 시신을 화장해서 그 재를 강물에 뿌리기를 소원했다. 그는 무덤도 묘비명도 기념관도 남기지 않았다. 작품만이 그의 인생을 말해줄 뿐이었다.

죽어서 남긴 무덤, 그것은 죽은 자에게는 아무런 의미도 없다. 경주 곳곳에 버티어 앉은 작은 산만큼 거대한 무덤들, 그 대부분은 묻힌 자의 이름도 모른다. 불과 천 년밖에 지나지 않았는데도 묻힌 자의 이름도 알 길이 없다. 천 년도 영원한 시간에서는 유수인데. 그렇다면 죽은 자의 무덤을 기억해줄 시간은 얼마나 될까? 무덤은 무엇인가? 그것은 살아 있는 사람들이 망인을 기억하기 위한 하나의 승거불일 뿐이다. 살아 있는 사람이 기억을 해준다는 사실은 죽은 자에게 무슨 의미가 있을까? 그것은 살아 있는 사람들의 죽음에 대한 관념적 유희이고, 죽음에 대한 허무 의식을 조금이라도 달래려는 장치일 뿐이다.

빙허가 무덤이라도 남겼다면, 그에 대한 논문을 쓰는 내게 일 하나를 더 만들어주었을 것이다. 묘소를 찾아가 묘비 사진을 찍

고 그 비문을 읽으면서 생각하고…… 다 부질없는 놀이에 불과
했다.

도서관을 나오니, 늦가을 비가 음산하게 뿌리고 있었다. 바
바리코트 자락이 거친 추위에 힘이 없었다. 나는 서울 시내가
한눈에 내려다보이는 지점으로 올라갔다. 참 많은 사람들이 살
고 있구나. 이들 중, 앞으로 100년 후에 살아남을 자가 몇이나
될까. 설사 살아남는다 해도 무슨 의미가 있는가. 그런 엉뚱한
생각을 하다가 백범의 기념비를 만났다. 그때, 이 남산 어디 세
워졌던 우남의 동상도 생각났다. 그 동상은 4·19 이후에 서울
시민들에 의해 파괴되었다는 기사도 읽은 적이 있다.

해방 공간 정국을 이끌었던 두 거목들, 그들은 각각 제 갈 길
을 가노라며 서로 견제하고 아끼고 걱정하다가 한 사람은 비명
에 세상을 떠났고, 한 사람은 국부라는 칭호를 받으면서 권좌를
누리다가 4·19 이후에 외롭게 생을 마쳤다.

지금 그들 중 누구도 이 세상에 없다. 그들의 살아온 역정에
대해서는 많은 서생들이 다투어 말하고 있다. 그것도 한때일 뿐
이다.

그런데, 살아 있는 사람들의 뇌리에는 죽음 직전의 모습만이
남아 있다. 백범은 여전히 남북 협상을 위해 38선을 넘나들 때
의 그 모습으로, 우남은 초라하게 하와이로 도망가던 그 모습으
로만 사람의 기억에 남아 있다.

죽은 자의 소원이, 살아 있는 자들에게 아름다운 모습으로

남겨지는 것이라면, 젊었을 때 죽는 것이 훨씬 낫다. 살아 있는 자들에게 항상 젊음의 모습으로만 남아 있기 때문이다. 하와이로 피난 가는 그 초조한 노인의 모습보다는, 먼 산하를 내려다보는 듯한 백범의 모습이 늘 당당하게 남아 있다.

죽은 자에 대한 살아 있는 자들의 관심은, 죽은 자들과는 무관하다. 죽은 자에 대해 누가 어떻게 평가하고 기억해주느냐는 전적으로 살아 있는 자들의 문제일 뿐이다. 역사도 살아 있는 자들을 위한 것이다. 그런데 사람들은 죽은 후의 문제를 생각하다가 살아 있을 때의 삶을 망가뜨려버리는 경우가 많다. 욕심 때문에 죽은 후를 준비하는 것처럼 허황되고 지나친 것은 없을 것이다.

오래 산다는 것이 꼭 행복한 것은 아니다. 그것은 오직 신만이 관여할 몫이다. 누가 백범이 암살당했을 때, 그의 죽음을 슬퍼하지 않았으랴. 그 슬픔이 민족과 국가의 장래를 걱정하기 때문이라면 그것은 너무나 거창하다. 제명을 다 누리지 못하고 죽는 경우를 우리는 '불행'하다고 말한다. 하지만 모두 그렇다고 말할 수는 없을 것이다. 지금 우리가 일상적인 생각으로 가늠하더라도, 개인적으로는 우남보다는 백범이 훨씬 복 있는 분이라는 것을 알 것이다.

두 사람의 비교는 자칫 이념적일 수 있다. 그렇다면 유아의 죽음을 생각해보자. 대부분 우리는 어린아이의 죽음을 슬퍼한다. 그것은 순전히 인정의 문제이다. 인간의 사유의 한계에서 따져보자. 유아는 짧은 인생을 얼마나 행복하게 살다가 죽었는가. 사랑만 받았고, 누구도 미워해보지 않았고, 욕망에 자기를 내던져버리는 고통도 체험하지 않았다. 그런 점을 고려한다면 아기는 짧은 기간이었지만 진정으로 행복하게 살다가 갔다. 하루를 살다가 죽는 하루살이보다 몇 백 년을 산다는 거북이가 꼭 행복하다고만 말할 수는 없다. 사는 문제를 인간의 시간의 자로 재기는 곤란하다. 성경에 이런 말이 있다. 하루가 천년 같고, 천년이 하루 같다고. 그것은 신이 인식하는 시간 단위이다. 어쩌면 정확한 시간의 계량일 것이다. 누구나 죽음 직전에 이르면, 자기가 살아온 시간이 하루같이 생각될 것이다. 공포의 순간을 넘겨야 하는 사람에게는 1시간이 천년처럼 길 수도 있다.

나는 이렇게 하염없는 망상을 하면서 남산 도서관 돌계단을 내려오다가, 다가올 추운 겨울을 준비하는 나무들을 보았다. 잎을 다 떨어뜨려놓고, 앙상한 가지로 찬 하늘을 향해 고개를 쳐들고 있다. 나는 엷은 바바리 안으로 스며드는 냉기에 어깨를 움츠리고 걷다가, 봄을 준비하기 위해서 일부러 벌거벗은 나무들의 그 단단한 몸체를 보고 어깨를 폈다. 다시 새 봄이 되기 전에, 아니, 지금부터 저 나무들의 깊숙한 곳에서는 봄 오는 소리를 듣고 있을 것이다. 겨울이 가면 봄이 온다는 이 정확한 시간의 질서가 잠시 죽음의 관념에 눌려 있던 나를 풀어 놓아주었다.

허욕과 무심

내가 7층에 멎은 엘리베이터를 탔을 때, 9층 그 노인은 오늘도 혼자 아침 산보를 나가고 있었다.

"안녕하세요."

노인은 고개를 끄덕이더니 안면 근육을 어렵게 펴면서 미소를 지었다. 1층에 이르렀을 때, 나는 오래도록 열림 버튼을 누르고서 노인이 내리기를 기다렸다.

노인은 지팡이에 무거운 몸을 의지하여 5개밖에 안 되는 계단을 천천히 내려갔다. 내가 부축하려 하자 그는 거칠게 고개를 흔들었다. 허옇게 부은 얼굴인데도 혈색은 깨끗했다. 얼굴에는 그 흔한 검버섯 하나 없었다.

"어서 가시오. 난 이렇게."

노인이 걸음을 배우는 어린아이처럼 조심스럽게 한 발짝씩 걸음을 옮겨놓으면서 내게 손짓했다. 요즈음은 그 노인의 걸음이 더 좋아진 짓 같아서 마음이 놓였다.

옛날에 한가락 했다는 노인은 고혈압으로 쓰러졌다가 3달 만에 다시 일어났다. 전혀 가망이 없었는데, 기적처럼 다시 일어났다는 것이다. 늙어서는 곱게 죽을 수 있는 것도 복이라고 사람들은 그 노인의 불편한 걸음을 보면서 소곤거렸다. 제 고생, 식구들 고생, 추한 모습을 남에게 보이고 만년에 병들어 사는 것은 죽지 못해 하는 노릇이지, 저런 내 모습을 상상하면 치가 떨려. 동네 부인네들은 이따금 저만치서 위태위태하게 걸어오는 노인을 보면서 소곤거렸다.

그 자식들도 살 만큼 산다고 했다. 회사 사장에, 대학 교수에, 변호사 사위도 있다고 했다. 노인도 별을 둘이나 단 장군이었고, 군복을 벗은 후에는 한때 잘나가던 회사의 회장이었다고 했다. 그러나 이제는 단지 거동이 불편한 한 노인에 불과했다.

나는 노인을 대할 때마다 몇 년 전 갑작스레 세상을 떠나신 아버지 생각이 났다. 그 노인에 대해서 내가 특별히 관심을 갖는 것도 아버지의 미망에서 완전히 헤어나지 못했기 때문이다.

아버지는 갑자기 돌아가셨다. 여든을 바라보는 나이인데도 건강하셔서, 오히려 내 건강을 걱정하시곤 했다.

일요일 아침, 고향 형님으로부터 전화를 받았다. 아버지가 편찮으셔서 병원에 입원하셨는데, 뭐 감기에 몸살이 겹친 것 같으니 걱정하지 말라고 했다. 차도가 없으시면 다시 연락을 하겠다면서 형님은 통화를 마쳤다.

아침 식사를 하면서도 이상하게 기분이 우울했다. 그래서 다시 전화를 기다리지 않고 고향으로 향했다.

제주공항에 내려 형님 댁으로 전화했더니, 아버지는 운명하신 후였다. 전혀 믿어지지 않았다. 전화를 받고서 불과 3시간만이었다. 평소 천식기가 있던 분이라, 갑자기 기침이 심해지더니 가래가 기도를 메웠는데, 마침 일요일이라 병원의 응급조치가 시원치 못해서 그렇게 되었다는 것이다.

아버지 시신 앞에서 엎디어 울면서도 아버지 죽음을 받아들일 수 없었다. 그래도 세상을 뜨신 것은 사실이었다. 번거로운 절차에 의해 장례를 치르는 동안에도 나는 아버지의 죽음을 전혀 받아들일 수 없었다.

사람들은 아버지가 살아오신 한평생을 말하면서 '복 있는 분'이라고 했다. 그 복 중에는 오래 고생하지 않으시고 돌아가신 것도 끼어들었다. 자식들에게 폐를 끼치지 않고 그저 그렇게 죽을 수 있으면. 사람들은 임종을 못 본 내 심정은 전혀 생각하지 않았다. 나뿐만이 아니다. 아들 셋에 딸 하나를 두셨으면서, 돌아가실 때에는 자식이라고는 아무도 곁에 없었다. 단지 형수만이 임종을 지켰고, 아무런 유언 한마디 남기지 않으셨다. 죽을 때 자식들과 만나는 것은 타고난 팔자라고들 했다. 죽음의 순간이 얼마나 한 인간의 삶에서 중요한 것인지를 설명하는 것이다.

아버지는 늘 늙어서 자식들에게 추한 모습을 보일 것을 두려워하셨다. 그래서 담배를 즐겨 피우셨던 분이, 주변 사람들에게 불쾌감을 준다고 금연을 단호하게 결행하셨다. 그렇게 당신의 소원을 결국 이루셨지마는, 살아 있는 사람들에겐 그것이 통한이 되었다. 오랜 병석에 시달리시다가 돌아가셨다면, 자식으로서는 그래야 병구완도 해드릴 수 있으니까, 덜 통한할 것이다. 효도라는 것도 받는 자보다는 드리는 자의 입장 때문에 그 의미를 더 강조하는 것이 아닐까? 돌아가신 부모들에 대해서 살아 남은 자식들의 안타까움은 무엇으로도 감당할 수 없다.

나는 산책을 하면서 내내 돌아가신 아버지 생각만 했다. 돌아오는 길에 9층 노인은 겨우 아파트 단지 정문을 나서고 있었다. 노인은 나를 보더니 입 주위 근육을 일그러뜨리면서 다시 인사를 했다. 그것은 받기에 퍽 거북한 인사였다. 인사하는 노인의 얼굴에서 인사를 받는 사람들은 오히려 불쾌감을 느낄 수도 있었다. 그러나 노인은 그런 것에 마음 쓰지 않고 나를 만나면 꼭꼭 인사를 했다. 나는 노인의 인사 받기에 익숙해졌다. 그것은 인사하는 그의 마음을 헤아려서였다.

"먼저 들어가겠습니다."

나는 노인과 엇갈려서 아파트 마당으로 들어섰다. 차를 손질하던 사람들이 허리를 펴고 막 시야에서 사라진 노인에 대해 한마디씩 했다.

"사람은 곱게 늙는 것이 최상의 복이라. 그 많은 돈, 그 권력, 아무것도 쓸모가 없어."

그들은 노인의 처지가 되면 스스로 목숨을 끊겠다는 생각을 조금씩 하는 것 같았다.

"지독한 노인이야. 부인이 부축하겠다 해도 죽어라고 말리니, 그 며느리가 남부끄러워서 죽겠다고 그러는데, 아니, 방 안에 가만히 앉아 계시든지, 병원에 입원하셔서 치료를 받으시라고 해도 막무가내로 고집을 피우신대. 원 노인도, 젊었을 때처럼 생각하니 그렇지."

사람들은 노인 처지를 제 아버지 일처럼 진지하게 말했다.

나는 노인의 그 마음을 이해할 수 있을 것 같았다. 아마도 인생에 대한 마지막 도전의 심정으로 저렇게 매일매일 병든 몸과 싸우고 있을 것이다. 아니면 자존심을 회복하기 위한 단순한 오기인가. 그러나 어느 것도 내게는 대답이 되지 못했다.

그날은 강의가 없는 날이어서 집에 있는데, 밖에 나갔던 아내가 비명을 지르면서 들어왔다.

"무슨 일인데?"

나는 강도라도 만났는가 싶어 긴장했다.

"사람이, 사람이……"

아내는 말을 더듬으면서 밖을 가리켰다. 나는 아파트 난간으로 나섰다. 아무도 없었다. 밑을 내려다보았다. 현관 앞에 사람들이 모여 수군거리고 있었다. 조금 있더니, 경찰차와 앰뷸런스가 사이렌을 울리면서 들어왔다.

어떤 노파가 투신자살했다고 경비원이 말했다. 나는 그곳으로 내려갔다.

"구 층에서 떨어졌대요?"

"십육 단지 노파랍니다. 자기 아들네 집 전화번호와 주소를 쓴 쪽지를 쥐고 있답디다."

나는 노파의 시신이 너무나 자그마해서 놀랐다. 피도 많이 흘리지 않고, 새우처럼 등을 약간 구부린 채 모로 비스듬히 엎드려 있었다. 꼭 공기총에 맞아 떨어진 참새 같았다.

경찰관이 경비원에게 따지듯이 물었다.

"왜 외지 사람을 그냥 들여보냈소?"

"자주 구 층 구백삼 호에 놀러 오는 노파여서, 오늘도 거기에 간다기에."

경비원은 곤혹스러운 표정을 지었다.

"아이구, 왜. 놀러왔으면 들어올 일이지, 무슨 한이 그렇게 많아서."

9층의 노부인이 얇은 이불을 들고 나와 노파의 시신을 덮어주면서 훌쩍였다. 아이고, 그 자식들 다 성공시켜놓고서도 무엇이 그렇게 원통해서. 아무리 외롭고 어려워도 참아야지.

903호 노부인이 그 시신 옆에 서서 넋두리를 하며 훌쩍거렸다. 미국에 박사 아들이 둘이나 있고, 딸과 사위도 서울에서 잘 사는데, 늙어서 영감 잃고 혼자 외로우니, 저렇게 죽었다고 노부인이 말했다. 사람들은 자식들을 나무랐고, 어떤 사람들은 노인이 세상 고생을 몰라서 그렇다고 말했다.

그때 산책 나갔던 9층 노인이 들어오다가 멈춰 섰다.

"왜 죽기는 죽어. 지 목숨이라고 제 건가. 건방진 노친네."

노인은 얼굴을 험악하게 일그러뜨리면서 죽은 노파를 비난했다. 그러더니 짚고 있던 지팡이로 보도블록을 딱딱 두드렸다. 아마 투신자살한 노파에 대한 못마땅함을 그렇게 표현하는 것 같았다. 나는 노인을 부축하고 자리를 피했다. 그 노부인이 따라 나왔다.

"건방지게. 죽기는 왜 죽어."

노인은 그래도 분이 풀리지 않는 모양이었다. 나는 아파트 광장을 벗어나 어린이 놀이터 옆 원두막으로 노인을 모셔다 앉혔다. 뒤따라온 노부인이 계속 훌쩍였다. 노인은 부인을 상관하지 않고 나를 쳐다보더니 다시 말을 하기 시작했다.

노인은 흥분한 얼굴로 손짓과 몸짓을 해가면서 무슨 절실한 유언처럼 말했다. 노인의 얼굴에는 점점 열기가 피어올랐다. 노인의 어눌한 말이 이어졌다.

"늙어서는 누구라도 죽고 싶은 유혹을 얼마쯤은 갖지. 우선 늙어서 추하게 변하는 자기 육체에 대한 절망감과, 세상에서 소외되는 고독 때문이겠는데, 실은 이제 곧 자신은 죽게 된다는, 그것은 무엇으로도 해결할 수 없는 막다른 골목이라는 점이 더 큰 절망을 안겨주지. 그래서 사람들은 마지막까지 세상에서 자기 권한을 행사하기 위해, 자기 목숨을 스스로 끊으려고도 생각하겠지. 그러나 그것은 허욕이야. 그래도 주어진 명을 받고 무심히 실다가 어느 날 사기노 모르게 가는 것이 인간의 도리야. 제 마음대로 세상에 태어난 것이 아닌 것처럼……"

노인은 서툰 말로 애써 띄엄띄엄 말하더니 다시 그 앰불런스가 있는 쪽으로 잠시 눈을 주었다.

"이해를 따진다면 그런 막다른 처지에서야 자살하는 것이 훨씬 낫지. 그러나 그것은 헛된 욕심이야. 죽고 사는 것까지 이해로 따지는 것은 욕심 중에 욕심이지."

노인은 아마 30분은 허비하면서 이야기했을 것이다. 그동안 아마 누구에게라도 하고 싶었던 말이었을 것이다. 노부인은 계속 흐느꼈다. 친구의 죽음과 그 죽음을 비난하는 불구 남편에 대한 연민 때문일 것이다.

노인이 말을 할 동안 입가에 침이 질질 흘러내렸고, 얼굴에는 땀이 송송 맺혔다. 노부인은 눈물을 닦던 그 손수건으로 노인의 침과 땀을 닦았다.

죽은 노파의 시신을 실은 앰뷸런스가 사이렌 소리를 내면서 아파트 광장을 떠났다.

노인은 내 부축을 사양하고 혼자 아파트 현관을 향해 걸음을 옮겨놓기 시작했다. 뒤에서 천천히 뒤를 따르는 내게, 어서 먼저 가라고 손짓했다.

고향에서 보낸
마지막 며칠

1

몽롱했던 의식이 차츰 트여가면서 희부연 공간이 나타났다. 동남향 창문가에 서 있던 어머니가 다가와 내 손을 덥석 잡았다. 머리맡으로 한 줄기 햇살이 들어왔다. 햇살이 따습네요. 날씨가 너무 맑구나. 어젯밤에는 아프지 않더냐? 그 목소리가 먼 하늘가에서 들려오는 것 같다. 잠을 아주 편안하게 잤어요. 그래. 어머니 얼굴 주름에 물기가 번진다. 80년 긴 풍상도 모자라서 이제 그 주름이 눈물길이 되는구나. 어머니는 어젯밤에 잠자리에 들면서 아들이 밝은 햇살을 다시 볼 수 없을지도 모른다고 생각했을 것이다. 나도 땅거미가 차츰 창밖에 채워질 때에 다시 햇살을 볼 수 있을까, 하루만 더 그 밝고 투명한 햇살을 만날 수 있었으면. 그렇게 생각하면서 잠자리에 들었는데, 지금 그 환한 햇살이 내 방을 가득 채우고 있다.

“어머니, 방학 때에 집에 돌아와 지내는 것 같아요. 어머니도 그때 그 모습 그대로예요. 전혀 늙지 않으셨고……”

“그래, 나도 이번에 네가 내려와 지내는 동안 여러 번 그런 생각을 했다. 열세 살 때부터 객지 생활을 했으니, 에미와 이렇게 한가하게 지낼 때도 없었지. 방학이 되어 집에 와서도 오는 날부터 떠날 것을 생각했으니까. 섭섭하기도 했지만, 그것이 아들의 인생인가 생각하면서 떠나보냈는데, 이제는 이렇게 돌아왔으니, 마치 네가 방학이 되어 집에 들른 중학생 때 같구나. 네가 이 에미 품으로 와서 편히 지내면 나도 네 말대로 늙지 않을 것 같다.”

나는 순간 내가 살아왔던 그 시간에서 고향과 어머니의 모습을 더듬어보았다. 별로 잡히는 것이 없다.

“너는 이 에미와 같이 오래 살아야 한다. 자식으로 제일 불효가 뭔지 아니? 부모보다 먼저 가는 것이다. 너는 워낙 효자니까, 그러지 않겠지.”

“알아요. 제가 왜 어머니보다 먼저 가요. 어머니가 먼저 가셔서 제가 쉴 방도 마련해놓으셔야지요.”

“그래, 알았다. 네가 효자구나.”

어머니는 소맷자락으로 눈자위를 훔치시면서 나를 외면하였다.

어머니 말대로 어린아이처럼 고향집에서 지내려 해도 그렇게 안 된다. 내 몸이 이렇게 망가져가는 데도 마음속에 비집고 들어와 앉은 그 분노는 사라지지 않는다. 죽음 앞에서도 버릴 수 없는 것이 미움이고 분노인가.

달력으로 눈이 갔다. 10월 13일. 12일까지는 매직펜으로 표시되어 있다. 10월 13일? 나는 다섯 손가락을 구부리며 달수를 헤아려보았다. 어제가 6개월의 마지막 날이다. 내 병이 밝혀진 후 여섯 달이 지났다. 이제부터 내가 사는 시간은 덤이나 다름이 없다. 문득 그런 생각이 들었다.

"아침 요기를 해라. 내가 어죽을 쑤었다."

나는 어머니를 따라 마루로 나갔다. 기분이 좋다.

어머니가 마련해준 죽 그릇을 비웠다. 어머니는 빈 죽 그릇이 흡족한지 나를 한참이나 쳐다보셨다.

툇마루로 나와 앉았다. 가을 햇살이 잔잔히 부서지는 마당이 가슴에 안겨왔다. 어머니는 마당 끝 화단에서 가을꽃들이 시들어버린 꽃대들을 거두고서 그 자리에 흙을 돋우고 있다. 나는 어머니의 손놀림을 보면서 그 마음을 읽었다. 내년에도 가을 꽃을 아들과 함께 볼 수 있을까 생각하시겠지. 나는 마당으로 내려가 어머니가 여름내 가꾼 잔디밭에 앉았다. 아무것도 깔지 않고 앉아도 너무 깨끗한 잔디밭이다. 그 자리에 벌렁 누워버렸다. 어머니가 흘낏 뒤돌아보고는 다시 일을 계속하였다.

잘 가꾸어놓은 마당이 눈에 가득 찼다. 어머니는 혼자 이 너른 집에 살면서 틈만 나면 집 주변을 손보았다. 내가 첫번째 출마를 했을 때에 마당에 잔디를 심고 가꾸기 시작했는데, 이제는 마당이 온통 잔디밭이 되었다. 잡풀이 없는 잔디밭은 언제나 정결했다. 외로운 세월을 지낸 노인의 마음이 그 질긴 잔디 뿌리에 얽혀 있다. 어머니는 아버지가 돌아가신 후에 소일 삼아 화단을 가꾸었다. 관상수도 사다 심었고, 넓은 마당에는 토종 잔디를 심었다. 봄부터 초가을까지는 잔디밭에서 풀을 뽑았다. 잔디는 모진 것 같으면서도 잡풀에는 약하다. 그래도 잔디밭은 늘 푸르고 깨끗했다.

그때 자동차 엔진 소리가 들렸다. 점점 가까이 들렸다. 어머니가 허리를 펴고 나를 쳐다보았다. 차 소리가 대문 밖에서 멎었다. 아무도 만나지 않는다고 그러세요. 어머니가 대문을 열고 밖으로 나갔다.

안녕하세요. 어머님. 중년 사내의 목소리가 들렸다. 이번에 당선된 김 의원이었다. 어머님 저 김원국입니다. 예전에 종종 뵈었지요. 기억하세요? 늙으시지도 않으셨구요. 지난번에는 제가 사람 구실을 못 했습니다. 존경하는 선배님이신데, 정치판이라서 사십 년 우정도 다 배반해버리게 되었어요. 그런데 어떡허지. 아들이 방금 잠에 떨어졌어요. 잠들기가 쉽지 않은데, 어려운 걸음 하셨다고 전하지요. 잠시 말이 끊어졌다. 할 수 없지요. 사실은 선배님 뵙고 사죄하려고 왔는데…… 몸이 빨리 회복되시기를 빌겠습니다. 고마워요. 문전 박대 하였다고 그러지 말아요. 제가 알지요. 이걸 전해주세요. 자동차 소리가 멀어져 갔다. 어머니가 난분을 들고 들어왔다.

"참 미안하게 되었구나. 문병을 왔는데, 문전에서 그냥 보내다니, 내 평생에 이런 일은 처음이다."

어머니는 난분을 툇마루에 놓으면서 한숨을 내쉬었다.

'쾌유를 빕니다. 국회의원 김원국.'

나는 숨이 찼다. 분노 때문이었다. 저 화분을 마당으로 내던져버리고 싶지만, 들고 들어온 어머니 얼굴을 대하니 그럴 수 없었다.

"다 잊어라. 잊기가 쉽지 않지만, 잊어라. 네 몸을 위해서라도 잊어야 한다."

어머니가 웃소매 자락으로 눈자위를 훔쳤다.

예상하지 않은 복병이었다. 내 당내 세력을 견제하는 세력들이 합세하여 나를 공천에서 밀어내고, 내 고교와 대학 2년 후배인 김을 앉혔다. 나를 밀어낸 구실은 내가 구시대 정치인이라는 것이었다. 구시대? 웃기는 일이었다. 12·12 사태 때에 신군부 덕에 정계에 진출했다는 것이었다. 민주화 세력이라고 자처하는 대통령 주변 세력들에게는 내가 성가신 존재였다. 그러나 지난번 대통령 선거 때에 나를 무척 유용하게 썼으므로, 당장 토사구팽을 할 수는 없었다. 이번에 당선되면 4선 의원이 되어 당내 중진이 될 수 있었다. 이제는 과거 같은 계파정치를 벗어나 정치적 역량으로 정치를 하는 시대가 되었다. 통치자는 내게 입각을 권유했다. 그것은 원내 진출을 막기 위한 구실이었다. 통치자의 주위에 있는 정략가들의 술책이었다. 나는 그 제안을 받아들일 수 없었다. 그러자 결국 공천에서 밀어냈다. 구시대 정치인 배제라는 명분을 내세우면서 공천 탈락만 시킨 것이 아니라, 내게 과거 권위주의 시대의 부도덕한 정치인이라는 주홍글씨를 달아주면서 당에서 내쫓으려 했다. 그들의 정략에 절친한 후배인 김 의원이 합세하였다. 그래도 나는 믿었다. 설사 공천이 되지 않는다 하더라도 무소속으로 출마하면 지역구 주민들이 나를 외면하지는 않을 것이라고. 그러나 정치는 무상했다. 유권자들은 나를 날개가 부러진 병든 독수리로 알았다.

그가 내 문병을 왔다. 병 주고 약 준다는 말 그대로였다. 내가 그를 만났다면 그가 들고 온 난분을 그의 면상을 향해 내던지지 않고 참아낼 수 있었을까? 어머니는 자식을 잘 안다. 내 못된 성질 때문에 늘 마음에 부담을 갖고 살아온 어머니였다.

"김 의원을 잘 보내셨어요. 어머니는 여전히 저를 잘 아시네요."

나는 일어나 어머니 등 뒤로 다가가며 마음을 추스르기 위해 속삭였다.

"네 불같은 성격을 내가 모르겠니? 그 성격 때문에 이 에미가 얼마나 마음을 졸이며 살았는지 아니? 국회의사당에서 싸움질하는 것을 볼 때마다 혹시 저 속에 네가 있는지 가슴을 졸였단다."

얼굴이 화끈 달아올랐다.

"어머니, 그런 방송도 보세요? 이제는 싸움질 안 해요. 안심하세요. 언제 이야긴데……"

"그래도 사람은 타고난 성품은 무덤까지 갖고 간단다."

나는 내 성품을 잊고 살았다. 그것이 내가 타고난 성품인지를 모르고 살아왔다. 아내도 이따금 불끈하는 내 성미를 보면서 돼먹지 못한 성격이라고 눈을 흘긴다. 그 성격이 잘못 표출될까 마음을 졸이는 사람은 어머니뿐이다. 당신의 몸에 나를 10달 동안 보듬고 살았으니까, 나를 몸 밖으로 내보냈어도 항상 자궁에 보듬고 살듯이 가슴으로 마음으로 보듬고 살아왔으니까. 그렇다면 지금 내 아픈 몸도 어머님이 보듬고 있을 것이다. 순간 나는 가슴이 미어지는 화한이 몰려왔다. 나는 내 분노만 추스르지 못해서 전전긍긍했는데, 어머니는 소멸되는 자식의 육체를 보면서 얼마나 고통스러워하실까?

"어머니, 제가 초등학교 다닐 때에 여기에 어머니와 함께 화단을 만들고 강낭콩도 심고 봉숭아도 심고 분꽃도 심었죠."

어머니가 손놀림을 멈추고 뒤로 고개를 돌렸다.

"그걸 기억하고 있구나. 나도 금방 그 생각을 했단다. 그런 생각을 하다 보니, 네가 가을 추수 방학에 집에 들른 것 같구나."

가을 추수기에는 2, 3일씩 농번기 방학이 있었다. 중학생 때만 해도 그 방학이 기다려졌는데, 고등학생이 되면서부터 방학이 되어도 집에 오지 않았다. 공부를 구실 삼아 그대로 하숙집에서 살았다. 그러면 어머니가 다녀갔다.

"그때 나와 함께 봉숭아와 강낭콩 관찰일지를 방학 때마다 썼지, 네가 아주 잘 썼다고 상도 타왔단다."

"어머님이 써주시지 않았어요?"

"아니다. 나는 이틀에 한 번씩 관찰하는 것을 잊지 말도록 했을 뿐이다. 넌 그림 소질이 있어서 봉숭아나 강낭콩이 자라는 모습을 잘 그렸다."

"그래요. 그때가 어제 같은데요."

"그렇지. 벌써 오십 년이 가까워오니까. 마음만 먹으면 그때로 돌아갈 수도 있다. 네가 여기에서 이 에미와 살면 어른이 되지 않을 테니 말이다."

나는 그 말이 참 듣기 좋았다.

"제가 옛날 모습으로 있으면 어머니도 좋으시죠. 늙으시지 않고 나이도 항상 마흔 그대로이실 테니까요."

"그렇구나."

모자의 대화는 끝이 없었다. 그런데 내가 어머니와 고향에 대해서 기억하고 있는 것이 별로 없었다. 시골 아이가 도청 소재지로 유학을 갔으니, 오히려 도시의 풍경과 생활이 더 생생하게 남아 있었다. 그런데 어머니는 내 이야기를 쉬지 않고 하셨다. 그러면서 계속 호미로 화단의 흙을 파고 돋우었다.

"아들아, 이제 네가 어린아이로 돌아가면, 그동안 살면서 당했던 일들을 다 잊어버릴 수 있을 것이다. 미움도 분함도 털어버리고, 미운 사람도 용서하고, 신세 진 사람들에게 감사하고, 즐거웠던 일만 기억하며 어린아이처럼 살아라. 그러면 우리가 인생을 두 번 사는 것이 안 되겠니?"

어머니 말소리는 손자 앞에서 동화를 읽어줄 때처럼 낭랑했다.

알았어요. 그렇게 말하였던가. 그래, 푹 자거라. 잠을 자면 모든 것이 잊히게 마련이다. 어머니 음성이 차츰 멀어져갔다.

2

다시 하루가 시작되었다.

나는 잔디밭으로 나왔다. 여기에 서면 집 주위가 한눈에 들어온다. 울타리에 서 있는 감나무에는 빨간 단풍이 곱다. 이제 바람이 불면 떨어져버릴 것이다. 그래도 익은 감들은 주렁주렁 달려 있다. 벚꽃나무와 산수유 복숭아나무 들이 겨울을 준비하기 위해 거추장스러운 잎들을 떨어버리고 있다. 마당에 메마른 잔디도 숨을 죽이고 있다. 저러다가 봄이 되면 아우성치면서 요동치겠지. 봄이 오면? 그 봄이 오기 전에 추운 겨울을 지내야 하는데, 내가 그때까지 기다릴 수 있을까?

안방에서 전화 벨 소리가 들렸다. 어머니가 일어나 받았다.

"서울 에미다. 전화 받을 수 있겠니?"

어머니가 송수화기를 든 채 나를 쳐다보았다.

"저예요……"

아내의 목소리에는 울음이 잔뜩 끼어 음절이 흐트러졌다.

"오늘, 다시 당신 전화를 다시 받게 되는구려. 날씨가 참 좋아요. 툇마루에 앉으니 마당 잔디밭과 푸른 하늘이 눈 가득 들어와요. 기분이 상쾌하고 통증은 전혀 없고, 마치 천국에 온 듯해요. 난 지금 이렇게 살아 있음을 감사하면서 행복이란 것을 실감해요. 현재 내 처지를 생각하면 감사할 수밖에 없지요."

나는 아내에게 더 많은 이야기를 하고 싶었다.

"이곳 걱정일랑 마시고, 어린 시절로 돌아가 어머님과 어리광을 부리면서 지내세요. 선이는 일찍 학교에 갔고요, 경철이도 이제는 고 삼이라 수능 준비에 열심이에요. 아버지가 안 계시니 아이들이 어른스러워졌어요. 흑흑."

아내는 아이들 이야기를 하다가 흐느끼기 시작했다.

"왜 울어요? 난, 정말 아무렇지도 않은데……"

아내는 내 절망적인 상태를 그런 식으로 말하는 것으로 생각되는 모양이었다. 통화를 엿듣던 어머니가 중문을 열고 마루로 나갔다. 마루에서 달이는 탕약 냄새가 흘러들어왔다.

통화가 끝났다. 나는 한참이나 멍청하게 앉아 있었다. 물기 스민 아내의 목소리가 고막에 그대로 고여 있는 것 같았다.

문밖에서 인기척이 났다. 어머니가 나를 쳐다보았다. 대문이 열렸다.

아니, 이거 누구신가? 채 의장님, 바쁘신데 어려운 걸음을 하셨구나. 어머님, 그 동안 제가 죽을 죄를 지어서 뵙기가 민망했습니다.

나는 채 의장 목소리를 들으면서 가슴이 요동쳤다. 그에 대한 내 애증은 내 병의 정체를 알기 이전부터도 고통이었다. 정치 무상을 생각했던 것도 그 친구 때문이었다.

"어이, 병규, 나 동석일세."

오랜만에 들어보는 이름이었다. 나는 가슴이 진정되지 않았다.

그가 방으로 들어왔으나 나는 그의 얼굴을 바로 볼 수가 없었다.

"서울에 갔다가 병원에 들렀는데, 퇴원했다더군. 난 혹시나 해서 가슴이 철렁 내려앉았는데, 아주머니와 통화하고서야 마음이 놓였어. 이렇게 정작 만나니 듣던 대로 얼굴이 많이 좋아졌는데."

그는 내 손을 덥석 잡고서 내 얼굴을 뚫어져라 바라보았다.

"내가 자네에게 큰 죄를 지었어. 자네를 이렇게 만든 것도 다 내 탓이야. 용서해라. 정치라는 것이 참 사람을 못되게 만든다는 것을 절실하게 알았다."

"뭐, 자네나 나나 너무 순진하게 세상을 살아서 그렇지. 만났다가 헤어지고 원수졌다가 친구가 되고, 그것이 정치판이라는 것을 몰라서 그랬지."

"그래도 자네와 나 사이에 우리가 정치꾼으로만 남아 있을 수는 없지. 상상도 못 한 일이었는데."

우리는 말을 계속하지 않았다.

그는 대학 졸업 후에 농협에서 일하다가 퇴임해서 지역사회를 위해 일을 많이 했고 내가 정치에 발을 들여놓을 때에 튼튼한 후견인이었다. 지역구를 모두 그가 관리했다. 그가 나를 돕는 것은 단순히 친구를 돕는 수준이 아니었다. 인물을 만드는 데 한 몫을 하겠다는 것이었다. 그는 지방 토박이 세력을 구축하고 관리하고 있었다.

이번에 내가 공천에서 밀려나고 후배가 영입되면서 그는 고민을 많이 했다.

"내가 어쩌면 좋겠나?"

그는 여당 도당 부위원장이면서 도의회 의장이었다. 앞으로 도지사 출마를 꿈꾸고 있었다.

"몇 달만 참아라. 내가 무소속으로 나온다고 사람들이 외면하겠냐? 다시 당으로 복귀한다."

나는 으레 그도 탈당하여 나를 밀어줄 줄 알았다.

그러나 당에서는 선수를 쳤다. 그를 도 선대위 위원장으로 앉히며 차기 도지사 공천을 보장한다고 약속했다. 그렇게 상황이 변하자 이번에는 동석이 나서서 내게 불출마를 권유했다. 좀 마음을 달래고 외국에라도 나가 있어라. 선거가 끝나고 개각 때에 입각을 보장한다더라. 행정 경험을 쌓는 것도 후일을 위해 필요하지 않겠나? 그러나 그런 회유는 나를 무력화시키는 술수라는 것을 잘 알았다. 공천에서 탈락시키는 세력들이 나에게 입각의 기회를 줄 수 있겠냐? 무소속으로 출마해서 당선되는 길밖에 나를 회복하는 방법은 없었다. 결국 그는 탈당하지 않았다. 그런데 그것으로 끝나지 않고, 내 기반은 고스란히 공천자에게 넘겨졌다. 그는 김 의원보다 더 가혹하게 내 가슴에 비수를 꽂았다.

"자네가 정치에 입문할 때 제일 기뻐한 것은 나였는데, 이제 자네를 배신하고 이렇게 어색하게 마주 앉을 줄을 우리가 생각했겠나?"

"자네는 나 때문에 십 년 넘게 고생만 했는데, 이제 그런 이야길랑 말자. 이것이 인생살이 아니겠는가? 이렇게 찾아와줘서 고맙네."

"정치라는 것이 사람을 무섭게 만든다는 것을 알았네."

나는 그의 모든 말을 그대로 받아주고 싶었다.

그리고 우리의 대화는 끊어졌다.

"내려온 줄 알면 친구들이 좋아할 거야. 이상규 교수랑 조원일 목사도 걱정을 하면서도 시련을 이겨낼 것이라고 하더라. 옛적 친구들 마음이야 어디 가겠냐? 나도 이번 일을 끝으로 정치에서 손을 떼겠다. 자네가 이렇게 되었는데, 내가 나서서 뭘 하겠니."

"그러니 말야. 정치도 사람 사는 일이다. 살다 보면 멀어지기도 하고, 가까워지기도 한다네. 특히 정치판에서는 부자지간이나 피를 나눈 형제도 싸운다는데, 자네나 나나 다 제 살아갈 길이 있는데, 난 다 이해하려고 노력해. 참, 조 목사가 내 걱정을 했어?"

나는 그 이름을 듣는 순간 긴장되었다.

"그래. 앞에서는 자네를 공격하면서도 뒤에서는 네 편이야."

"그래. 그 친구는 그럴 거야."

순간 지난날의 얼굴들이 스쳐 지나갔다. 앞에 앉은 동석이가 학생복을 입은 얼굴로 다가왔다.

그가 일어났다.

"잘 가게."

"잘 있게. 다시 찾아오겠네. 힘을 내게."

마당으로 따라나선 나에게 그는 어서 들어가고 손짓했다.

대문 닫는 소리가 나고, 곧이어 적막이 몰려들었다.

점심 후에 어머니가 내민 탕약 그릇을 말끔히 비우고는 산책 준비를 했다. 점심 식전에 마을을 걸어보기로 어제부터 작정했다.

"낮이라도 날씨가 약간 쌀쌀하구나."

밖으로 나가는 나를 어머니는 걱정스러워했다. 그러면서도 아들이 혼자 산책 나간다는 일이 대견스러운 모양이었다.

어제는 한 20여 분 집 주위만 어정거리다가 들어왔다. 오늘은 마음을 크게 먹고 마을 공회당까지 다녀오기로 작정했다. 다소 높직한 언덕배기에 자리 잡은 공회당 마당에 서면 온 마을이 한눈에 들어왔다. 예전에는 마을 사람들이 그곳을 사랑방처럼

생각해서 자주 드나들었다. 넓은 마당가에는 오래된 느티나무
가 있는데, 그 그늘에서는 여름내 장기판이 벌어졌다.

천천히 걸었다. 수없이 많은 사람들의 발자국이 박혀 있는
마을길을 걷는 것이 정겨웠다. 지난 선거 때에는 차를 타고 수
없이 돌아다녔던 길이었다. 이렇게 걸어보기는 오랜만이다. 몇
년 전에 길이 콘크리트로 포장되어서 그전에 많은 사람들이 걸
었던 발자국이 그대로 오래 남아 있을 것 같았다.

공회당은 많이 변해서 낯설었다. 조선식 기와집이었던 옛 건
물 자리에 창고 건물과 ㄱ자형으로 2층 건물이 앉아 있다. 이
미 3년 전에 향사 개축 공사를 했다. 나도 얼마를 희사했던 일
이 생각났다. 병상에 누워 있으니 생각은 과거로만 치달았다.
누가 그런 말을 했다. 과거를 생각하면 추하고 부끄러운 일도
아름다워지고, 미래를 생각하면 욕심이 끼어들기에 행복을 말
해도 고통스러워진다고. 맞는 말이다.

회관에서 여러 사람들을 만나 인사를 나누었다. 낯이 선 얼
굴도 있고, 아주 익숙한 얼굴들도 있다. 모두들 나를 보더니 측
은한 표정을 짓는다. 한때 당당했던 내 모습이 죽음을 앞에 둔
쇠약한 모습이 되었으니 이상하다는 것이다. 모두가 병들면 그
런 모습이 된다. 인간은 참 공평하구나. 나는 공회당을 나오면
서 그렇게 생각했다.

돌아오는 길에서 예전 마을 정경을 그려보았다. 초등학교;
어릴 때 놀던 물레방앗간, 마을 앞 시내…… 이제 그곳들을 다

녀오고 싶었다. 그러노라면 언젠가는 뒷산 아버지 묘소까지도 갔다 올 수 있을 것이었다. 그런 계획도 욕심이 아닐까. 되도록 내일에 대하여 계획을 세우지 말자. 계획은 모두가 욕심이었다. 그냥 그때그때 걸을 수 있는 데까지 걷는 것이었다.

하늘을 향해 고개를 젖히고 숨을 크게 몰아쉬었다. 맑고 깨끗한 공기가 폐부로 스며들자, 굳어져가는 폐가 생기를 얻는 것 같았다. 눈앞에 펼쳐진 하늘과 집들과 밟고 있는 땅이 모두 아름답고 정답기만 했다. 어디선가 아이들 떠드는 소리가 들렸다. 병국아, 병국아, 우리 공 차러 가자. 귀에 익은 목소리였다. 아이들이 와자자 몰려왔다. 오랜만이었다. 그런데 넌 왜 나이를 먹지 않았니? 아주 옛날 중학생 때 그대로이구나. 아이들이 와자자와자자 웃으면서 떠들었다.

미열이 나는지 이마가 서늘했다. 나는 서둘러 발길을 돌렸다.

3

오늘은 학교 근처까지 걸어가보기로 작정하고 집을 나섰다.

학교가 가까워올수록 이마가 서늘하니 땀이 나고 숨이 찼다. 교문 앞에 도착하고서는 한동안 서 있었다. 새로 만들어진 교문이지만 낯설지 않았다. 아침마다 나는 '간호생'이라는 완장을 차고 학생들의 등교 지도를 했다. 아이들이 재잘거리는 소리가 들렸다.

예전에는 조금이라도 일찍 등교하려고 교문이 가까워오면 반달음질을 쳤다. 6학년 담임은 언제나 학생들보다 30분쯤 일찍 출근해서 자습 내용을 판서해놓고 기다렸다. 좌석은 일찍 오는 차례대로 앉혔다. 아이들은 앞자리에 앉는 것을 자랑으로 생각했다. 담임은 학교가 파한 후에도 진학할 학생들을 모아놓고 특별 지도를 했다. 그렇게 열정적으로 지도한 결과, 겨우 58명 졸업생 가운데 도청 소재지 명문 중학에 8명이나 합격했다. 그중에 셋은 후에 서울대학교에 들어갔다. 이 신화적인 사건은 오래도록 군 관내에서 이야깃거리가 되었다. 경실련 지역 책임자로 일하는 이성철 교수나, 유신 시대 독재와 맞싸워서 정치 목사로 낙인찍힌 조인회는 지금도 그때의 열정으로 일하고 있다.

그때의 담임은 사범학교를 나와 3년차 되는 패기 찬 교사였는데, 매일 아침 학생들에게 '큰 꿈을 가지라'고 강조했다. 그 훈화가 얼마나 감동적이었던지, 나는 그 말을 일생 좌우명으로 삼았다. 이 나라에서 누구보다도 앞서가는 인물이 되겠다, 그렇게 성공해서 50살쯤 되었을 때, 고향 초등학교 교정에서 후배들에게 외치겠다, '소년들이여, 큰 꿈을 가지라'고. 그런 소망은 이루어졌다. 첫번 지역구 선거에 나왔을 때, 나는 그 옛날을 이야기하면서 표를 구걸했다. 결과 이 고향 마을 표를 90퍼센트나 휩쓸었다. 그러나 이번에는 당선된 김 의원보다 겨우 2퍼센트쯤 앞섰을 뿐이다.

나는 초등학교 졸업 후 지금까지 담임선생의 훈화처럼, 꿈을 성취하기 위해 살았다. 꿈을 생각할 때마다 가슴이 뛰었고 미래는 찬란했다. 그러나 날이 갈수록 꿈은 추한 것으로 변해갔다. 욕망을 아름답게 생각했던 그 시절의 내 모습이 눈앞에 어른거리면서 나는 그때의 어린이로 돌아갔다.

아이들 소리가 들리지 않았다. 교문 가까이 가서 운동장 안을 기웃거려보았다. 운동장은 텅 비어 있다. 수업이 시작된 모양인가.

운동장으로부터 까만 세단이 미끄러져 나오다가 멎었다.

"아니, 원 의원이 어쩐 일인가? 그렇지 않아도 집으로 가려는 참인데."

민태민 사장이 차에서 내리더니 나를 얼싸안았다.

"야, 좋아졌구나. 여기서 만나다니."

그는 사업가로 꽤 돈을 모은 초등학교 동창이다. 도청 소재지에서 건설자재상과 시멘트 대리점을 경영하였는데, 이제는 토건업과 호텔 사업에 진출해서 사업이 번창하고 있다. 고등학교만 나왔으나 성공한 친구이다. 그는 의리의 사나이다. 이번에도 여전히 나를 위해 고군분투했다.

"채 의장 전화를 받고 내려온 줄 알았지, 왜 알리지 않고?"

"아무 데도 안 알렸어. 집 안에서 오랜만에 아들로만 지내려고 했지."

"채 의장을 어떻게 알았지?"

"서울에 갔을 때에 병원에 들렀다더라."

나는 채 의장이 찾아왔던 이야기를 했다.

"오늘 이 교수가 강의 없는 날이래. 그래서, 머리나 식힐 겸 원 의원과 함께 드라이브하자고 약속했지. 마침 모교에 용건이 있어서 들렀는데, 참 잘되었군. 이대로 시내로 나갈까?"

시내라면 군청 소재지를 말한다. 여기에서 승용차로 한 20분 걸린다. 몇 년 사이에 민 사장이나 채 의원이나 이 교수가 모두 군청 소재지로 이사했다.

"원 의원에게 진 빚을 갚을 길이 없네. 하여튼 몸만 어서 회복하게."

그는 한 손으로 내 손목을 꼭 잡은 채 속삭였다.

"뭘, 오히려 내가 늘 신세만 졌지."

그는 선거 때마다 제 돈을 써가면서 뛰어주었다.

"그런 말 말아."

그는 신실한 친구이다. 농업학교를 나와 집안일을 돕다가 장사를 늦게 시작했다. 1970년대 말, 이 근방에 공업단지가 들어서면서 땅값이 오르자, 대담히게 농토를 팔고 사업을 시작했다. 어느 날 신문사로 나를 찾아와 장사를 하려는데 도와달라고 부탁했다. 나는 처남을 소개해주었다. 그 인연으로 장인네 그룹 시멘트 회사 대리점을 맡게 되었고, 그렇게 시작해서 줄곧 처가와 인연을 유지해왔다.

"자네가 한눈팔지 않고 열심히 일했으니 성공했지. 내게 부담 가질 거 없어. 내가 오히려 민 사장에게 진 빚이 많아. 이제 갚을 길도 막연하니……”

“그런 말 말게. 그러면 내가 섭하네.”

나는 그동안 그에게 진 신세를 생각했다.

“우리 집에 가서 차를 마시고 있으면 이 교수가 올 걸세. 그 친구도 요즘 바빠. 우리 동창들, 시골에서 자랐지만, 도내에서는 다 알아준다. 수는 많지 않지만, 각 방면에 다 포진해 있으니, 그 힘 무시 못 해.”

그는 가슴을 펴면서 말하더니 큰 저택 앞에 차를 세웠다.

“작년에 지었어. 원 의원은 처음이지?”

그는 철제 대문 앞에서 나를 쳐다보더니 앞장서 들어갔다. 저택은 꽤 크고 규모도 갖추어져 있었다. 서울 큰처남 집에 뒤떨어지지 않았다.

“언젠가, 원 의원 소개로 회장님 댁을 찾아뵌 적이 있는데, 그때 그 저택을 잊을 수 없어.”

그는 정원을 휘휘 둘러보면서 자랑 삼아 이야기했다. 넓은 정원에는 작은 물레방아, 연못에는 비단잉어, 기암괴석과 인공폭포, 잘 다듬어진 정원수와 값나가는 수석들이 갖추어져 있었다. 아마 그때부터 이 친구는 돈을 벌면 그만한 저택을 가져보리라고 마음먹었을 것이었다. 이 집을 지으면서도 장인어른 집을 생각했겠지. 저택만이 아니라, 사업도 언젠가는 세웅그룹에 견줄 만하게 일궈보고 싶겠지. 나는 친구의 야망을 생각하였다.

"성공했군. 사업 욕심은 좋은 거야. 사회에 그만큼 기여하니까."

나는 중국산 용정차를 마시면서 그를 치켜세워주었다.

"원 의원도 정치에 환멸을 느꼈으면 사업을 해봐. 머리가 뛰어나고 식견도 넓으니까 틀림없이 성공할걸."

지난 선거에 패배한 후에 장인으로부터 여러 번 들은 말이다. 나는 소리 없이 웃기만 했다. 이제는 모두 무의미한 말이다. 그래도 권유는 즐겁고 고맙다.

차를 마시고 한담을 나누는데 이 교수가 왔다. 그는 초등학교부터 대학까지 동창이다. 가장 친하면서, 항상 경쟁 상대였다. 그러나 이제는 진정한 친구가 되었다.

"그놈의 정치판이 자네를 이 지경으로 만들었군."

그가 내 손목을 잡고 흔들더니 눈에 물기가 소복하게 고였다.

"자, 나가세. 시원한 바람이나 쏘이면서 속세를 잊어보세."

민 사장이 우울한 분위기를 털어내려는 듯이 재촉했다.

우리는 민 사장 차에 탔다. 이 교수는 차를 타서도 내 손을 놓지 않았다.

"자네는 길을 잘못 택했어. 나는 한 우물을 파는 공으로 공부를 좀 했지만, 자네는 원래 영리하고 치밀하며 번쩍번쩍 튀는 데도 있었고 하니, 만약 학문을 했다면, 대 석학이 되었을 거야."

그의 말을 듣고 보니, 그에 대한 내 배신이 기억났다. 우리 둘은 대학 졸업 후에 함께 대학원 시험을 치렀고, 다행히 둘 다

합격했다. 그런데 나는 몰래 다시 신문사 입사 시험을 봤다. 결국 대학원을 포기하고 신문기자를 택했는데, 그 후부터 그는 이따금 내 정치적인 욕망이 학문의 열정을 막아버렸다고 아쉬워했다.

"난 자네처럼 원칙주의자가 아니야. 약속을 어기고 시험을 두 곳이나 봤지. 아마 학문을 했어도 자네같이 성실하지는 못했을 거야. 아마 세속주의를 쫓아가면서 정치교수쯤 되었겠지."

나는 솔직하게 내 모습을 숨기지 않았다.

"자네는 열정파니까, 모교 교수가 되었을 거야. 교수들의 신임을 얻은 것은 오히려 자네 쪽이 더했으니까."

그럴지도 모른다. 신문사로 들어간다니까, 취직이 어려웠던 그 시절에도 퍽 아쉬워하는 교수들도 있었다.

우리들이 옛이야기에 묻혀 있는 동안, 민 사장은 호숫가로 난 포장도로를 거쳐 장어집 앞에 차를 세웠다.

"여기 무태장어가 유명하다네. 서울에서 온 손님들에게 아무리 진수성찬을 대접해도 돌아간 다음에 인사 한마디 없는데, 여기 와서 장어 요리를 대접하면 뒷날 틀림없이 그 부인으로부터 인사 전화를 받는다더군. 우리 집 양반 내려가셨을 때 대접 잘해주셔서 고맙습니다 하고 말일세."

"오랜만에 장어 덕으로 남편 힘을 확인했단 말이지, 허허허."

이 교수가 킬킬거렸다.

그렇게 유명한 장어구이도 별 맛이 없었다. 겨우 두 점을 먹었고, 죽도 반 공기쯤 먹어치웠다.

돌아오면서 우리는 다시 옛이야기를 계속했다. 이 교수는 한번 썩은 사회를 변혁시키는 것이 얼마나 어려운 일인가를 말했다.

"언젠가 우리는 정의 사회를 위해 함께 일하자고 했었지."

그는 추억처럼 그 옛 일을 나에게 상기시켰다. 그런 꿈을 갖고 나는 대학생활을 열심히 했다. 사회운동 단체에서 일도 했고, 교회 대학생부에 참여해서 신앙 체험도 가져보았다. 김용기 장로가 운영하는 농군학교에 들어가 근검절약 훈련도 받았다. 그러나 어느 것 하나 만족하지 못했다. 왜 그랬을까. 나는 그런 훈련을 통해 뭔가 더 얻으려고만 했다. 그런 경험이 내 도덕적 욕망을 자극하기는 했지만, 세상을 새롭게 바라보는 눈을 뜨게 하지는 못했다.

"일은 잘 되어가나?"

나는 이 교수가 하는 일을 알고 있다. 경실련 도 대표이면서 대학 교수협의회를 책임 맡았고, 몇 년 전에는 앞장서 전교조를 도와주었다.

"점점 일하기가 어려워져. 상황이 풀리면서 여건이 좋아지니까, 개인의 이기심이 차츰 드러나기 시작하는데, 명분은 퇴색되고 이기심은 노출되고, 그래서 일은 점점 복잡해지고……"

나도 신문사에서 비슷한 경험을 한 적이 있다. 자유언론실천운동에 참여했던 때이다. 나는 다행히 처가 덕에 먹고 살 형편은 되니까, 아주 강경하게 행동했다. 그래서 신문사에서 월급 안 받아도 살 수 있다고 큰소리치면서 사표를 던지고 나왔다. 그런데 동료 중에는 처음에는 가담했다가 회사에서 강경하게 나오는 바람에 슬며시 직장 사수를 명분으로 발을 떼는 사람도 있었다. 나는 그들을 경멸했고, 오래도록 상종하지 않았다. 그래서 나는 민주주의를 신봉하는 자들로부터 점수를 땄지만 결국 두 해를 놀다가 다른 신문사로 옮겼다. 더구나 신군부가 주도했던 정치판에 소위 참신한 인물 발탁이라는 명분으로 정계에 입문했다. 그러고 보면 내가 자유언론투쟁에 앞장서 참여한 것이나, 신군부에 들어간 일은 모두 내 정치적인 욕망을 충족하기 위한 전략이었다. 그 전략이 민주주의 사회 개혁이라는 미명을 쓰고 대중들 앞에 나타난 것이다. 그래야 명분이 서고 그 명분이 우리 사회에서는 정당성을 만들어준다. 이번에 당에서 머리가 커지는 나를 밀어내고, 나와 막역한 김 의원을 내세운 것도 정략적이다. 그렇다면 내가 새삼스럽게 김 의원이나 총재를 비난할 명분도 없다. 오히려 미워함으로써 얻는 고통을 감당해야 한다. 그러나 내가 화해를 청한다면 과거의 전략적 행동은 모두 씻길 것인가.

이 교수도 1980년 초에 해직되어 고생했다. 그래서 나와는 소원했다. 신군부의 척후병인 나와 해직 교수는 극과 극이었다. 그러한 사정을 생각하니, 내 의식에 자리 잡고 있는 도덕적인 허위의식이 선명하게 떠올랐다. 내가 추구했던 것은 진실로서

의 도덕성이 아니라, 일종의 욕망으로서의 도덕성에 불과했을
것이다. 그런 내 심정을 이 교수에게 말할까 하다가 그만두었
다.

몸에 좋다는 무태장어를 먹기 위해 친구들을 만나면서 나는
옛날 내 욕망의 정체를 더듬을 수 있었다. 이제는 그런 것들을
더듬어보는 것도 추억처럼 감회가 새로웠다.

"다음에 만나자."

이 교수는 시내에서 먼저 내렸다. 그래. 잘 가라. 나는 이미
반백이 되어버린 그의 흰 머리칼이 바람에 펄펄 날리는 것을
등 뒤에서 보면서, 그가 나처럼 욕망의 늪에 빠지지 않기를 기
도했다.

4

아침 식사를 밥으로 했다. 오랜만에 먹는 밥이라 맛이 별스
러웠다. 다시 밥을 먹을 수 있다는 것만으로도 즐거웠다. 셔우
죽 반 그릇을 비우던 때와 비교해보면 이제는 정상적인 식사를
하게 되었다.

하루를 보내면서 내일이 만약 내게 주어진다면 어떻게 살아
갈까 생각하였다. 그러다가 엊저녁에는 좋은 생각이 떠올랐다.
86가구가 되는 이 동네 집집을 찾아가서 인사를 드리기로 했

다. 예전에는 찾아가서 표를 부탁했다. 그런 지난 일이 부끄러웠다. 고향 사람들을 순수한 마음으로 만나고 싶었다. 그들은 내가 공부하는 동안 나를 아껴주었고, 기대를 보내주었다. 훌륭한 사람이 되라고 격려해주었다. 선거 때마다 밀어주었고, 좋은 일이 있을 때는 제 일처럼 기뻐해주었다. 그런데, 나는 이들을 오로지 표로만 생각했다. 이제 찾아가서는 그동안 입은 은혜에 감사하며 용서를 빌기로 마음을 먹었다. 하루에 오전 오후 두 집씩만 방문하기로 작정했다.

오늘 오전에는 집에서 제일 멀리 떨어져 있는 두 집을 택했다. 첫번째로 찾아갈 김원석은 내 초등학교 후배이다. 초등학교만 나와서 한평생 농사일을 하면서 살았다. 쉰이 넘은 이들 부부는 도청 소재지 대학에 다니는 아들과 고교를 졸업한 막내딸과 같이 살고 있다.

후배는 집에 있었다. 내 얼굴을 보더니 황송해서 몸 둘 바를 몰라했다. 왜 저러나 생각해보니, 그는 김 의원의 일가여서 지난번 선거 때에는 김 의원 쪽 운동을 했다.

"오늘은 그동안 신세를 많이 져서 고맙다는 인사를 하러 왔네. 후배에게 진 빚이 많아. 두 번이나 찍어주었는데도 나는 고맙다는 말로 한마디 못 했어. 그런데 지난번에 자네가 김 의원 쪽으로 돌아선 것을 알고는 섭섭했지. 내가 너무 욕심만 차렸어. 미안하네. 정말 사과하네."

나는 그의 손을 잡고 진심으로 말했다. 그는 아무 말도 못한 채 내 상한 얼굴을 보면서 눈물을 글썽였다.

"마음을 독하게 잡수시고 어서 쾌유하셔야지요. 그깟 국회의
원으로 끝내시겠습니까? 더 큰일을 하셔야지요."

그는 나를 위로하며 마치 내 병이 자기 탓인 것처럼 송구스러
워했다.

그 후배의 집을 나오는데, 그동안 막혔던 가슴이 펑 뚫려서
시원한 바람이 폐부로 스며드는 기분이었다.

그 집에서 좀 떨어져 있는 초등학교 3년 선배 집을 찾았다.
부부가 자식들을 도청 소재지로 내보내고 둘만 살고 있었다. 이
들은 선거 때가 가까워지면 네 자녀의 주소를 마을로 옮겨와서
나를 찍도록 했다. 부부는 내 손을 꼭 잡더니 눈물부터 보였다.

"소식을 들었네. 마음을 독하게 먹고 어서 나아야지, 그래서
사 년 후에 다시 보란 듯이 일어서야 하네."

그는 입을 지긋이 다물고 결의를 다지듯이 말했다.

"그동안 너무 감사했습니다. 이렇게 제 발로 걸어서 인사를
드릴 수 있어서 감사합니다."

나는 더 할 말을 잊고 그저 '감사합니다'만을 되풀이했다.

집으로 돌아오는데 온몸이 가뿐했다. 밟고 있는 땅을 한 번
내려다보고 하늘을 한 번 쳐다보고, 전후좌우를 둘러보면서 걸
었다. 다시는 걸어보지 못할 땅일지도 모른다고 생각하니, 지금
걸을 수 있다는 것이 여간 행복하지 않았다.

오늘은 조인회 목사를 만나고 싶었다. 민 사장과 같이 갈까 하다가 혼자 공회당으로 가서 택시를 불렀다. 10분이 채 못 되어 택시가 왔다. 그의 교회는 군청 소재지 구시가지에 있다. 내가 세 번 선거를 치르는 동안 그는 한 번도 얼굴을 내비치지 않았다.

내가 정치판에 발을 들여놓았을 때부터 우리는 멀어졌다. 우연한 자리에서 서로 스쳐 지나갈 경우에도 그가 먼저 고개를 돌려버렸다. 나는 그가 제일 싫어하는 군부 독재 하수인인 정치인이었다. 더구나 그는 신군부에 불려가 호된 고초를 당했다. 하지만 내가 뒤에서 말을 해서 좀 덜 고생을 했다. 그는 그것까지도 치욕으로 생각했다. 그러나 나는 되도록 그의 신변에 일이 생기지 않도록 마음을 썼다. 그것은 우정 때문이었다. 정치적인 입장은 변할 수 있으나 초등학교 시절부터 시작한 우정은 무덤에 갈 때까지 변하지 않을 것이라고 생각했다. 그러나 한 번 멀어진 우리의 관계는 조금도 달라지지 않았다.

택시 기사는 나를 알아보는 모양이다. 나는 그런 낌새를 모른 척했다.

어제 이 교수가 나간 다음에 민 사장에게 조 목사의 형편을 물었다.

"여전해."

민 사장 대답은 시큰둥했다. 사회가 어려웠을 때에 조 목사는 뉴스의 초점이 되었다. 반정부 활동을 하는 목회자 가운데 대표적인 인사였다.

"이해할 수 없는 인물이야. 아니, 그 학벌, 그 학식을 가지고, 왜 좋은 직장 내버리고 목사가 되었는지. 그건 그렇고, 목사가 되었으면, 남들처럼 큰 교회에서 목회를 할 일이지, 왜 사람들의 눈총과 손가락질을 받으면서 고향에서 그 고생을 하는지 몰라."

민 사장은 조 목사의 처지를 냉소적으로 말했다.

그는 상과대학을 나와 유명 회사에서 근무하던 어느 날 나를 찾아와서는 사표를 냈다고 말했다.

"신학을 공부하겠어. 신앙의 힘을 갖지 않고는 이 험난한 세상에서 나를 지키며 살아가기가 어려워."

그는 나와 함께 고등학교 시절 개신교에서 세례를 받았고, 대학생 때는 교회 청년 활동도 열심히 했다.

그렇게 신학 공부를 시작하여 5년 후에 목사 안수를 받았다. 그때에 우리는 서로 만났다. 그는 몰라보게 변해 있었다. 영등포 지역에서 노동자들을 상대로 교회를 개척해서 목회를 하고 있었다. 그날 나는 그의 부인과 두 아이들을 만나고서 놀랐다. 그네들의 모습은 도시의 막노동꾼과 같았디.

그런데 그의 눈에서는 광채가 빛났고, 목소리는 우렁우렁했다. 그는 안수식이 끝난 다음에 내 손을 잡고 힘 있게 흔들면서,

"고맙다. 나를 잊지 않고 찾아주었구나. 어때? 신문기자 할 만 해?"

그는 마치 동생을 대하듯이 나를 걱정하는 투로 말했다. 그

리고 나는 반년쯤 뒤에 그가 긴급조치 위반으로 구속되었다는 사실을 알았다. 설교 중에 유신의 불법성을 말했다는 혐의였다. 그 이후로부터 이따금 그의 기사가 신문 한구석을 차지하곤 했다.

세번째는 내가 그를 찾아갔다. 그는 2년간 옥살이를 하고 나서 교회 목회를 하지 못하고 기독교 단체에서 실무 일을 맡고 있었다. 나는 신문사 일로 지쳐 있을 때였다.

종로 5가에 있는 기독교회관으로 그를 찾아갔다.

"싸움은 잘 되냐? 자넨 먹을 것이 넉넉하니까 걱정 없겠지?"

그는 언론자유투쟁위원회 일로 지쳐 있는 나에게 야유인지 모를 말을 한마디 했다.

"나도 신학이나 할까. 자네 말대로 기자로서는 이 시대를 견뎌낼 수 없어."

"신학? 목회자가 되겠다는 거야? 물론 자네는 괜찮을 거야. 처가의 도움을 얻고 목회를 하면 편할 수도 있지."

그는 내 말의 진정성을 무시했다. 그러한 그의 태도가 몹시 섭섭했다. 그러나 좀 지난 후에야 나는 그의 말의 진의를 이해하게 되었다.

우리는 점심을 먹기 위해 사무실을 나왔다. 그날은 꽤나 추웠다. 식당을 찾아가다가, 나는 펄럭이는 그의 바바리 자락을 보았다. 그것은 10여 년 전 그가 대학을 졸업해서 취직하던 해에 나와 같이 백화점에 가서 사 입은 것이었다.

"자넨 우선 세상을 제대로 보는 훈련부터 해야겠어. 그러니까 신문기사가 거의 엉터리지. 목사라면 사람들은 한경직이나 강원룡 같은 명사들을 생각하는데, 그게 아니야. 하루 두 끼도 못 먹으면서 이런 혹한에 연탄 한 장이 아쉬운 목회자들이 얼마나 많은 줄 알아? 그리고 어디에서 돈 얻어다가 목회하면 안 돼. 옛날 우리가 구호물자 타 먹던 그 버릇은 하나님의 뜻이 아니야."

나는 말을 더 꺼내지 못했다. 그는 아마 내가 하려는 말이나 가려는 길을 미리 알고 있었는지 모른다.

우리는 자장면 한 그릇씩을 비우고 헤어졌다. 점심값은 그가 냈다.

"조 목사 고집이 너무 센 것 같아. 장로들과도 사이가 안 좋아. 목사면 교회를 부흥시켜야 할 거 아니야. 설교를 못 해? 학식이 모자라? 명성이 없어? 그런데도 교인들이 모여들지 않아. 모인 사람들에게 복 주겠다는 말은 하지 않고 밤낮 욕만 하니까 사람들이 모이겠어? 그렇다고 헌금 거둬들이는 요령이라도 있나. 헌금한 사람의 이름을 밝히지 말라는 거야. 헌금한 것은 하나님만 아셔야지, 목사인 자기도 알아서는 안 된다는 거야. 그러니, 누가 귀한 돈을 교회에 바치겠어. 그러니까 역사가 오랜 교회이지만, 신도 수는 그냥 그대로야. 장로들도 좋아할 리가 없지."

"애들은 어떻게 살아가고 있어?"

그러한 처지에서 자녀들은 어떤지 궁금했다.

"큰딸은 지난해 교육대학을 나와 시골에서 교편을 잡고 있고, 둘째는 올봄에 군에 입대했다고 들었어."

민 사장의 말에 나는 안심이 되었다.

어제 민 사장과 나눈 말들을 생각하니 그를 어서 만나고 싶었다.

최근에 도시는 달라졌으나 그가 목회하는 교회는 예전 구시가지 한복판에 그대로 있었다. 예전에 종종 드나들었던 교회여서 감회가 깊었다. 붉은 벽돌 건물은 예전 그대로였다. 외벽을 뒤덮은 담쟁이넝쿨이 낙엽이 되어 교회 뜰에 나뒹굴고 있었다. 교회 정원을 지키는 은행나무 두 그루는 여전했다.

예전 그대로 있는 교회 모습에 마음이 가라앉았다. 조금도 낯설지 않았다. 대학 시절에는 방학에 교회에서 주일학교 봉사를 했었다. 그때 조 목사와 이 교수가 함께 참여했다. 신문사 시절 어려웠던 때에도 고향에 들렀다가 한 번 찾아온 적이 있었다. 낮이었는데 교회 문이 열려 있어서 혼자 눈물로 기도하고 돌아갔다.

"목사님 만나 뵐 수 있을까요?"

"지금 기도 중이십니다."

검은 쓰레기 봉지를 치우던 노인이 나를 알아보고는 인사를 했다. 목사관이 어디냐고 물었더니, 그는 마당 한구석에 있는 시멘트 집을 가리켰다.

"사모님은 안 계신가요?"

"교인 중에 입원한 분이 계셔서 간병하러 가셨습니다."

나는 교회 뜰을 어정거리면서 조 목사의 생활을 상상해보았다.

30분 넘게 기다린 후에야 조 목사가 교회당에서 나왔다.

"아니? 자네가!"

그는 내 손을 덥석 잡더니 말을 잇지 못했다.

"네 발로 걸어서 나를 찾아오다니 꿈만 같구나."

한참이나 내 얼굴을 바라보는 그의 눈에는 물기가 가득 찼다.

"병규야, 그때 기독교회관에서 만났을 때는 미안했다. 보내고 나니, 후회되더라. 얼마나 갑갑했으면 나를 다 찾아왔을 텐데. 내 생각만 앞세웠으니까. 그 후부터 나를 찾아오는 사람들에게 예수님처럼 대하려고 무진 애를 쓴다. 아마 그렇게 깨닫도록 하기 위해 주님께서 자네를 내게 보내셨는가 봐."

그의 말을 들으면서 오히려 내가 부끄러웠다. 신학을 하겠다던 내 안이한 생각이 그에게 얼마나 가당찮게 보였을까.

"실은 나 그때 신학을 하겠다고 말했는데, 지금 생각하니 부끄럽다. 신학 공부를 막다른 골목에서 뛰쳐나오려는 방편으로 생각했고, 성결하고 정의롭게 살고 싶어 하는 그것까지도 세속적인 치졸한 욕망이었거나 사치스런 장신구처럼 생각했음을 요즈음에야 깨닫게 되었어."

나는 전혀 생각하지 못했던 말을 털어놓았다.

"그게 다 세상살이야. 사람인 우리가 예수같이 될 수는 없지 않아. 그런 부담을 갖지 마라."

내 손목을 잡은 그의 손에서 전해지는 따스한 온기가 나를 편안하게 했다. 그는 나를 끌고 목사관이라는 낡은 집으로 들어갔다. 두 평 남짓한 서재는 삼 면이 책으로 쌓여 있었다. 작은 앉은뱅이책상을 가운데 놓고 우리는 마주 앉았다.

"내가 이렇게 산다."

우리가 대학을 다니던 시절의 하숙방 그대로였다.

"옛날 하숙집 생각이 난다."

"나는 요즈음, 목회를 하면서도 그때의 순수를 붙잡고 살아가려고 애를 쓴다. 젊음의 열정이 없이는 순수도 유지할 수 없다는 것을 늦게야 깨달았어. 자네가 어려운 처지에 있었을 때에 벗이 되어주지 못해서 미안하다."

그는 선거 때 일을 생각하는 모양이었다.

"오히려 내게는 다행이다. 그래도 친구 중에도 조 목사 같은 사람도 몇은 있어야지."

"그렇다면 고맙고……"

"나는 요즈음 내 자신을 정리하고 있다. 사람과의 관계도 그렇고, 내 생각을 좀 정직하게 정리하고 싶다. 나를 되돌아보니, 선으로 위장된 도덕적 욕망이 지금도 내 의식의 깊숙한 곳에 깔려 있어. 이렇게 내가 자네 앞에 고백하는 그 일까지도, 죽음을 앞에 두고 좀 깨끗해지려는 뭔가 더러워진 자신을 회복하려는 건데, 그것까지도 불순한 욕망이라고 생각되지만, 어떻게 하겠나?"

말을 하다 보니, 예상하지 않았던 말까지 튀어나왔다.

"그래. 그것이 인간의 한계임에는 틀림없지만, 사람이 그것까지 버릴 수 있겠어? 너무 완벽하려는 것도, 자기 약점을 모두 털어놓고 그 어떤 조치를 바라려는 것도 일종의 오만이지만, 사람의 생각은 아무리 정결하다 하더라도, 역시 욕망의 덫에서 벗어날 수 없어. 그러니까 우리가 기도하는 것까지도 불완전하기 마련이야. 인간의 언어가 얼마나 욕망의 울타리에서만 맴도는 것인지 예수께서는 잘 아셨기에 우리에게 기도하는 법을 가르쳐 주셨고, 설사 고백하지 못한 죄라 하더라도 사해주시는 거야. 인간의 힘으로 완전에 이르려는 것은 더 없는 욕심이지만, 그래도 주님은 그 욕심까지도 이해하고 용서해주실 거야."

그의 말에 내 가슴이 한없이 넓어지는 느낌이었다.

"그래, 조 목사 말을 듣는 순간 맑고 깨끗한 산소가 내 폐부로 마구 밀려들어오는 것 같아. 참 평안하구나."

"그래. 나도 그래. 처음에는 자네의 야윈 모습을 보고서 가슴이 철렁 내려앉았는데, 지내의 그 투명한 마음을 알고 나니, 오히려 마음이 평안하다. 이렇게 아무 거리낌 없이 욕망이 끼어들지 않은 이야기를 나눌 수 있어, 정말 다행이다."

조 목사의 양 뺨에 눈물이 번져 내렸다.

"조 목사, 나를 위해 기도해줘. 내가 지금껏 누리지 못한 세상의 아름다움을 만날 수 있도록. 내가 지금까지 생각지 못한 사람들의 아름다운 마음을 만나고 깨달을 수 있도록, 순간순간을 영원처럼 아끼며 감사하며 살아갈 수 있도록 기도해줘."

그는 고개를 끄덕였다.

나는 말을 하면서 무릎을 꿇었다.

"그냥 편히 앉아라. 주님은 친구의 처지를 너무 잘 아시니까, 무릎을 꿇지 않아도 자네의 기도를 기쁘게 들어주실 것이다."

나는 무릎을 꿇고 두 손을 모았다. 조금도 앉은 자세가 불편하지 않았다. 조 목사의 눈물 어린 기도 소리가 들려오는 것 같은데, 차츰 그 소리가 멀어져갔다. 내 몸이 허공 중에 둥둥 뜨는 것 같았다. 나는 입속말로 기도를 드렸다. 주님 감사합니다. 조 목사를 만나게 해주셔서 감사합니다. 옛날의 교회를 찾게 해주셔서 감사합니다. 고향에서 옛 친구들을 만나서 사심 없는 이야기를 나눌 수 있어서 감사합니다. 그동안 저를 도와주었던 사람들에게 감사하는 마음을 갖게 해주셔서 감사합니다. 주님, 지금도 내 마음의 한구석에 세상 사람들에 대한 원망이나 섭섭함이나 미움이 남아 있거든 제 생명이 다하기 전에 모두 씻어지도록 도와주십시오…… 기도문이 술술 나오는데, 내 몸은 허공중으로 점점 높이 올라가는 것이었다.

얼마나 시간이 오래 흘렀던가?

하늘로 올라가던 내가 다시 천천히 땅으로 내려와 사뿐하게 앉았다. 눈을 떠보니, 어머니 곁이었다. 조 목사가 나를 보면서 빙긋이 웃었다.

"깨어났구나!"

어머니가 놀라면서 내 손을 잡더니 눈물을 글썽였다.

"제가 잠을 잤던가요. 저는 하늘 여행을 하면서 기도를 드렸는데요."

조 목사의 미소 띤 얼굴 위에도 물기가 번져 내렸다.

"조 목사, 자네에게 부탁이 있어. 며칠 전에 김 의원이 찾아왔는데, 모친께서 그냥 돌려보내셨어. 내가 충격을 받을까 염려하셔서 그랬어. 그를 생각하면 마음이 편치 못해. 난 지난 시간에 대해 아무런 원망도 하지 않는다고 전해주고. 동석이도 찾아왔는데, 서로 어색했다. 동석이에게도 내가 퍽 미안해한다고, 그리고 그 동안 진 신세를 갚지 못해 오히려 미안하다고 전해줘. 참 이렇게 말하니, 무슨 유언이라도 하는 것 같구나. 조 목사, 고맙다."

나는 그의 손을 잡고 환하게 웃으면서 부탁했다.

5

집 안이 조용했다. 건넌방의 어머니 기척도 들리지 않았다. 노인의 고른 숨소리가 들리는 것 같았다. 시계를 보았다. 11시 40분이 조금 넘은 시간이었다. 나는 늦었더라도 서울 아내에게 전화를 걸고 싶었다.

"여보오! 직접 전화를 걸어왔구려."

아내의 맑은 목소리에 마음이 놓였다. 지금까지는 어머니가 전화를 걸어 나에게 바꾸어주었다.

"이제부터는 내가 직접 전화를 걸지. 그렇다고 전화만 기다리지 말고……"

초조하게 전화를 기다릴 아내의 얼굴이 떠올랐다.

"전 당신과 통화를 끝내는 순간, 다시 당신 전화를 받을 거라는 기대를 하지 않아요. 그렇게 있다가 어머님 전화를 받고 당신이 무사하다는 것을 알게 되면, 그렇게 반갑고 감사할 수가 없어요. 그러노라니 당신을 새롭게 사랑하는 방법을 깨달았어요."

아내의 목소리는 차분했다.

"사랑하는 방법?"

"그래요. 당신이 고향으로 내려간 이후부터 하루가 다르게 전 당신이 살아 있어준다는 사실을 감사하며 살아요. 그것이 당신을 사랑하는 방법임을 알게 되었고……"

아내의 말소리가 깊고 깊은 산골짜기를 흘러내리는 물소리 같았다.

"처음엔 당신과의 통화가 반갑고 감사하면서도, 한편 여전히 안타깝고 초조하고 불안했어요. 그러다가 차차 마음을 달리 먹었지요. 전화로 당신 목소리를 듣고 제 목소리를 전하는 동안, 아무런 욕심이나 기대를 거기에 끼워 넣지 말자 다짐했어요. 당신을 보고 싶다는 생각까지도, 내일에 대한 어떤 기대도, 혹 두

려움이나 실망도, 대화에 대한 책임도…… 오직 당신과 이야기
하고 있다는 그 사실만을 소중하게 생각하기로 마음먹었지요.
그러다 보니, 이야기를 나누는 그 즐거움만을 갖게 되었어요.
이십오 년 가까이 당신과 함께 살아오면서도 이런 경우는 없었
지요. 당신과 이야기할 때에는 항상 무거운 것들이 이야기 사이
에 끼어들었어요. 연애 시절에는 감정이 앞선 사랑이라는 것이,
결혼 후에는 행복해지기 위한 번잡한 생각과 일 들이 우리 사이
에 늘 찐득하게 달라붙어 있었지요. 이제 생각하니, 그것들이
우리의 소중한 시간과 마음을 훼손시켜버렸음을 알게 되었어요.
사랑을 생각하기 전에, 행복이라는 허울로 감싸인 욕심을 챙기
기에 바빴거든요. 그러나 이제는 안 그래요. 전 당신과 통화를
끝낸 다음, 당신의 부음을 생각하지요. 이 통화가 마지막이구
나. 그런데서 무슨 욕망이 끼어들겠어요. 오늘의 사랑만이, 다
시 통화했다는 감사만이 있었지요. 그리고 하루가 지나고, 그
다음 날 다시 당신의 목소리를 듣게 되면, 그것은 당신이 새 아
침을 맞이하는 환희와 감사와 같이 제게는 벅찬 일이었지요.”

아내는 오래두록 숨겨두었던 비밀처럼 말하는데도 조금도 말
투가 흐트러지지 않았다.

“언젠가 내 전화를 받지 못한다 해도 슬퍼하지 말아요. 난 고
향에 내려와서 정말 세상에서 행복한 며칠을 살고 있으니까.”

“알았어요. 편안히 주무세요. 오늘 하루가 우리에게 주어진
것을 감사해요. 지금 통화할 수 있었던 것도……”

아내의 맑은 목소리가 끊어졌다.

통화를 끝내자 나는 곧 잠자리에 들었다. 탁상시계 바늘이 막 자정으로 다가가고 있었다. 편안한 졸음이 몰려들었다. 고향에 내려와서 만났던 얼굴들이 눈앞을 빠르게 스쳐 지나가다가 가물가물 정신이 흐려졌다.

뒷날 아침 해는 어김없이 동편에서 떴다. 원병규는 편안한 잠에서 깨어나지 못했다.

그의 부인은 아침 8시 15분에 남편의 부고를 받았다. 그러나 약속대로 울지 않았다. 며칠이라도 남편을 진정으로 사랑할 수 있었던 것을 감사했다.

짧은 혀 긴 혀

1

오후 산책에서 돌아와 막 방으로 들어서는데, 도우미 아줌마가 전화기를 내밀었다. 낯선 목소리였다. "조원희 선생님이십니까, 예전 이름으로 조성철……" 옛 이름을 낯선 사람으로부터 듣는 순간 노인은 가슴이 섬뜩하면서 긴장되었다. "저는 경순목이라는 사람인데요, ㄷ시에서 목회를 하면서 기독교사회문제연구소 일을 책임 맡고 있습니다. 참, 표인혁 교장 어른을 아시지요? 몇 년 전에 정년 퇴임하신…… 그분께서 선생님을 찾아뵈면 좋은 말씀을 들을 수 있을 거라고 해서, 여기저기 수소문하다가 서울에 계신 자제분을 뵙고 사정을 말씀드렸더니 계신 곳을 알려주셨습니다. 우선 이렇게 전화로 인사를 드립니다. 언제 시간을 좀 내주시면 고맙겠습니다."

전화기에서 들려오는 중년 사내의 목소리는 반듯하고 공손했다. 그래도 노인은 너무 의외여서 아무런 대꾸도 하지 못했다. 이곳으로 이사 온 후에 식구가 아닌 사람으로부터 전화를 받아 본 적이 없었다. 저편 전화 목소리가 잠시 멎었다. 이편에서 무슨 대꾸를 기다리고 있는 것 같았으나, 할 말이 없었다.

"제 고향도 장수골입니다만 어려서 떠나왔기 때문에 선생님을 뵈올 기회가 없었습니다. 지금은 행정적으로는 ㄷ시에 편입되어 있으나, 장수봉 골짜기 풍광은 예나 지금이나 여전하지요. 서울을 떠나 해변 마을로 이사를 가셨다고 들었는데, 왜 고향인 장수골로 오시지 않으시고……"

목사는 고향으로 돌아오지 않은 그가 아쉽다는 투로 말을 이어갔다.

"한번 떠난 고향은 다시 되돌아가기가 어렵지요. 죽어서면 모르지만…… 아는 친구가 이 해변 마을에 구옥을 한 채 구해 줘서 이렇게 와서 지냅니다만, 여기서도 얼마나 머무를지 기약이 없습니다. 내일이라도 오라면 가야 할 처지인데요."

조 노인은 고향으로 돌아가지 못할 뭐 특별한 이유라도 있는 것처럼 생각할까 봐서 여기에 머물게 된 사연을 말했다. 그러면서도 목사가 자신에 대해 뒷조사를 했을지도 모른다고 생각하니 언짢았다. 서울 집 아이들을 먼저 만났다는 것도 마음에 걸렸다.

"한번 찾아뵙겠습니다만, 고향 나들이를 하시겠다면 제가 모시겠습니다."

"감사합니다만, 요즈음 몸이 안 좋아서 나들이도 그렇고 사람 만나는 것도 삼가고 있습니다. 만난다 해도 목사님께 드릴 말씀이 뭐 있겠습니까. 이만 실례하겠습니다."

조 노인은 더 긴말을 하기 전에 서둘러 통화를 끝내버렸다. 몸에서 힘이 쭉 빠지면서 가슴이 두근거렸다. 목사의 전화 목소리가 귓가에 쟁쟁거렸다. 방구석에 있는 간이 침대로 가서 반듯하게 누웠다. 온몸에 미열이 나면서 가슴이 조여오는 것 같았다. 때때로 긴장하면 심장이 발작했다. 고향 이야기 때문인가? 50년이 지나도록 거의 잊고 살았는데, 요즈음 들어 문득문득 생각나곤 했다.

고향은 장수봉 기슭에 2백여 호가 모여 사는 꽤 큰 마을이었다. 너른 평지와 깊은 산골짜기 사이에 자리 잡고 사는 사람들은 산 중턱에 허연 얼굴로 앉아 있는 장수바위를 바라보면서 아기 장수 이야기를 만들어냈고, 마을 이름도 장수골이라 했다.

3백여 년 전에 판서 벼슬로 관직을 마감한 경주 김씨 한 어른이 이곳으로 낙향해서 마을을 이루었다. 그는 반정 공신으로 병조판서 자리를 두어 해 지내다가 허약한 몸을 핑계로 스스로 관직에서 물러났다. 왕이 그 충정을 높이 사서 장수봉 부근 야산과 넓은 들판을 하사하면서, 몸이 회복되면 다시 조정으로 돌아오라는 권유도 잊지 않았다. 장수봉을 주봉으로 하여 여러 봉우리들이 이어져 있어 산골짜기마다 물이 풍부했다. 그는 데리고 사는 종들과 함께 농사지을 땅을 만드는 일을 먼저 했다. 그 일은 그의 후손 대대로 이어졌다. 그래서 산기슭 아래 펼쳐진 넓은 들은 논이 되었다. 이후로 자손들 중에는 벼슬길에 올랐던 사람도 없지 않았으나, 관직에서 물러나면 낙향해서 농사를 짓고 사람들을 교육했다. 그리고 골짜기에서 내려오는 물을 막아 저수지를 만들었다. 그래서 웬만한 가뭄이나 홍수도 피할 수 있었다. 밭에는 실과나무를 심었고 웅덩이에는 고기를 길렀다. 마을은 인심이나 물산이나 모두 넉넉했다. 양반 집안에서는 그들이 부리는 머슴 중에 부지런하고 신실한 사람에게는 밭과 논마지기를 떼어주어 살림을 차려 내보냈다.

김 판서는 애초에 이곳에 터 잡을 때부터 이상향을 꿈꾸었다고 한다. 마을 사람들은 일하기를 좋아하였고, 글 읽기 좋아하는 아이들에게는 반상을 구별하지 않고 글을 가르쳤다. 세상이 바뀌면서 장현의숙(將賢義塾)을 설립했고, 그것이 나중에 소학교가 되었다.

들을 가로질러 신작로가 생기면서 장수골도 많이 변했다. 그런데 일본 사람들은 김 판서 집안의 내력을 알고서는 장수봉 중턱에서 인물이 날 지맥을 찾아 쇠못을 박았다. 그래도 장수골에는 아무런 일이 일어나지 않았다. 대대로 이어온 미풍양속은 흔들리지 않았고, 궁하지 않은 생활에 인심도 늘 넉넉했다.

그러저러한 생각들이 한꺼번에 선명하고 순서 있게 노인의 눈앞을 스쳐 지나갔다.

조 노인은 간이침대에서 일어나 바다로 향해 놓여 있는 흔들

216

의자에 앉았다. 늦은 오후의 햇살이 바다 위에 눈부셨다. 썰물 때인가. 좁은 모래사장 너머로 바닷물은 저만치 달아나 있었다. 바다 빛깔은 분명하지 않으나, 멀리 수평선으로 이어지는 드넓은 수면이 허무를 펼쳐놓은 것처럼 보였다. 이 바다를 볼 때마다 사람들이 누리며 살아온 그 길고 질기고 거친 시간이 물결이 지나간 자리에 남은 한 움큼의 모래처럼 느껴졌다. 그런데 떠나간 바닷물이 곧 다시 돌아온다는 사실을 알게 되면서 허무는 조금씩 엷어졌다. 종종 이 흔들의자의 작은 요동을 즐기면서 찾아왔다가 달아나버릴 시간을 생각해도 초조하지 않게 되었다.

문득 표 교장의 얼굴이 떠올랐다. 목사가 표 교장 이야기를 했기 때문인가. 어릴 때부터 한 마을에서 자랐고 소학교도 같이 다녔으나, 졸업 후에는 제 길을 찾아 서로 헤어졌기 때문에 특별한 정은 없다. 그런데 재작년에 그가 예고도 없이 서소문 사무실로 불쑥 찾아왔다.

"아니, 이거 몇 년 만인가. 반세기가 넘었구나."

우리는 한동안 손잡고 서로 얼굴만 처다 보았다. 몰라보게 변한 모습에서 서로 간에 흘렀던 시간을 생각하였다. 그러나 종종 만났던 사이처럼 그렇게 낯설지 않았다. 초등학교 졸업 후에 서로 헤어졌다가 6·25 전쟁 중에 잠시 만났다. 그때 함께 지낸 기간도 잠깐이었다. 그 후에 50년이 지났고, 이제 피차 여든 고개를 지났는데도 그렇게 늙어 뵈지 않았다. 전쟁 당시 만났던 그 모습 그대로였다. 조 노인은 일부러 고향을 잊으려고 애쓰면서 살아왔으나, 그럴수록 고향을 가슴에서 지워내지 못했음을 알게 되었다.

“성철이, 자네가 세상에서 꼭꼭 숨어 있다고 내가 못 찾을 줄 알았는가?”

표 교장은 너털웃음을 웃으면서 그동안의 노인의 처지를 다 알고 있다는 듯이 말했다. 그는 ‘꼭꼭 숨어 있다’는 말에 얼굴이 화끈 달아올랐다. 사실 그 말대로 고향을 기피하고 살아왔다. 이름도 ‘원회’로 바꾸었고, 본적도 서울로 옮겨버렸다. 아내나 자식들에게도 고향 이야기는 전혀 입 밖에 내지 않았다.

“자네가 돈을 좀 벌었다 하니, 내가 개평을 뜯으러 왔네.”

그동안 살아온 이야기를 인사 삼아 주고받고 나서는 표 교장은 거리낌 없이 돈 이야기를 꺼내었다. 정년퇴임한 후에 사재를 출연하고 주변에서 도움을 받아 고향에 문화원을 설립하고 운영하다가, 작년에 후배에게 물려줬다는 것이다. 그런데 이번에 특별한 사업을 하려는데, 돈이 좀 필요해서 찾아왔다고 솔직하게 사정을 말했다.

“숨어 사는 나를 일부러 찾아와줘 고맙네. 많지는 않지만 나도 좀 보태겠네.”

조 노인은 세상에 나서 처음으로 고향을 위해 돈을 쓸 기회라고 생각해서 즐겁게 그 뜻을 받아들였다. 전쟁이 끝나자 장수골과 인연을 끊고 오직 돈 버는 일에만 매달렸다. 그러한 사정을 표 교장은 잘 알고 있었다.

표 교장이 돌아간 다음 날 그는 비상금 중에서 절반인 2억을 문화원 후원금 구좌로 입금시켰다. 며칠 후에 표 교장은 군수와 문화원장을 데리고 고맙다는 인사 차 들르겠다는 것을 만류했다.

"나와 계속 친구로 지내려면 찾아오지 말게."

표 교장은 노인의 뜻을 바로 이해하고 찾아오지 않았다.

그 후에 한동안 별다른 소식이 없었다. 그런데 경 목사를 통해서 그의 안부를 듣게 되니 노인의 심사가 묘했다. 목사가 고향 이야기를 듣겠다는 것도 황당했다. 노인으로서는 할 말이 없었다.

2

경 목사는 통화한 후 일주일 만에 노인을 찾아왔다. 연갈색 계통의 개량 한복을 입고 수염까지 기른 범상하지 않은 겉모습과는 달리 태도는 공손하고 진지해 보였다.

노인은 따가운 햇살이 좀 누그러지는 때를 기다렸다가 바닷가 산책을 하고 돌아와 쉬고 있었다. 마을을 벗어난 구릉지에 있는 집에서 동네로 내려가 바닷가를 잠시 산책하고 오는 데 두 시간 남짓 걸린다. 깨끗하고 조용한 좁은 모래사장이 선착장과 연이어져 있어서 해수욕장으로 규모를 갖추지는 못했으나, 철이 되면 고깃배를 빌어 낚시를 하거나 조용하게 쉬려는 사람들이 모여들었다. 요란한 편의 시설이 있는 것도 아니어서 피서객들은 대부분 민박을 하였다. 철따라 사람들이 많이 몰려올 때면 조 노인은 공연히 즐거웠다. 아내를 먼저 보낸 허무감에서 조금씩 벗어날 수 있었다. 밤이 되어 주위가 적막하면 쉬지 않고 들려오는 밤물결 소리에, 언젠가는 자신도 모든 사람들을 두고 혼자 떠날 날이 멀지 않다는 것을 실감하였고, 그런 밤이 지나 새 아침이 오면 밝은 땅에서 사람들을 만나는 것이 반가웠다. 사람들을 꺼리며 살아온 짧지 않은 세월을 생각하면 이제야 비로소 철이 드는가 생각되기도 했다. 아직도 사람에 대한 경계심을 늦추지 않으면서도 속으로는 사람들을 그리워하고 좋아했다. 여름이 되면서 마을에 사람들이 모여들고, 뜨거운 햇살 아래서 사람들 목소리가 바다 소리처럼 울렁거리는 것을 듣노라면 마음이 평안해졌다.

조 노인은 뜨거운 햇살을 견디기에는 부담이 되어서, 해가 서편으로 기울어질 즈음에야 집을 나선다. 마을을 지나 바닷가로 내려가서 싱싱한 고기처럼 바다와 놀고 있는 사람들을 바라보면서 자신이 건넜던 흙탕물 같았던 세월을 되돌아보노라면, 그 어두운 막사와 전쟁의 참호 속에서도 펄펄 날듯이 살았던 시간이 되살아난다. 상어처럼 싱싱한 바다 사람들이 풍기는 살냄새를 맡다가, 먼바다까지 한눈에 들어오는 언덕에서 잠시 다리를 쉬면서 더 서늘한 바닷바람과 기울어지는 여름 해를 즐기다가 집으로 들어온다.

그날도 조 노인은 예정된 산책로를 거쳐서, 땀으로 촉촉이 젖은 몸을 끌고 2층으로 올라와 흔들의자에 앉아 바닷바람에 땀을 말리고 있었다. 그때 아래층에서 도우미 아줌마가 손님이 찾아왔다고 전했다. 경 목사였다.

"건강은 어떻습니까?"

그는 노인의 얼굴을 유심히 살피면서 조심스럽게 말문을 열었다. 조 노인은 빙긋이 웃기만 했다.

"참 바다가 절경입니다."

그는 밀물이 들어오는 바다로 잠시 눈을 주었다가 노인을 바로 바라보면서 중얼거리듯이 입을 열었다.

"고향 장수봉은 여전히 아름답습니다. 서울을 떠나시면서 어찌 바다를 택하셨습니까?"

고향을 놔두고 왜 이런 곳에서 사느냐는 표정이었다. 첫번 전화 통화에서도 그는 그런 뜻을 내비쳤다.

"바다는 하루에도 몇 번씩 변하여서 마음에 듭니다."

목사는 약간 엉뚱한 노인의 대답에 의아한 표정을 지었다.

"산도 사시사철 변하기는 매한가지겠지만 바다는 하루에도 몇 번씩 변하거든요. 사람들은 변덕이라고 생각하겠지만, 저는 그러한 변화를 보면서 변하는 세상에 대해서도 어떤 신뢰를 찾게 되지요. 그래서 뱃사람들은 그러한 변화를 전혀 두려워하지 않고, 그 변화하는 바다의 생리를 읽으면서 뱃길을 찾아간다는 것을 여기 와서 알게 되었습니다.”

조 노인은 바닷가 마을로 오게 된 이유를 우회적으로 말하다가, 처음 만나는 이 젊은 목사에게 자신을 너무 드러내 보이는 것 같아서 되도록 말을 줄이기로 작정했다.

“제가 그때 건강이 안 좋다고 한 것은 목사님을 만나고 싶지 않아서 댄 핑계였지요. 건강은 아직도 좋은 편입니다.”

조 노인은 목사의 청을 받아들이고 싶지 않다는 속마음을 솔직하게 말해버렸다. 여든이 넘은 나이에 이 정도 몸을 유지하고 있으니 건강한 편이다. 그동안 모질게 살아온 세월을 생각하면, 이만큼 육신을 지탱할 수 있다는 것도 천행이라 생각해서 감사하고 있다.

“사람 만나시는 것을 꺼리시는 어르신네의 마음을 이해하면서도 사전 허락도 없이 불쑥 찾아온 것을 너그럽게 봐주십시오. 이렇게라도 하지 않으면 선생님께서 만나주시지 않으실 것 같았습니다.”

산책 후에 차를 마시고 있을 때였다. 도우미 아줌마가 목사라는 분이 나를 만나러 오고 있다는 전화를 받고는, 약속이 된 줄 알고는 ‘지금 계시다’고 대답했다는 것이다. 지금까지 동네 사람들 외에는 사람 만나는 일이 전혀 없었던 것을 알고 있는 아줌마로서도 직접 찾아오고 있다는 말에 사전에 약속이 된 줄 알았던 것이다.

허브차를 들고 온 아줌마는 서로가 어색하게 마주 앉아 있는 것을 보고서 미안해했다. 조 노인은 차를 마시면서 그가 내민 명함을 곁눈으로 들여다보았다.

'장수리 양민학살사건 진상 조사 및 피해 양민 명예 회복 추진협의회 집행위원장, 〈주님과사람을위한교회〉 담임 목사, 신학박사 경순목.'

긴 직함이 그의 옷차림처럼 어색하게 보였다.

"저희 연구소에서는 묻혀 있는 역사를 복원하여 세상에 알리는 일을 하고 있습니다. 지금까지 역사는 지배층과 당대의 지배 세력에 의해 좌지우지되었습니다. 역사는 증거를 요구하는데, 그 증거라는 것이 거의 공식 문서와 기타 지배 세력에 의해 만들어진 것이 대부분이었습니다. 요즘에야 개인이 마음대로 원고를 써서 책을 출판할 수 있습니다만, 과거에 기록은 일부 특수 계층의 전유물이었습니다. 더구나 언로가 제한되었던 권위주의 시대의 기록은 거의 지배 이데올로기를 강화하기 위한 것들뿐이었습니다. 장수골 사건에 대한 '공식기록'이라는 것을 봐도 그 점을 확인할 수 있습니다. 군에서 만든 향토지 기록에 의하면 '중공군의 개입으로 전세기 매우 불리한 전황에서, 장수리 마을은 괴뢰군이 남침했을 때 타 지역과는 달리 좌익이 주도하여 지주와 양반 세력에 대해 가혹하게 인민재판을 강행하여 인공 수립을 위한 토대 구축에 앞장섰던 마을로서, 그 주민 대부분이 좌익분자들이어서, 앞으로 아군의 작전에 지대하게 악영향을 미칠 것을 사전에 차단하기 위해서, 골수 공산분자들을 체포하여 처단하였다'고 기록되어 있습니다. 지금 생각하면 말이 나 되는 일입니까. 한 마을에서 30여 명의 사내들이 재판 절차도 거치지 않고 총살당했는데, 그 동안 누구도 이 사건에 대해 문제를 제기하지 않았습니다. 문제 제기 자체가 금기 사항이었지요. 이제 그 당시 직접 사건의 중심에 있었던 사람들을 찾아 그 정황을 듣고, 과연 그때 희생된 사람들이 공식 기록처럼 좌익분자들인가, 그리고 처형이 적법한 절차에 의해 이루어졌는가, 어느 부대가 어떻게 그 사건에 관여했는가, 하나하나 밝혀 나가려고 합니다. 이 일은 단순히 억울하게 죽은 사람들의 원혼을 위로하고 그 명예를 회복하는 차원을 넘어, 역사의 엄정성, 진실은 언젠가는 밝혀진다는 소중한 교훈을 마련하는 데 그 궁극적인 의도가 있습니다. 저는 이 일은 목회자가 마땅히 해야 한다고 생각하고 참여하였습니다. 다행히 사건의 내막을 잘 알고 있는 우익 측 인사로서 표 교장 선생님이 살아 계시고, 또 선생님도 계시니, 앞으로 이 사건은 아주 명명백백하게 밝혀지리라고 생각합니다."

그는 사업의 의도와 그 의미를 다소 장황하게 늘어놓았다.

"목사님, 사건의 진상을 밝히는 데는 좌우익이라는 사상 성향이 별로 의미가 없을 것입니다. 말씀 도중에 '표 교장은 우익'이라고 하셨는데, 그렇다면 저는 좌익이라는 말씀인가요?"

벌써 어떤 고정관념에 의해 그의 생각이 굳어져 있는 것 같아서 한마디 했다.

"이런 말씀드린다고 혹 오해일랑 하지 마십시오. 한때 어른께서는 본의 아니게 인민군 고급 장교로 전쟁에 참여했고, 거제도 포로수용소에서 남쪽을 선택하셨다는 것을 알고 있습니다. 지금에서야 뭐 좌우익이라는 것이 별 의미가 있겠습니까만, 그래도 그 사건을 밝히는 데는 서로 다른 입장에 있던 분들의 증언이 보다 객관성을 유지할 수 있을 테니까요……"

목사는 제 나름으로 이 사건을 매우 신중하게 처리하려고 노력하는 듯이 말했다. 그가 노인을 사상적으로 표 교장과 상대되는 인물로 생각하는 것을 보면 노인이 인민군 중좌였다는 사실을 알고 있는 것 같았다. 그런데 증언만으로 사건의 진상이 밝혀질 수 있다고 생각하는 것도 마음에 들지 않았다.

"저는 그 사건을 밝히는 데 도움이 될 만한 말씀을 드릴 수 없어서 미안합니다. 벌써 다 잊어버렸지요. 저는 한때 인민군 장교였으므로 남한에서 살아가기 위해서는 자기방어 기제가 필요한데, 그것은 우선 자신의 거추장스러운 과거를 잊어버리는 것입니다. 현재를 살고 있고, 미래에 살아갈 시간이 많은데, 전혀 변동될 수 없는 과거에 집착한다는 것은 거추장스럽다고 생각해왔습니다."

조 노인은 그가 들으려고 하는 것을 말해줄 수 없다고 우회적으로 말했다.

"어떻게 잊어버릴 수 있습니까?"

"기억이라는 것은 자기에게 유리한 것은 잘 간수해두지만 그렇지 않은 것은 곧 잊어버리게 되어 있어요."

"누구의 학설입니까? "

"학설이 아니라 경험에서 얻은 것이지요. 이런 경우가 있지요. 예전에는 이웃이나 친구 간에 차용증서를 쓰지 않고서도 웬만한 돈은 빌려 쓰곤 했는데, 돈을 꾼 사람은 자기가 누구에게 얼마를 꾸었는지 혹 잊어버릴 수 있지만, 꾸어준 사람은 꾸어간 사람과 그 액수를 절대 잊지 않아요. 혹 그 반대 경우도 없지는 않겠지만 그것은 아주 특수한 예이지요."

"돈 문제와는 다르지요."

"그럴 수도 있겠죠."

"증언을 믿지 못하시겠다는 건가요?"

"믿지 못한다기보다는 증언만으로 진실을 판단하기는 어렵지요. 증언은 기억과 의도에 의해 이루어지지 않겠어요? 재판정의 증인은 자기를 증인으로 신청한 신청자의 입장이 유리하도록 증언할 수밖에 없어요. 거짓 증언을 하지 않는다 하더라도 같은 증언도 얼마든지 그 의미가 달라지게 말할 수 있지 않겠어요? 더구나 6·25전쟁 당시 일어난 사건의 진상을 좌우익의 측면에서만 접근하는 것도 문제가 있지요."

조 노인은 증언의 한계성을 은근히 내비쳤다.

"우선 제가 녹음해온 몇 개의 사례를 직접 들어보시면, 그때 일들을 상기하실 수 있을 겁니다. 그리고 이러한 증언의 진실성도 판단하시게 될 겁니다. 이제 들으실 것은 당시 처형을 당했던 송남수 씨의 둘째 아들인 송두경 씨의 증언인데……"

목사는 가방에서 만년필보다 조금 큰 회색 녹음기를 꺼내어 작동시키고서 내 앞에 내려놓았다. 일부러 내게 들려주려고 준비해둔 것 같았다.

노인의 목소리가 흘러나왔다.

3

증언자는 한때 마을 이장을 지냈던 사람인데 피해자인 그의 부친은 북한군이 내려왔을 때에 면 인민위원회 간부이면서 장수리 인민위원회 위원장이었다. 녹음 상태는 괜찮았다. 약간 쉰 듯한 목소리가 그 작은 녹음기에서 흘러나왔다. 조 노인은 들으면서도 증언에 대해서는 별 관심이 없었다. 그 자신 다 알고 있는 일이었기 때문이다.

"제가 국민학교 삼 학년 때이니, 열한 살 때였습니다. 전쟁으로 잠시 쉬었던 학교가 문을 열고 얼마 지나서, 아마 겨울이었지요. 날씨가 매우 추웠던 기억이 나는 것을 보니까, 학교에 갔는지 모르겠는데, 공부를 하지 않은 걸 보면, 방학 때였을 거라. 아무튼 학교에서 놀고 있다가 집으로 돌아오고 있었는디……"

처음에는 경어체로 시작하다가 말투가 흔들거리면서 종결어미에 일관성이 없어졌다.

"우리 마을 근방에 있는 여러 동리 아이들이 우리 학교에 다 녔는데, 그래도 학년마다 한 학급밖에 없었어. 얼마 전에는 국 군과 유엔군이 압록강과 두만강까지 밀고 올라가 곧 통일이 된 다고 교장 선생님이 조회 훈화 시마다 말씀을 했는데, 며칠 전 부터 중공 오랑캐가 인해전술로 몰려오면서 국군과 유엔군이 잠시 후퇴하고 있다는 소문이 나돌았지……"

차츰 노인의 목소리는 정연해졌다. 증언자가 당시 국민학교 3학년생이었다면, 50여 년 전인데 기억이 저렇게 확실하게 남 아 있을 수 있을까, 조 노인은 뭔가 의아스러웠다.

"……집으로 돌아오는데 신작로 저편에서 뽀얀 먼지가 날리 면서 군 트럭 두 대가 달려오다가 신작로를 벗어나서 우리 마을 로 들어서는 것이라. 아이들은 군 트럭을 바라보고 있는데, 트 럭이 동네 한가운데 있는 학교 앞 느티나무 아래 멎더니, 총에 칼을 꽂은 군인들이 내려서 재빨리 마을로 흩어졌어. 그들 중에 권총을 찬 장교가 뚜벅뚜벅 걸어서 학교 운동장으로 들어섰는 데……"

노인의 어투가 반말로 바뀌면서 이제야 제 길을 찾았는지 이 야기 흐름이 정연해졌다. 마치 몇 년 전에 일어났던 일처럼 말 했다.

"군인들이 집집마다 돌아다니면서 남자들을 붙잡아 학교 운 동장으로 끌고 나왔지. 부녀자들도 남편이나 아들이 끌려가는 것을 보고서 그냥 집에 앉아 있을 수 없어서 뒤따라 학교 운동

장으로 모였는데, 남자들만 한 마흔 명은 넘었어, 그 가족들도
한 오십 명은 되었을 거라. 군인들은 끌고 온 남자들을 죄인처
럼 발길질을 하면서 무릎을 꿇렸고, 권총 찬 장교가 조회대로
올라갔어. 나도 교문에서 그 장면을 똑똑히 봤지. 아버지와 삼
촌이 끌려왔거든. 조회대로 올라선 장교는 모인 사람들을 향해
서, '이 마을 사람들은 완전히 빨갱이들이야. 지금도 보니까 반
밖에 모이지 않았어. 나머지는 괴뢰군들을 따라 이북으로 올라
간 것이 틀림없어. 괴뢰군이 쳐들어왔을 때에, 이 근방 마을 중
에 제일 먼저 인민재판인가 뭔가를 한다면서 사람들에게 땅과
돈과 양식을 대주었던 판서 댁 어른과 그 아들 김 교장 선생을
돌팔매로 쳐 죽였어. 인정사정도 없는 놈들이야. 그래도 국군이
들어왔을 때에 제 잘못을 뉘우치고 자수할 줄 알았는데, 한 놈
도 자수하지 않았어. 이제 되놈들이 인해전술로 내려온다니까,
다시 공산당 세상이 될 줄 알고 좋아한다는 정보가 들어왔어.
오늘 이렇게 모여놓고 보니, 정말 알 만하구먼. '내가 공산당이
다' 하고 여기 있는 놈들 얼굴에 다 써 있어……' 그렇게 연설
이 끝나자, 군인들이 모여 있는 남자들 사이로 늘어가더니 여남
은 명을 솎아내어 따로 세웠고, 나머지는 트럭 두 대에 태워 짐
짝처럼 꿇렸어. 그 가장자리에는 군인들이 칼을 꽂은 총을 들고
지키고 앉았는데, 트럭이 먼지를 날리면서 학교 운동장을 빠져
나가자, 그 가족들은 멀어져가는 트럭 꽁무니만 멍청하게 바라
보았어. 그렇게 떠난 남자들은 영영 돌아오지 않았지. 두어 달

이 지나서 아마 봄이 되었을 거야. 장수봉 중턱에 있는 굴속에서 시체들이 썩고 있다는 소문이 나돌았는데, 그 소문을 들으면서도 마을 사람들은 자기 식구의 시신을 수습하지 못하고 가슴만 태웠지. 전쟁이 끝나지 않았을 때라 잘못하다가는 다시 공산당으로 몰려 화를 당할까 두려웠으니까…… 휴전이 된 후에 그 동굴에서 겨우 시신들을 수습했는데, 얼마나 비참한지, 시체들은 다 썩었고, 가족들은 남아 있는 옷을 보고 자기 식구를 찾아내 장사를 지냈는데, 그게 어디 사람들이 당해낼 수 있는 일인가, 오랜 후에 산을 오르던 사람이 마침 소나기를 만나서 동굴로 비를 피해 들어갔는데, 동굴 안에는 그때 억울하게 죽은 사람들 원혼들이 눈을 부릅뜨고 천정에 매달려 있어서, 그만 혼비백산하여 도망쳐 나왔다는 이야기도 전하고.”

노인의 증언은 끝이 났다.

“이렇습니다. 증언자는 고등학교까지 나와서 공무원 생활도 했던 분인데, 숙부와 아버지가 그날 처형당해서 그때 일을 아주 생생하게 기억하고 있었습니다. 다른 사람의 이야기도 더 들으시겠습니까? 거의 비슷합니다. 우리는 호적대장에서 그날 죽은 사람들의 신원을 모두 파악했습니다. 정식으로 장례를 치르고 호적을 정리한 것은 휴전 후 두 해가 지나서입니다. 그때 시신 수습을 했던 사람들의 증언도 들었습니다.”

경 목사는 녹음기를 가방에 넣으면서 그동안 증언자들에게 들은 이야기를 장황하게 늘어놓았다.

"송 씨라고 했던가요. 그 사람 이야기가 질서정연하네요?"

노인은 그가 종종 이런 증언을 해봤던 사람처럼 느껴졌다.

"고등학교를 나와서 공무원 생활도 했고, 사업도 했으니까, 당시 시골 사정으로는 지식 층에 속하겠지요. 지금은 고향으로 돌아와 유원지에서 큰 식당을 경영하고 있고 한때는 마을 이장을 했을 정도로 고향 일에는 아주 적극적입니다."

"유원지라니?"

"모르시는군요. 오래전에, 이 마을이 설촌될 때에 만들어놓은 저수지가 주변 경관과 어울려서 일등 낚시터가 되었고, 장수봉 주변 풍광도 빼어나서 주말이면 나들이 온 사람으로 붐빈답니다."

노인은 처음 듣는 말이었다. 그러고 보면, 판서 댁 어른들은 선견지명이 있었다. 집안사람들이 살 만한 마을을 만들기 위해서 애썼다는 것을 생각하자 감회가 새로웠다.

노인은 사건 내용에 대해서 달리 생각하지 않았으나, 증언자의 말투가 너무 세련된 것이 마음에 걸렸다. 마치 몇 달 전에 일어났던 사건을 누구에게 말하려고 미리 준비해두었던 것처럼 느껴졌다.

"지금 그 증언 내용이 당사자가 직접 체험한 사실을 말했다고 생각하십니까?"

노인은 그 증언에 대한 목사의 솔직한 생각을 듣고 싶었다.

"믿지요. 여러분의 증언이 거의 비슷합니다. 선생님도 사건

의 진상은 아시지 않습니까? 더구나 표 교장이 말하는 내용과
는 디테일에 약간 차이가 있을 뿐 거의 비슷합니다.”

“제 말은 그 사건의 진위 여부가 아니라, 그 증언자들 태도
즉, 자기가 확인한 사실인지, 아니면 누구에게 들었던 것을 옮
겨 말하는 것인지 그 점을 따져볼 필요가 있지 않을까요?”

“어떻든 그들의 증언이 사실임에는 틀림없지 않습니까?”

“그런데 다른 점이 있어요.”

“다른 점이라니요?”

경 목사는 긴장했다. 노인은 곰곰이 생각해보았다. 그때 열
살 어린아이였던 사람이 그렇게 확신에 찬 증언을 할 수 있을
까?

“그런데 말입니다. 왜 군부대에서는 그 마을을 빨갱이 마을
이라고 판단하였을까요? 군부대에서 특별히 조사했었나요?”

“거야, 그 판서 댁 어른을 인민재판으로 처단한 때문이겠지
요.”

경 목사는 대수롭지 않게 대답했다.

“인민재판은 북쪽 군대가 들어왔을 때 장수골 외에서도 여러
곳에서 일어나지 않았습니까?”

그 말에 경 목사는 눈을 껌벅거렸다.

“누가 그 사실을 과장해서 경찰이나 군 정보기관에 고자질하
지 않았을까요?”

“그 점에 대해서는 조사하지 못했습니다.”

"그 인민재판 실제 상황을 경찰이나 다른 군 기관에서 알고 있었을까요? 혹시 판서 댁 사람 중에 누가 경찰이나 군 기관에 고발하지 않았다면 어떻게 알려졌을까요? 혹시 그 집안사람들을 만나보셨나요?"

"만나기는 했으나 입을 굳게 다물었습니다. 여러 번 시도했는데, 그 전쟁 때 장수골 이야기를 꺼내지도 말라고 하더군요. 고향에 너무 한이 많아서 다 잊어버린 지 오래랍니다."

"한이 있다면 더 절실하게 기억에 남아 있을 텐데요?"

"글쎄 말입니다. 그 반대인 경우도 있을 수 있겠지요."

전쟁이 끝났지만 판서 댁 사람들과 그 가족들은 고향으로 돌아오지 않았다. 뿐만 아니라, 고향과의 모든 관계를 끊어버렸다. 노인도 오랜 후에 그 사실을 알았다. 그도 전쟁이 끝나고 20년이 지나서 어느 가을 저녁에 고향을 찾았다. 아는 사람을 만날 수 없었다. 고향은 전혀 딴 마을이 되어 있었다.

"군인들이 마을 사람들을 학살할 때, 판서 댁 일가는 한 사람도 다치지 않았다고 그러던데요."

군인들이 운동장에 모여 있는 사내들 중에서 솎아낸 사람들은 공무원과 군경 가족과 김씨 집안사람들이었다.

"그렇다면 군인들 중에 이 마을 형편을 잘 아는 사람이 있었다는 말인가요?"

"그게 참 이상해요. 저도 들었는데요, 그때 김씨 댁 사람들은 이미 군인들이 마을 사람들을 처단할 것이라는 사실을 알고서 살아날 방도를 강구했는데, 군부대 측과 의논을 했다고 합니다. 그래서 일단 딴 행동을 취하지 말고, 마을 사내들과 함께 모이기는 하되, 어떤 표시를 해서 구분하도록 했답니다."

"그렇다면 더욱 이상하지요. 누가 치밀하게 계획을 세우고서……"

경 목사는 지그시 눈을 감고 뭔가를 골똘하게 생각하였다.

"세상에는 사람의 생각보다 더 이상한 일들이 많이 일어납니다."

노인은 사건 뒤에 숨어 있는 여러 일들을 예상하면서 화제를 바꾸었다.

"그 인민재판 상황에 대해서는 새롭게 들은 것이 없나요?"

"있지요. 그런데 그 내용은 별것이 아니었어요."

목사는 인민재판 과정에 대해서는 관심을 두지 않았다.

"직접 인민재판에 참여한 사람들은 거의 죽었고, 살아 있다고 하더라도 말을 하겠어요?"

"그렇다면 그 일은 영원히 미궁에 묻혀 있게 되겠네요?"

"증언을 듣지 못했다 하더라도 인민재판 상황은 뻔하지 않습니까?"

"뻔하다니요? 어렵지만 그때 상황을 자세히 증언할 사람을 찾아보세요. 그 증언이 없다면 사건의 실상도 제대로 밝혀질 수 없겠지요. 30여 명 마을 사람들이 군인에 의해 재판도 받지 않고 총살당했다는 것은 이미 다 알려진 사실인데, 한 마을이 그 지경에 이르게 된 사건의 이면을 밝혀야만 제대로 사실이 규명되지 않겠어요?"

조 노인은 인민재판에 회부된 사람 중에 살아난 이가 있을 것이라는 예감이 들었다.

"선생님 말씀을 듣고 보니, 왜 장수골만 그렇게 엄청난 비극을 당하게 되었는지 궁금하네요. 원래 장수골은 지주와 소작, 양반과 상놈 사이의 대립이나, 문중 간 알력도 없었어요. 마을지(誌)나 판서 댁 조상들의 개인 문집을 보면, 그들이 장수골을 이상촌으로 만들려 했다는 의지를 읽을 수 있어요. 그래서 주변 부락에서는 예부터 풍속이 정연하고 살기 좋은 마을이라고 소문이 났대요. 그런데 전쟁 중에 그런 일이 벌어졌고, 이제는 마을의 중심이 되었던 판서 댁 사람들이 다 떠나버렸고, 남자들도 다 그 지경이 되었으니, 장수골은 없어지고 새로운 마을이 되었어요. 6·25전쟁을 겪은 많은 농촌 중에서 장수골은 특별해요."

"그러니까 그러한 점도 고려해서 장수골을 생각해보는 것도 의미 있을 겁니다."

조 노인이 진지히게 말하자 경 목사는 고개를 끄덕이면서 수긍했다.

"이왕 총대를 메셨으니 제대로 해보시죠. 더구나 목회자이시니까, 전 믿어요. 정치적인 문제를 떠나서 지난 시대를 정직하게 밝혀낸다는 입장에서 접근하시면 일이 잘될 것입니다."

"저도 노력하겠습니다만 선생님께서도 도와주시겠지요?"

조 노인은 이 일에 무심했던 자신이 점점 관심을 갖는 연유가
의아스러워졌다.

4

아침 산책을 끝낸 조 노인이 늦은 아침상을 막 물렸을 때 경
목사의 전화를 받았다. 조금이라도 일찍 뵙고 싶어서 실례인 줄
알면서도 이렇게 일찍 전화를 한다고 했다. 지금 차를 몰고 이
곳으로 오고 있다면서 오전 중으로 뵙겠다는 것이었다. 전화 목
소리는 약간 들떠 있었다.

통화를 한 지 꼭 2시간 만에 경 목사가 찾아왔다. 조 노인은
서둘러 찾아온 그 사연이 퍽 궁금했다.

"그 인민재판에 대한 증언을 녹취했습니다. 들어보시죠?"

그는 녹음기를 조작해서 노인 앞에 놓았다.

"어떤 분인데요?"

"그때 군인들에게 처형당한 사람의 부인입니다. 남편이 본의
아니게 인민재판에 참석했던 것을 괴로워하다가 결국 부인에게
실토를 했는데, 부인이 그 사연을 아주 자세하게 기억하고 있었
습니다."

"부인이 남편에게 들은 것이라면 자기 이야기가 아니지 않습
니까?"

조 노인은 당사자의 이야기가 아니라는 데 실망했다.

노파의 어눌한 목소리가 녹음기에서 나왔다.

"무슨 마을 회의가 있다고 해서 마을 네거리 느티나무 아래로 모였는데, 우리 집 어른이 그날 밤에 집에 들어와서 한잠도 못 자고 한숨만 푸푸 내쉬는데, 집 안에서도 우리는 판서 댁 어른들이 인민재판인가 뭔가 받아서 큰 변을 당했다는 말을 듣고서, 에고 이게 무슨 변곤가 하고 걱정하고 있던 참이었는데, 남편이 그 자리에 참석했다니, 눈앞이 캄캄하고…… 우린 그 집 은혜를 입고 살아온 처지라서 …… 남편 말이 처음부터 꼭 그 어른 부자를 죽이려고 하지는 않았다고 그럽디다. 그냥 못사는 백성들을 거느리면서 왕처럼 행세했던 잘못을 뉘우치기만 하면 그만두려고 했다고 그러던데, 그때 모였던 사람들이 김 판서 어른이 마을 사람들 앞에서 무릎을 꿇게 하고 잘못을 빌게 하자고 의논을 했는데, 그런데 처음부터 계획이 틀어지기 시작했다고 그럽디다. 우선 그 어른을 끌고 나올 사람이 있어야지요. 누구도 나서지 않았답니다. 그래서 군 인민위원회에서 나온 청년 셋이 그 집에 들어가서 두 부자를 끌고 나왔답니다. 당에서 왔다는 청년이 어른 부자에게 무릎 꿇도록 호통을 쳤는데, 그 어른 부자가 무릎을 꿇지 않는 거라. 그래서 누군가가 달려가서 오랏줄에 묶여 있는 어른의 정강이를 짓이겼어. 어른이 폭 옆으로 쓰러지자, 마을 사람들이 모여들어 억지로 꿇어앉히려고 했는데, 그래도 어른은 말을 안 듣는 거라. 아들도 마찬가지고. 그래서 따라 나온 인민군이 들고 있던 따발총 개머리판으로 등을 후려쳤어. 둘은 땅바닥에 꼬꾸라졌고. 그런데 군당에서 나온 사복 입은 청년이 그렇게 소리쳤다더군. '악질 지주였지만 이제 마을 인민들 앞에 사죄하면 목숨만은 용서해준다.' 그런데 이때 땅바닥에 꼬꾸라져 있던 어른이 두 팔을 묶인 채 벌떡 일어서더니, 마을 사람들을 향해 눈을 부라리면서 호통을 쳤어. '나를 용서해달라고 너희들에게 빌라고? 이 천하에 몹쓸 놈들아! 내가 무슨 잘못을 저질렀나? 땅이 없어 농사짓지 못하는 사람들에게 땅을 빌려주었고, 어려워 돈을 꾸어달라면 돈 꾸어줬고, 흉년에 식량이 떨어져서 굶어 죽게 되었다면 식량을 대준 것도 죄가 되느냐?' 이렇게 호통을 치는 바람에 군당에서 나온 사람도 순간적으로 얼떨떨하니 넋을 잃어버린 거라. 마을 사람들은 고개를 푹 숙이고 어른의 눈총을 외면하고 있었는데, 그런데 그 정도로 끝난 것이 아니라. '내가 고리대금업자였더냐, 입도선매를 했더냐? 머리 좋은 자식들에게 돈을 대주며 공부시켰고, 머슴도 능력이 있으면 나가 살도록 해주었다. 토지개혁 때에 땅을 나눠준 것도 죄가 되느냐? 이 무례한 놈들아!' 아, 이렇게 야단을 쳤다는 겁니다."

잠시 증언자의 말소리가 뜸을 들였다.

"그런데 말입니다. 이건 우리 양반한테만 들은 것이 아니라, 그 후에 마을 사람들에게 들었는데, 그렇게 한바탕 호통을 치다가 썩은 나무토막 쓰러지듯이 어른이 먼저 픽 넘어졌는데, 그

때에, 그 댁 마나님이 하얀 모시옷에 머리를 단장하고 금비녀까지 꽂고 나타나자 모인 사람들이 웅성거렸는데, '이 쌍것들이 아무리 세상이 막되었다 하더라도, 너희가 이럴 수가 있느냐? 지금까지 너희가 목숨을 잇고 살아온 것이 누구 덕분이냐? 우리가 너희 놈들 집안에 검불 하나라도 공짜로 빼앗은 것이 있더냐? 한나절 품삯이라도 공짜로 쓴 적이 있더냐? 너희 조상 제사 쌀과 제수까지 대면서 너희를 마을에 터 잡고 살도록 했거늘, 이제 와서 공을 내팽개치고, 이 무도한 일을 벌일 수 있느냐? 사정을 모르는 사람들이 이런 짓을 한다 해도 너희가 나서서 '우리를 살려주신 은인'이라고 화를 면하게 해야 도리이거늘, 그래 마음대로 해봐라. 내가 너희 얼굴을 다 기억하고 있으니, 죽어서 저승에 가서도 이 원수를 너희 자손 대대로 배로 갚으리라' 하고 호통을 쳤다는 겁니다. 마님이 울부짖듯이 퍼붓는 호통에 사람들은 고개를 숙이고서는…… 그들은 마나님 얼굴을 맞대고 볼 기회가 없었지. 그저 그 집안에서 쌀이나 돈을 꾸어 갈 때에도 마나님은 안방에서 얼굴을 내밀지 않고, 아랫사람들에게 명하여 처리했으니. 사람들은 마님을 마치 중전마마 대하듯 하며 살았는데, 이렇게 호통을 치는 바람에 사람들은 혼비백산해서 기가 팍 죽었고, 그러나 이제는 돌이킬 수 없는 일이 되었으니, 이대로 놔두었다가는 더 큰일을 당할 것이 빤해서, 사람들이 이러지도 저러지도 못하고 있는데, 어디선가, '이 반동 놈의 새끼 지금 때가 어느 땐데, 그런 개소리를 지껄여' 하면서

돌팔매가 날아들자, 그때까지 숨죽이고 있던 사람들이 정신을
차리고 미리 준비해 갖고 간 돌멩이와 장작개비들을 눈 딱 감고
그 어른에게 내던졌는데, 늦게 그 사정을 알고 달려온 그 댁 며
느리도 그 광경을 보더니 기절해버렸고, 그 지경이 되도록 동네
사람들은 얼굴을 바로 들고 사태를 직접 볼 수 없었고…… 아
니, 그런데 말입니다. 그 자리에서 피투성이가 되어 죽은 그 부
자와 마님이 눈을 뜨고 죽었는데, 염을 할 때 아무리 눈을 감겨
드려도 감겨지지 않았다는 겁니다. 우리 어른이 집에 와서도 헛
소리를 하면서 그 어른들 눈이 자기를 쏘아보고 있다고 벌벌 떠
는 겁니다. 사람은 죄를 짓고는 못 산다는 말을 그때 알았다니
까요. 그러니까, 그 군인들이 마을에 나타나서 남정네들을 운동
장으로 끌어냈을 때에도, 그날 인민재판에 가담한 사람들은 벌
써 혼이 나가서 얼굴에 다 나타난 것이라, 다시 그런 세상이 오
면 자결을 해버리든지 해야지. 원 세상도……"

녹음된 증언은 끝이 났다.

"다른 분의 증언도 있습니까?"

"몇 사람 증언을 들었는데, 지금 들으신 것과 대동소이합니다."

조 노인은 어떻게 남편에게 들은 이야기를 오래도록 기억하
고 있었는지 궁금했다. 오히려 잊고 싶었을 텐데 말이다. 그런
데 이번 증언자는 판서 댁 어른과 그 부인의 분노를 터뜨리는
상황을 매우 자세하게 말했다는 것이 흥미로웠다.

"혹 희생당한 사람 자손들이 그날 인민재판에 대해서 말한

것은 없나요?"

"만나지 못했습니다."

"인민재판에 대한 피해자 측의 증언을 들어야 하겠지요? 가해자보다는?"

조 노인은 인민재판에 참여했던 남편의 일을 그 부인이 증언했다는 것이 마음에 차지 않았다.

"인민재판이라는 것이 다 그렇고 그렇지요."

경 목사는 누가 증언했느냐는 별로 중요하지 않다고 생각했다.

"지금 증언에 의하면, 마을 사람들은 판서 댁 부자와 그 부인까지 그 지경으로 만들 생각은 애초에 없었는데, 그 마님의 증오에 찬 호통에 사람들이 흥분해서 큰 불상사로 번졌다는 것이지요?"

"그렇지요. 마을 사람들은 모두 판서 댁에 은혜를 입었던 처지였으니까요. 그래서 그 사태 후에 판서 일가와 자손들의 장수골 사람들에 대한 원한이 클 수밖에 없었겠지요."

"그런데, 그 부자가 인민재판으로 죽은 뒤에 그 집 마나님이 사실을 알고 마을 사람들에게 증오의 호통을 퍼부었다면 사건의 성격은 달라지겠지요?"

조 노인의 말에 목사는 고개를 끄덕였다.

"처음 판서 댁 부자에게 돌팔매를 던진 사람이 누구라고 합니까?"

조 노인은 그 장본인이 마을 사람인가, 군당에서 나온 당원인가 궁금했다.

"거야 모르지요. 그때 그곳에 있었던 사람들은 거의 죽었으니까요."

"거의 죽었다고 해도, 군인들이 마을을 덮쳤을 때에 도망간 사람도 있었을 거고, 이미 인민군에 지원 입대했거나 당원으로 군당이나 도 인민위원회에서 일했던 사람들도 있지 않았을까요?"

조 노인은 그 문제를 중요하게 생각하였다.

"선생님께서는 마치 그때 사정을 잘 아시는 것처럼 말씀하시네요?"

경 목사는 기회를 잡고서 노인에게 뭔가 들으려 했다.

"학살의 진상을 알려면, 그 원인이 되었던 인민재판을 바로 알아야 하지 않겠어요?"

"그렇기는 한데, 그 내용이 사안마다 다르겠어요?"

"그래도 말입니다. 지금 증언에 의하면 판서 댁 경우는 좀 다르게 느껴지는데요. 마을 사람들은 애초에 판서 댁 부자를 그렇게 모질게 하려고 하지 않았다는 거 아닙니까?"

조 노인은 이 점이 매우 중요하다고 생각했다.

"그렇기는 한데 말입니다. 지금 증언을 하는 입장이니까, 그렇지요. 당시 상황으로 봐서는 새 공산당 정부가 들어서는 마당에 그렇게 관대할 수 있었을까요?"

경 목사도 증언자의 입장의 변화에 관심을 두고 있었다.

"마을 사람들을 처형한 군인들의 처지도 그런 논리로 이해하면……"

조 노인은 말을 해놓고서 유심히 경 목사의 반응을 살폈다.

"선생님께 그런 말씀을 하시니 의외네요?"

경 목사는 노인이 완전히 보수 우익으로 전향했다고 생각했고, 그러한 변신에 대해 아쉬워했다.

"목사님이 이 일을 하게 된 동기가 무엇입니까? 국군이나 경찰에 의해서 무고하게 희생된 사람들의 넋을 위로하고 그 신원을 풀어주기 위해섭니까? 아니면, 전쟁 당시 한국 정부가 저지른 반인권적 사건의 진상을 밝혀냄으로써 초기 한국 정부의 부도덕성을 강조하면서 대한민국의 정통성을 재론하자는 정치적인 의도입니까? 아니면 역사의 진실을 밝히려는 것입니까?"

조 노인의 목소리가 약간 떨렸다. 사태에 임하는 목사의 태도가 마음에 걸렸던 것이다.

"우리는 어떤 의도도 앞세우지 않았습니다. 우선 사태의 진상을 정확히 밝히려는 것입니다."

목사는 노인의 이외의 질문에 약간 당황하면서 입장을 분명하게 말했다.

"그렇겠지요. 사실을 정확히 밝혀지면 여러 문제도 해결되겠지요. 그런데 밝혀내는 일이 여간 어렵지 않습니다. 아까, 증언 내용에서도 그 댁 부인의 마을 사람들을 향한 분노와 저주가 언제 있었느냐는 것도 이 사태를 이해하는 중요한 단서가 되니까요. 더구나, 처음에 돌팔매질을 한 사람이 누구냐? 정말 마을 사람들은 마음에 없는데 마지못해 그런 일을 저질렀는지, 아니면 판서 댁 어른이 호통을 치면서 저주를 퍼붓는 바람에 그렇게 되었는지, 그러니까, 일의 순서에 따라 사건이 달라질 수 있지 않겠어요?"

조 노인은 목사에게 꼭 말하고 싶은 것이 있었으나 지금은 말할 때가 아니라고 생각했다.

"그런 문제에 대해서는 표 교장이 알고 있지 않을까 하는데……"

조 노인은 표 교장에게 이야기를 떠넘기고 싶었다.

"그분은 그때 당에 끌려가서 조사를 받았다고 그럽디다."

"조사를 받았다니? "

조 노인이 할 말이 있는데도 일부러 회피한다고 경 목사는 생각했다.

"어르신께서는 이 사건의 중요한 부분을 아시는데 말씀하시기를 꺼리시는군요."

목사는 다 알고 있다는 투로 말했다. 조 노인은 목사가 표 교장으로부터 다 들었으면서 구태여 자신을 끌어들이려는 이유가 궁금했다.

"그런데 유감입니다. 저는 잊어버려서……"

조 노인은 자기가 아니더라도 표 교장을 통해서 다 밝혀질 것이므로 구태여 말하고 싶지 않았다. 목사는 노인이 자기를 변명하기 위해서, 혹은 사실을 호도하려고 말하기를 꺼린다고 생각했다.

"믿지 않으시겠지만, 애초에 말씀드린 대로 기억이라는 것이 자기에게 유익한 것만을 간직하기 마련이니까요……"

노인은 간접적으로 이야기할 뜻이 없음을 재차 밝혔다.

"표 선생이 나보다 더 많은 것을 알고 있습니다. 혹시 내가 잊어버린 것까지 기억하고 있을지 모릅니다. 같은 사건을 같이 겪었다 하더라도 사람에 따라 기억의 창고에는 각각 다른 기억들이 남아 있게 되지요."

조 노인은 이야기를 표 교장에게 넘겨버렸다. 그는 아까 인민재판에 참가한 사람의 부인의 증언에 별로 관심이 없었다. 그러면서도 이 사건에 대해서는 차츰 관심이 더해졌다. 목사는 노인이 이 사건에 깊숙이 개입되어 있을 것 같았다. 언젠가 표 교장도 그 점을 암시했다. 당사자가 교묘하게 회피하려는 것만 봐도 틀림없다. 그 목사는 그 점에 대해서는 확신이 섰다.

5

경 목사가 세번째로 찾아왔을 때에는 노인은 2층 그의 방에서 만조가 된 바다를 하염없이 내다보고 있었다. 물은 하루에 2번씩 써고 들었다. 썰물이 빠져나간 바다는 친근하게 느껴졌고, 밀물이 연안까지 가득 차면 왠지 초조했다. 밀물 때는 먼바다를 내다볼 여유가 없다가도 물이 써서 모래사장과 그 건너에 돌밭이 나타나면 마음이 편안했다.

조 노인은 그날 낮이 지나면서 혹시나 하고 경 목사를 은근히 기다리고 있었다.

"뭐, 새로운 사실이라도 얻었나요?"

예전과 달리 노인은 경 목사를 반갑게 맞았다.

"자주 번거롭게 찾아와서 죄송합니다. 선생님 말씀을 듣고 돌아가 생각해보니, 이 일이 그렇게 간단하지 않다는 것을 알게 되었습니다. 그래서 증언 외에도 당시 전쟁 중의 시골 상황이며 전쟁에 대한 여러 자료도 얻어보았습니다. 그러다 보니, 처음 생각과는 다른 측면에서 이 사건을 바라보게 되었습니다."

그는 A4용지에 논문을 쓰기 위해 개요를 짜놓은 것처럼 사건을 정리해서 노인 앞에 내놓았다.

(1) 전쟁이 일어났다. 판서 댁 일가들은 피난을 갔으나 그 댁 어른은 대전에 사는 큰아들 가족까지 집으로 데려와서 이곳을 피난처로 생각했다.

(2) 북한군 한 부대가 군청 소재지 읍내 중학교에 주둔하였다. 마을은 그때까지만 해도 평온했다.

(3) 군 면 마을 단위로 인민위원회가 조직되었으나 장수리에는 별다른 변화나 큰 사건이 일어나지 않았다.

(4) 북한 당국은 남한을 점령하면 지하당원들과 잠재 혁명 세력들이 일어나 지주와 반동을 숙청하고 혁명 토대를 구축할 것을 기대했다.

(5) 북한군은 각 지역 단위로 인민위원회 활동을 강화하여 반동을 처단하고 새로운 사회 질서를 수립하기 위한 대책을 마련했다.

(6) 군 인민위원회가 주동이 되어 판서 댁 부자를 인민재판으로 처단하려고 했다.

(7) 마을 사람들은 적극적으로 참여하지 않았다.

(8) 장수리 인민위원회에서 판서 댁 부자를 인민재판으로 처단하는 과정에서 판서 댁 어른과 그 부인이 마을 사람들을 증오하면서 호통을 쳤다.

(9) 모여 있던 사람들 중에 누가 먼저 돌을 던지기 시작하자, 이어 사태가 험악하게 진전되었다.

(10) 판서 댁 부자와 그 부인이 인민재판으로 죽었다.

(11) 전세가 역전되어 북한군이 물러갔으나 마을은 조용했다. 판서 댁 가족과 그 일가들은 마을로 돌아오지 않았다.

(12) 중공군이 개입하고 38선이 무너졌다. 전세가 위급해지자 군부에서는 인민재판에 참여했던 장수리 사내들을 처형했다.

"대강 사태의 개요를 이렇게 정리할 수 있지 않을까요?"

노인은 정리해놓은 것을 보면서 목사가 사태에 진지하게 접근하려 한다는 인상을 받았다.

"굵은 활자로 된 부분은 직접 확인하지는 않았지만 예측할 수 있는 상황들입니다. 그런데 그 확인되지 않는 (3), (4), (5)에 따라 사건의 의미도 크게 달라질 수 있겠지요?"

목사는 사건의 결과도 중요하지만 그 과정에 따라서 의미가 달라질 수 있다고 생각하였다.

"또 새로운 사실이 나타났는데요, 인민재판에 참여한 사람들은 자기네는 누군가의 조종에 의해 따라갔을 뿐이라고 생각하고 있습니다. 군당 요원들이 판서 댁 부자를 끌어냈을 때에도, 마을 사람들은 그 집안에 신세를 지고 살았던 처지라 누가 먼저 돌을 던졌겠습니까? 그러한 분위기에서 누군가 돌을 던지도록 충동질했고, 그 바람에 모두들 돌을 던지게 되었는데, 그렇다면 누가 그들을 충동질했는가, 그것은 일종의 강요가 아니겠어요? 더구나 당 요원들이 인민재판에 참여해서 감시했다면, 마을 사람들은 타율적으로 그 재판에 참여한 것이나 다름이 없고, 그렇다면, 이 사건에는 애초에 기독교사회문제연구소에서 의도한 학살 진상 규명 외에 여러 진실이 포함되어 있음을 알게 되었지요. 더구나 그 상황에서, 판서 댁 어른이 사람들을 향해 꾸짖지 않았거나, 그 부인이 거기에 가세하지 않았다면 그러한 사태가 일어나지 않았을 것이라고 마을 사람들은 생각하고 있어요."

그는 진지하고 차분하게 자신의 생각을 설명했다.

"그런 말을 하는 사람들은 그 현장에 있었던 사람들인가요?"

"아니지요. 그때 현장에 있었던 사람들은 거의 처형당했거나, 마을을 떠났지요. 한 서너 사람이 용케 살아남았는데, 그들은 전혀 그때 일을 기억할 수 없다고 증언을 단호하게 거절하던데요. 물론 말하고 싶지 않아서 핑계를 댈 수도 있겠지만, 형편을 들어보면 이해도 갑다. 그때 군 인민위원회에서 마을 인민회의를 소집한다니까 나가기는 했는데, 오랏줄에 묶여 나온 판서 댁 부자를 보는 순간 '이거 큰일 났다' 싶으면서 머리가 콱 막혀버렸다는 것입니다. 그래서 그 후의 일은 전혀 기억에 없다는 것이지요. 물론 돌도 던지기는 했지만, 제정신으로 하지 않았다는 겁니다. 그 후에 끔찍한 일들이 뒤이어 일어났으니, 그런 일이 꿈에 나타나는 것도 꺼리게 되었고, 선생님의 말씀처럼 기억하고 싶지 않으니까 기억에 남아 있지 않았겠지요."

"지난번 그 부인의 증언과 비슷하네요. 그렇다면 마을 사람들은 애초부터 인민재판으로 판서 댁 부자를 처단할 생각이 전혀 없었는데, 정황이 그렇게 되었다면, 결국 국군에 의해서 마을 사람들이 처형되었다는 사실만이 부각되지 않겠어요?"

노인은 목사가 사건 해명에 진지하게 임하는 척하는 것도 결국은 피해자의 입장에서 이러한 결론을 도출하기 위한 전략이 아니었나 하는 의구심이 생겼다.

"그때 일을 증언하는 사람들은 소위 인민재판이 그렇게 된 원인은 판서 댁 어른과 그 부인에게 있다고 생각하는 듯한 느낌을 받았습니다. 그 어른이 좀 고분고분했다면 죽이기까지야 했겠냐는 것이지요."

"그럴까요? 판서 댁 어른이 이 마을 사람들에게 호통을 치지 않았다면 무사했을까요?"

"적어도 과오를 뉘우치고, 그들 식으로 자아비판을 했다면……"

"자아비판을 한다는 것은 판서 댁 어른의 입장에서는 결국 정신적으로 죽는 것이나 다름이 없지요."

노인은 목사가 너무 마을 사람들 편에서만 사태를 인식하고 판서 댁 입장은 외면하고 있다는 인상을 받았다.

"증언자들은 자기네 과오를 축소하려 하면서, 자기네가 인민재판의 주범이 아니라는 것을 내심으로 강변하고 있습니다."

경 목사의 그 말에 노인은 이상한 상념에 젖어버렸다. 역사의 진실 찾기란 가능할까? 이 작은 사건도 여러 세상사와 얽혀서 제대로 밝히기 어렵다면, 결국 역사의 진실이란 각자의 입장에서 그 역사의 일부를 나름으로 해석하는 정도에 불과하지 않을까? 노인은 생각할수록 곤혹스러웠다.

"조 선생님께서는 당시에 중학교에 주둔해 있던 북한군 부대의 고급 장교셨지요?"

목사는 어렵게 말을 꺼냈다. 노인은 빙긋이 웃으면서 고개를 끄덕였다. 목사는 노인의 평온한 반응이 의외였다.

"제게서 무엇을 듣고 싶으세요? 제 말이 혹 목사님을 실망시키지 않을까 걱정이 됩니다."

노인은 자신이 숨기지 않고 말한다는 사실을 목사에게 미리 알려두고 싶었다.

"저는 어떤 이야기라도 사실이라면 여과 없이 받아들였을 겁니다. 제가 목사 아닙니까. 진실을 밝히는 것이 기사연의 할 일이기도 하구요."

"제 말을 들으시기 전에 표 교장으로부터 그 사태에 대한 이야기를 들어보시죠. 제가 알고 있는 것보다 더 많은 것을 알고 있을 테니까요."

"표 선생님은 인민재판 당시 공산군에게 끌려가서 조사를 받아서 당시 사정을 하나도 모른답니다. "

"조사를 받았다니요?"

노인은 그 말을 듣고, 전쟁 당시 표인혁과의 일들이 생각났다. 그러나 그 내용을 지금 말할 수는 없었다. 그렇구나. 표인혁은 완전히 자기 최면으로 기억을 조종하고, 그 사건이 자신과 전혀 무관함을 확증하려 했구나 하고 생각했다.

"목사님, 이런 점도 고려해야 하지 않을까요? 기술된 역사는 객관적 자료에 의헤서 해석되는데, 자료가 많다년 어떤 자료를 선택했느냐에 따라서 해석도 다르겠지요. 장수리 사건만 해도 앞에서 제시한 그 (3), (4), (5)에 대한 자료를 얻을 수 없거나, 그 자료가 사실과 달리 변질되었다면 사건의 진상도 상당히 달라지지 않겠어요? 그 예로, 판서 댁 부인이 분에 못 이겨 마을 사람들에게 저주를 퍼부은 시점이 문제를 좌우하게 되겠지요."

목사는 고개를 끄덕이면서 노인의 말을 경청했다.

"바로 그 점입니다. 선생님께서 입을 다무시면 진실은 왜곡될 수밖에 없습니다. 그렇게 되기를 원하십니까?"

목사는 '진실'을 구실로 노인이 입을 열도록 강요하듯 말했다.

"제게 듣고 싶은 이야기가 뭡니까?"

"다른 사람들이 모르는 사실을 말씀해주셨으면 합니다."

"누군가 마을 사람들을 선동하여 인민재판을 성사시켰다면 국군이 마을 사람들을 처형한 사건도 달리 해석할 수 있지 않겠어요?"

"무슨 말씀이신지?"

목사는 노인의 질문을 일부러 피하였다.

"제 증언으로 진상 규명이 새로운 방향으로 나간다 해도 목사님은 감당할 수 있겠습니까?"

노인은 도리어 목사에게 약속을 받고 싶었다. 그렇지 않고는 곡해해서 들을 우려가 있기 때문이었다.

"처음부터 말씀드렸지만 정치적 의도는 없습니다. 단지 사실을 사실대로 밝히려는……"

"사실대로라니요? 그 사실 자체가 불명확한데 어떻게 밝히지요?"

"무슨 말씀이신지요?"

"우선 인민재판이 마을 사람들의 자의에 의한 것인지, 타의에 의한 것인지를 밝히는 것이 순서일 것 같은데요."

"그렇기도 하지요."

경 목사의 눈빛이 빛났다. 노인이 드디어 입을 열 조짐이 보였기 때문이었다.

"중공군의 개입으로 전쟁 상황이 급박해지면서 소위 예비검속이라는 명목으로 좌익이라고 심증이 가는 사람들을 연행하여 재판 절차도 거치지 않고 처형한 사건은 그 당시 곳곳에서 일어났는데, 전황이 급박한 상황에서 관할 경찰서도 아니고 주둔군이 관여했다면 이상하지 않아요?"

"그렇긴 하지요?"

"그렇다면 장수리 인민재판 상황을 군부대에 직접 고발한 사람이 있지 않을까요? 판서 댁 가족이나 인척 중에서 고발할 수도 있고……"

"글쎄요? 그렇다면 보복극의 극치이지요."

"그럴 가능성도 배제할 수 없지요. 보복극이라면 그것은 가장 원초적인 인간 행위이죠. 인민재판에 참여한 마을 사람들도 할 말이 있듯이 보복을 감행한 사람들도 할 말이 있겠지요?"

둘은 잠잠하였으나 각각 생각을 정리하고 있었다. 보복극? 그렇다면 누구를 탓할 것인가. 서로 죽이고 그 값으로 다시 죽였으니, 결국 수백 년 동안 지탱해온 마을 공동체가 파탄이 났다.

"선생님께서는 이 사건을 그런 차원으로 보시나요?"

"이제 와서 누가 장수리 사건을 군부대에 고발했다고 증언을 하겠어요? 경찰 자료에도 그 사건에 대한 기록은 없습니다. 혹시 선생님께서 군에 고발하시지는 않으셨어요? 참, 그때 선생께서는 포로로 잡혀 있을 때였겠네요."

그는 웃으면서 농담처럼 말했다. 노인은 그 말을 곰곰이 생각하니, 포로였기에 고발할 수 있지 않겠냐는 뜻으로 들렸다.

"추리가 수준급입니다. 사실은 제가 고발할 개연성이 많지요. 인민군 고급 장교가 한국군 포로가 되었으니, 그런 정보라도 제공해야 제 처지가 좀 펴질 수 있을 테니까요."

노인은 목사의 의도를 알아차렸다는 듯이 주저하지 않고 말해버렸다. 그 말에 목사는 눈을 휘둥그레 뜨고 놀랐다.

"믿을 만하지 않아요?"

"너무 솔직하셔서 믿기지 않습니다."

노인은 목사가 그 말을 믿을 수 있다는 뜻인지 농담으로만 듣겠다는 뜻인지 애매하였다.

한동안 침묵이 흘렀다. 목사는 노인의 말을 곱씹으면서 그 말이 진실이기를 바라고 있었다.

"목사님, 이런 설화 아시죠? 신라 시대 경문대왕의 당나귀 귀 이야기 말입니다."

"알지요. 그 박두장이는 임금님 귀가 당나귀처럼 커졌다는 사실을 알고 있으면서도 말하지 않았다가 죽음이 임박해서야 마을에서 떨어진 외딴 대숲에 가서 발설했는데, 나중에 그 이야기가 온 신라에 퍼져서 결국 왕에게까지 알려지게 되었다지요."

"그래서 저도 죽기 전에 어디 대숲을 찾아가서 장수리 인민재판에 대한 이야기를 다 발설하려고 합니다."

노인은 그렇게 말하면서 목사의 반응을 살폈다.

목사는 노인에게서 사실을 듣기가 어렵겠다고 판단했다. 그러면서도 한편으로는 언젠가는 노인이 숨겨놓은 이야기를 말하지 않고는 못 배길 것이라고 믿었다. 그렇게 생각하니 답답했던 가슴이 좀 펴지는 것 같았다.

"제가 선생님께서 빨리 세상을 떠나십사고 말할 수는 없지요. 그런데 말입니다. 어차피 박두장이의 이야기가 온 신라에 퍼진 바에야, 선생님이 하고 싶으신 그 말씀도 결국은 모든 사람이 알게 될 텐데, 꼭 죽기 전에 대숲을 찾아가서 이야기하실 필요는 없지 않겠어요? 그 이야기를 꺼려할 왕도 없는데 말입니다."

목사는 선 채로 인사말로 한마디 했다.

"왜 꺼려할 왕이 없겠어요. 세상에는 진실의 언어를 꺼려하는 왕들이 얼마나 많은데요. 혹 목사님도 그 축에 낄 수도 있지 않겠어요? 그러나 전 왕이 무서워서가 아니라, 목사님과 같이 진실을 사랑하는 사람이 두려워서 말하기가 어렵네요."

노인은 여전히 말할 수 없다는 뜻을 은근히 강조했나.

"선생님께서는 전해야 할 이야기를 간직하고 있다는 사실만으로도 저는 흡족합니다. 언젠가는 제게 들려주실 테니까, 저는 선생님을 믿습니다."

노인은 목사의 다소 들뜬 듯한 목소리를 들으면서 창밖을 내다보았다. 그 사이에 물이 써기 시작하는지 바닷가 모래 바닥이 조금 드러나 있었다.

"다시 뵙겠습니다."

방을 나서는 목사의 얼굴에 미소가 가득했다.

6

밤새도록 태풍이 몰아쳤다. 새벽녘에 바람이 수그러지자 노인은 그제야 눈을 좀 붙였다.

일주일 전, 태풍으로 모래밭이 다 절단나버렸다. 모래가 흔적 없이 사라진 바닷가에는 앙상하고 거친 너럭바위만이 깔려 있었다. 선착장으로 모여든 마을 사람들은 먼바다를 바라보면서 말을 잃어버렸다. 가라앉지 않는 하얀 파랑만 쳐다볼 뿐이었다. 조 노인도 태풍이 지나간 바닷가로 나갔다가 그 광경을 보고는 사람들의 눈을 피해 얼른 집으로 들어와버렸다.

늦잠에 취해 있던 노인은 방문을 두드리는 소리에 잠이 깨었다. 어르신! 어르신! 도우미 아줌마가 방문 앞에서 소리를 연거푸 질렀다. 잠에서 깬 노인은 얼른 일어나 창밖으로 바다를 내려다보았다. 바닷가에 사람들이 모여 서로가 얼싸안고 마치 춤을 추듯이 손을 흔들면서 뭐라고 소리를 지르고 있었다.

"어르신네, 저 바다를 좀 보시죠?"

방으로 들어온 아줌마의 얼굴이 발갛게 상기되어 있었다.

“바닷가에 다시 모래가……”

아줌마의 말이 헷갈렸다.

“저기 사람들이 보이지요?”

조 노인은 바닷가로 내려갔다.

놀라운 일이었다. 너럭바위로 덮여 있던 바닷가에는 하얀 모래가 예전보다 더 반듯하게 덮여 있었다. 어젯밤 태풍으로 거칠었던 바다 물결이 지난번 쓸어가버렸던 모래를 깨끗하게 씻고서 그 자리에 품어다 놓았다. 사람들은 이 놀라운 바다의 요술 앞에 넋을 잃고 있었다. 노인은 흥분해서 들떠 있는 사람들 틈에서 아무 말도 하지 않고 그냥 우두커니 서 있다가 집으로 들어왔다.

노인은 경 목사에게 이 바닷가의 기적을 말해주고 싶었다. 그래서 은근히 기다리고 있었다. 이제는 그를 만나서 할 이야기가 있을 것 같았다. 지난번에 그는 ‘선생님께서 세상 사람들에게 전해야 할 이야기를 간직하고 있다는 사실을 알았다는 것만으로 저는 흡족합니다’라고 하던 말이 되살아났다. 표 교장도 한번 만나고 싶었디.

그날 목사가 돌아간 다음에 표 교장으로부터 전화를 받았다.

“장수골 표인혁이오.”

‘표인혁’이란 말에 노인은 긴장하면서도 반가웠다.

“얼굴 한번 보고 싶어서……”

의례적인 인사말이 오간 다음에 그는 고향 나들이를 한번 하

지 않겠냐고 했다. 조 노인은 순간적으로 나들이할 처지가 못
된다고 잘라 말해버리고서는 곧 후회했다. 왜 그렇게 단호하게
거절했는지 스스로도 의아했다. '고향'이란 말에 너무 과민한
탓이라고 생각되었다.

"전화로 이런 말을 해야 할지 모르겠지만, 우리가 앞으로 살
면 얼마나 살겠나. 살아 있을 때에 할 일이 있으면 해야 하지 않
겠는가? 내일 일도 모르는 처지인데, 그러니 한번 시간을 내세."

그는 노인의 거절에도 마음을 쓰지 않고 재차 권하였다. 노
인은 그를 만나는 것이 부담스러우면서도 한편으로 만나고 싶
기도 했다.

그러고 나서 나흘 후에 표 교장이 찾아왔다. 노인은 자주 상
종했던 사이처럼 전혀 그가 생소하지 않았다.

"경 목사 그 사람 참 진실한 분인데, 조 사장과 이야기를 나
누는 동안 많은 문제를 다시 생각하게 되었다고 하더군."

그간의 안부를 주고받고 나서 표 교장은 장수골 이야기를 꺼
내었다.

"그런데 정작 듣고 싶은 이야기를 듣지 못했다더군. 조 사장,
자네만이 알고 있는 이야기를 그냥 덮어두지 말고 이제는 털어
놓아버리게. 우리 마을 이야기이면서 우리 자신의 이야기도 되
지 않겠나?"

그는 은근히 설득 조로 말했다. 그러나 노인으로서는 그런
권유를 받아들일 마음이 없었다.

"경 목사는 그동안 취재도 열심히 했고, 증언도 많이 들어서, 사건의 윤곽이 잡힌 모양인데, 이제 조 사장만 입을 열면……"

"내가 무슨 할 말이 있다고? 오히려 표 교장이 내가 모르는 부분을 많이 알고 있겠지."

노인은 도리어 표 교장의 이야기를 듣고 싶었다.

"내가 무슨 할 이야기가 있다고? 사정을 환히 알 사람은 조 사장밖에 없는데……"

표 교장은 단호하게 노인의 청을 거절하였다.

"우리는 어려서부터 한동네에 살았던 죽마고우인데, 이제 나이 여든이 넘어서도 같은 문제로 고민하는 것을 보면 전생에 유별난 인연을 갖고 태어난 모양이야."

표 교장은 노인의 말문을 열기 위해서 어릴 때 이야기로 물꼬를 트려고 했다. 나이가 비슷해서 어렸을 때는 같이 지내기도 했으나 유별난 추억거리는 없었다. 둘 다 조상 대부터 판서 집안 머슴으로 살다가 부친 대에 와서 밭 마지기를 떼어 받고 독립하였다. 그러나 늘 그 집안의 신세를 지고 살았다.

표 교장은 초등학교를 졸업한 후에 남들이 부러워하는 사범학교에 합격하여 도시로 나갔고, 조 노인은 담임의 배려로 학교 종을 치는 급사로 남아서 1년을 버티다가 일본으로 건너갔다. 거기서 야간 상업학교를 졸업하고 만주에서 회사원으로 일하면서 군인이 될 꿈을 갖고 살다가 해방을 맞았다.

해방이 되고 그 다음 해 가을이었다. 육사를 졸업하고 임관

된 조성철 소위는 첫 외출 때 고향에 내려왔다. 그때 사범학교를 졸업한 인혁은 고향 인근 학교에서 교편을 잡고 있었다. 장교 제복을 입은 성철을 바라보는 마을 사람들의 눈길은 경의에 차 있었다. 장군이라도 된 것처럼 많은 말들을 만들어냈다. 그는 며칠 쉬고서 귀대했다.

북한군이 전차를 앞세워 마을 앞 신작로를 지나갔고, 산 너머 읍내 중학교에 군부대가 주둔하였으나 마을은 예전처럼 조용했다. 그 즈음에 인혁은 고향 집으로 내려와서 숨어 지내고 있었다.

더위가 기승을 부리던 대낮에 인혁은 북한군 병사에 의해 연행되었다.

그는 '장영군인민위원회'란 간판이 걸려 있는 예전 군청 청사 군수실에서 인민군 중좌가 된 조성철을 만났다.

조 중좌는 번쩍이는 금장 계급장이 달려 있는 제복 차림으로 그를 맞았다.

"오랜만이군. 무사하니 반갑네."

성철이가 손을 내밀었다.

"어떻게 된 거야?"

"보시다시피."

"장수리에는 별일 없고?"

중좌는 인사 삼아 물었다. 인혁은 자기가 집에 숨어 있는 것을 조 중좌가 알고 병사를 보냈다고 생각했다.

“난 몸이 안 좋아서 집에서 쉬고 있는데……”

그는 궁색하게 변명했다.

“장수골은 여전하다면서? 아직도 판서 댁 어른은 성주처럼 있고……”

인혁은 그제야 중좌의 속마음을 알았다.

“창피해서…… 우리 동지들이 내 고향이 장수골이라는 사실을 모르니까 다행이지.”

창밖을 내다보면서 혼자말로 중얼거리던 조 중좌가 되돌아서더니 어색하게 웃었다.

“판서 댁 그 어른은 세상이 바뀐 것을 모르는 모양인가. 더구나 김 교장까지……”

중좌는 인혁에게 뭔가 대답을 구하고 있었다.

지금 표 교장은 그때 조 중좌와 마주 앉아 있다고 생각했다. 인혁은 그 이후로, 그날 자신은 조 중좌에게 심한 조사를 받았다고 규정해버렸다.

“그때 일로 조 사장을 원망해본 적은 없어. 다시 생각하고 싶지 않은 일이리서 잊어버리리고 애썼고, 애쓰다 보니까, 자연히 잊혀지기도 해서……”

표 교장은 어려웠던 지난날을 회상하듯이 말했다.

“내가 표 교장에게 원망 들을 일을 했던가?”

노인은 그의 말이 의외였다.

“그날 내가 군당 위원장 실에서 조 중좌 자네를 만나지 않았나? 우리가 인사를 나누고서 자네가 방에서 나가버리자, 사복 입은 사내가 들어오더니 나를 심하게……"

표 교장은 담담한 표정으로 그때 정황을 꼼꼼히 말했다.

"심하게? 그러면 고문이라도 당했단 말인가?"

"꼭 고문이라고 할 수는 없지만, 조사 과정에서 내가 매우 힘들었네."

조사를 받았다고? 그럴 리가 없다. 조 중좌와 함께 이야기를 하다가 헤어졌다. 그리고 며칠 뒤에 다시 만났으나 조사를 받았다는 말은 하지 않았다. 노인은 그 당시 일을 선명하게 기억하고 있다.

북한군이 38선 이남 지역을 평정하고 곳곳에 스탈린 원수와 김일성 장군의 초상화가 인공기와 함께 사람들의 눈길을 끌고 있는데도, 장수리는 조금도 달라지지 않았다. 판서 댁 사람들은 여전히 마을의 큰 어른이었다.

이 마을에서는 판서 댁 일가를 제외하고는 인혁이가 제일 식자였다. 조 중좌는 옛 친구에게 세상이 변하고 있음을 설명했다.

"앞으로 한 달 안에 남반부는 완전히 해방될 걸세. 인민군대가 군사력으로 이승만 도당의 군대를 제압할 것은 물론이요, 각 지역마다 그동안 지하에서 투쟁하던 혁명 전사들이 일어나 우리를 지지하는 주민들과 합세하여 각 지역 경찰관서를 공격하면 쉽게 점령할 수 있거든. 이승만 도당의 군대와 심지어는 경찰관 중에도 우리를 지지하는 세력들이 많이 있는데, 그들이 전

세를 판단하고 쉽게 우리에게 투항하게 되어 있어. 설사 미 제
국주의자들을 추종하는 유엔군이 참전을 구실로 부산항에 입항
한다 하더라도, 우리 혁명 유격대원들이 수중 침투를 해서 전함
을 모두 폭파시켜버릴 걸세. 앞으로 한 달 안에 남반부를 완전
히 제압하여 통일이 될 텐데, 장수리 사람들은 그때에도 판서
댁 사람들을 성주처럼 모시고 살 것인가?"

말을 듣던 인혁은 차츰 당황하기 시작했다. 정세를 잘못 판
단하고 임시변통으로 집에서 병을 핑계로 숨어 지내는 자기를
추궁한다고 생각했다.

"미 제국주의자들의 참전으로 인민군대가 곧 퇴각할 것으로
믿고 잠시 피난 왔겠군. 학교에 있으면 출근해서 혁명 과업에
참여하지 않을 수 없으니……"

조 중좌는 은근히 그를 야유했다.

"아닐세. 내 이 몰골을 보게. 난 폐병 삼 기야. 학교를 그만
둘 수도 없고, 그렇다고 내놓고 병을 말할 수도 없어서 그럭저
럭 지내다가, 전쟁이 일어나 집으로 요양하러 온 것이지."

"폐병이라구?"

조 중좌는 인혁이 거짓말을 하고 있다는 것을 곧 알았다.

"그렇다면 잘되었군. 조국의 통일을 위해서 죽기 전에 뭔가
일을 해야 하지 않겠나? 환자니까 슬프게도 의용군으로 입대할
수는 없겠지만, 고향에서 인민을 계도하는 일에 적극 나서주게.
자네야 이미 마르크스 레닌을 공부했으니까, 복습만 하면 충분

히 지도자로서 과업을 수행할 수 있을 것이네."

조 중좌는 인혁에게 과업을 지시하였다.

"알았어. 내가 할 일이 있다면 머뭇거리겠나. 앞으로 살면 얼마나 산다고……"

인혁의 눈가에 물기가 어렸다. 노인은 지금도 그 표정을 기억하고 있다.

그런데 심하게 조사를 당했다고? 참, 그러고 보면, 내가 부탁한 일들을 고문으로 생각할 수도 있겠지.

"그 전쟁 중에 폐병을 앓았었지?"

노인은 그에게 지난 시간을 상기하도록 그때 일을 꺼내었다.

"폐병을 앓았다고? 그런 일이 없었는데, 나는 건강하네. 특히 호흡기 계통은 젊은이 부럽지 않은데 폐병을 앓았다니?"

"아니, 그렇다면 내게 거짓말을 했나? 전쟁 중에 학교에 출근하지 않고 집에 와서 요양한다고 했는데……"

노인은 그때의 정황을 설명했다.

"그렇게 말했을 테지. 자네에게 조사를 당하는 입장에서 거짓말을 할 수밖에 없었을 테니까."

"아까는 어떤 요원들에게 조사를 받았다고 하더니……"

"하도 오래된 일이라서 내가 착각하는 모양이야. 그저 고문처럼 괴로운 조사를 받았다는 것만은 분명해. 아직도 기억에 생생하게 남아 있거든."

노인은 표 교장이 의식적으로 거짓말을 하고 있다고 생각했다. 그 이유가 뭘까 궁금했다.

"판서 어른이 시국을 잘못 보고 있는 것 같은데, 자네가 한번 만나보게. 내 이야기를 하면서, 세상이 바뀌었으니 처신을 달리하고, 과거의 죄과를 인민들에게 사죄하고 응분의 보응을 받겠다고……"

"응분의 보응을 받다니?"

인혁은 그 내용이 궁금했다. 그 어른에게 구체적으로 말해야 하기 때문이었다.

"재산을 당과 인민 앞에 헌납하면 되겠지."

조 중좌도 판서 댁 어른이 큰 화를 당하는 것을 원치 않아서 그런 제안을 내놓았다. 헌납하지 않아도 인민재판에서 반동으로 규정되면 몰수된다. 중좌는 인혁이 어릴 때부터 그 어른의 귀여움을 받고 자랐으니까 가서 말하면 받아들일 것이라 생각하였다.

"그러지 뭐. 그 어른과 집안을 위하는 일이니까."

인혁은 쉽게 대답하고 돌아갔다.

그리고 이틀 후에 돌아왔다.

"아들인 김 교장은 이해하고 받아들이는데, 어른은 고집불통이야. 쌀은 어려운 사람들에게 나눠주고, 군부대에는 물품과 남아 있는 식량을 헌납할 수 있지마는, 누가 강요해서 할 수는 없다네."

인혁은 사실대로 말했다.

“노인도 참 딱하시군.”

조 중좌는 혀를 찼다.

“그 댁 사람들이야 그렇다 치고 문제는 장수골 사람들이야.”

조 중좌는 오랜 세월 동안 짓눌려 살아온 그 노예근성을 아직도 버리지 못하고 있으니 안타깝다고 덧붙였다.

“자네가 대책을 생각해보게. 장수골 인민들이 지혜롭게 새 공화국 인민이 될 수 있도록, 어떤 계기를 마련해봐. 어떻게 좋은 방법 없겠나? 내가 나설 수도 없고, 아무리 전쟁 때라고 하지만, 그래도 나는 사람의 정을 무시할 수 없어. 더구나 고향 사람들 손에 피를 묻히게 할 수는 없지.”

조 중좌는 은근히 앞으로 닥칠 사태를 암시했다.

“알았네. 내가 방법을 생각해보겠네.”

그렇게 헤어졌다.

며칠 후에 장수골에서는 피를 보는 인민재판이 성공리에 끝났다. 3백여 년 동안 이 마을의 주인이었던 경주 김문 족벌은 단 몇 시간 만에 무너져버렸다.

그 후로 김문 일가는 장수골에서 영영 자취를 감추어버렸고, 지금은 마을도 없어져버렸다. 인민재판은 그렇게 새로운 역사를 만들어냈다.

“바다가 너무 고요한데……”

표 교장이 중얼거렸다. 둘은 말없이 바다를 내다보고 있었다.

"조용할수록 바다 소리가 제대로 들리거든. 한밤중에는 모래 톱이 움직이고, 게들의 발소리까지도 다 들린다네."

노인은 한밤에 자갈을 쓸어내리고 쓸어 올리는 파도 소리 때문에 잠을 설칠 때마다 그 소리를 들어보려고 귀를 기울이고 있으면 어느새 잠이 들곤 했다.

바다는 그 언어를 온전히 사람들에게 들려주기를 꺼리는 것 같았다. 역사를 만들어낸 그 언어는 저 바다에 깊숙이 가라앉아 그 모습을 드러내지 않는다. 그러나 그렇게 이루어진 역사는 숨길 수 없다.

노인은 표 교장이 왜 없는 말을 만들어내는지 궁금했다.

7

늦더위가 며칠간 기승을 부렸으나 발악하듯이 울어대는 매미 소리가 도리어 가을을 재촉하고 있었다. 장수봉으로 들어온 지 벌써 열흘이 지났다. 인혁은 잎이 무성한 느티나무에 올라가 남북으로 뻗어 있는 신작로를 내다보았다. 아무리 세상이 한 바퀴 돌 정도로 어지러워졌다고 해도 계절은 속일 수 없었다. 처서가 지나면서 산속의 햇살은 한낮에도 가을 기운이 완연했다.

사람들 눈을 피해 은밀하게 당의 과업을 수행하고 있던 인혁은 사태가 심상치 않게 돌아가는 것을 느꼈다. 중학교에 주둔했던 부대도 남쪽으로 이동했다. 남반부가 해방되면 고향으로 돌아와 혁명 과업을 완성하는 일에 매진할 테니, 그때 같이 일하자던 조 중좌도 소식이 없었다. 인민군이 부산을 점령했다는 소식은 끝내 들려오지 않았다. 장수골에서도 키 큰 중학생들 몇이 의용군으로 나갔다.

집으로 돌아온 인혁은 비상식량이 될 만한 먹을거리와 군인들이 쓰는 반합과 누비이불을 묶어 지게에 짊어지고 야밤에 마을을 떠났다. 장수봉 중턱에 있는 동굴에서 숨어 지내면서 세상 형편을 살폈다. 대낮에는 키 큰 느티나무에 올라가 신작로를 따라 올라가는 북한군들의 행렬을 바라보았다. 전세가 불길처럼 빨리 변하는 것을 산속에서도 느낄 수 있었다.

북한군은 내려올 때도 빨랐는데 되돌아갈 때는 더욱 빨랐다. 야밤을 틈타 북쪽으로 올라가는 전차 바퀴 소리에 마을 사람들은 밤잠을 설쳤다. 이따금 낮에도 신작로를 따라 북으로 올라가는 군인 행렬이 나타나곤 했다. 마을 사람들은 잠이 오지 않았다. 대가 없는 일이 어디 있으랴. 피가 피를 부른다더니, 끔찍한 일이 일어났으니 그 후탈이 없겠는가? 사람들은 속으로 걱정을 하면서도 그런 말을 입 밖에 내놓지 않았다. 그 흉흉했던 동학 때에도 장수골은 별일이 없었는데, 이번 난리는 유다르다고, 인민재판이 터지고 난 다음에 마을 노인들은 걱정이 태산 같았다.

밤중에 산속 기온은 쌀쌀했다. 그러나 인혁은 마을로 내려가지 않았다. 이런 때일수록 위험하다. 승패의 고비에서 사람들은 간직해두었던 증오를 거침없이 발산해버린다. 하루 종일 나무에 올라가 북쪽으로 뻗어나간 신작로를 바라보면서 살아남을 궁리를 했다. 지난 두어 달 사이에 조 중좌와 함께 있었던 시간은 소름이 끼쳤다. 내 생애에서 그 시간을 잘라 내버려야 한다. 그 방법만을 생각했다.

그의 입에서는 언제부터인가 '나는 지금 공산당을 피해 장수봉 토굴에 숨어 있다'고 혼자 중얼거리는 소리가 튀어나왔다. 그는 자신의 말소리에 깜짝 놀랐다. 바로 이것이다. 나는 지금 공산당을 피해 장수봉 토굴에서 숨어 지내고 있다. 그날 북한군 병사에게 붙잡혀 지프차에 실려 가던 것을 마을 사람들이 보았다. 얼마나 다행인가. 순간 그는 소리를 지르고 싶었다. 이러한 감격도 북쪽 군대가 물러갔기 때문이라고 생각을 정리했다. 그는 나무에서 내려와 휘파람을 불면서 살림 도구들을 챙겨 짊어지고 마을로 내려왔다.

"살아서 만나는구나."

"괴뢰군들에게 끌려가서 죽을 뻔했죠."

그는 만나는 사람마다 같은 말을 되풀이했다.

"하늘이 도와서 살아왔구나."

마을 사람들은 그가 공산당에게 잡혀갔다가 야밤중에 도망쳐 산속에서 숨어 지내다가 돌아왔다고 믿었다.

북한군이 물러간 후에도 마을은 평온했다. 서울을 도로 찾은 국군과 유엔군이 38선을 넘었다는 소문이 들려왔다. 그래도 마을은 조용했다. 사람들은 인민재판이 벌어졌던 사거리 느티나무를 바라보면서 조마조마해하였으나 아무 일도 일어나지 않았다. 인민재판으로 집안이 쑥대밭이 된 판서 댁은 그 식구들은 물론이고 일가들도 마을로 돌아오지 않았다. 사람들은 그들의 빈집을 바라보면서 초조한 마음을 숨기고 지냈다.

인혁은 떠났던 학교로 되돌아갔다. 만나는 사람마다 그동안 고생이 많았다고 위로했다. 동료 교사들 가운데 두 사람이 경찰에 잡혀갔다. 그들은 인민군 환영가와 김일성 장군 노래를 마을 사람들과 학생들에 가르쳤고, 마을을 돌아다니면서 승전 축하 강연도 했고, 의용군으로 나가도록 중학생들을 독려했다고 했다. 몇몇 선생은 행방을 감추어버렸다. 전세가 불리해지자 북쪽 군대를 따라 올라갔다는 것이다. 남아 있는 사람들은 그동안 좌익으로 활동한 교사들에 대한 이야기를 즐거운 듯했다. 그러한 말을 들을 때마다 인혁은 마음이 무거웠다. 장수봉 토굴에서 지냈던 이야기를 하면서도, 언젠가는 자기 처지를 알고 있는 사람이 불쑥 나타날까 두려웠다.

경찰이 인민군 치하에서 부역한 사람들을 조사하기 시작했다. 인혁은 밤에 잠이 오지 않았다. 경찰과 군 정보기관이 군 관내 마을에서 인민재판을 주도했던 열성 당원들을 수소문해 찾고 있었다.

인혁은 학교 일에 마음을 붙이고, 자기에게 최면을 걸면서 지난 몇 달 동안의 일을 잊어버리려고 애를 썼다. 아침에 일어나면 우선 자기 최면을 걸듯이 그때의 일을 조작한 대로 중얼거렸다. 길을 걸으면서도, 잠자리에 들 때에도 그렇게 했다. 하숙집 방 책상 앞 벽에 '공산 치하에서 당한 그 고통을 잊지 말자'라고 붓글씨로 써서 붙였다.

인혁은 학교 일로 도청에 갔다가, 교육국 장학사로 있는 판서 댁 어른의 오촌 조카뻘 되는 김 장학사를 만났다. 그는 인혁의 사범학교 2년 선배였다. 전쟁 때에 대전에서 초등학교 교감으로 있었지만 그의 부모는 장수리에 살았다. 서로들 전쟁 중에 고생한 이야기를 주고받았다. 마침 점심때라 도청 뒷골목에 있는 국밥집에서 점심을 같이하게 되었다.

"어떻게 그 난리를 벗어났나?"

"장수봉 토굴에서……"

인혁은 만나는 사람들에게 했던 그대로 말했다.

"선배님, 어른들께서는 왜 고향으로 돌아가시지 않습니까?"

아직도 그 집안은 한 가구도 마을에 돌아오지 않았다.

"자네도 이제는 장수골을 떠나 사는 처지라서 하는 말인데, 우리 집안은 앞으로 장수골과는 인연을 끊기로 문중 회의에서 결의했네. 후배, 생각해보게. 아니, 공산당 세상이 되었다고 온 나라가 그 치경이 되었나? 장수골 사람들은 사람이 아니고 짐승이지. 짐승도 그러지 않지. 아무리 세상이 바뀌었다고 해도, 아니 몇 번 뒤바뀌었어도 변치 않는 것은 사람의 정인데……"

그는 판서 댁 어른네가 당한 일이 억울할 뿐만 아니라, 짐승만도 못한 사람들과 살아온 지난날이 부끄럽다고 말하면서 흥분했다.

"뭐라고 드릴 말씀이 없습니다. 저도 고향에 들렀다가 괴뢰군 부대에 끌려가서 고문을 당했습니다. 제가 가슴이 나빠서 휴양 차 고향에 내려왔다고 변명해서 이틀 밤을 조사받고, 풀려나오는 즉시 장수봉으로 들어가 숨어 살면서 목숨을 부지했습니다만, 나와서 들으니, 어르신께서 그 지경을 당하였다고……전 특별히 어르신께 사랑을 많이 받고 자랐는데, 이거 부모님을 잃은 것처럼 분하고 슬프고……"

말을 하다 보니 저절로 눈물도 나왔다.

"나도 소문을 조금 들어 알고 있네. 천만다행이지. 그 험악한 전쟁, 사람을 짐승으로 만드는 전쟁이지. 오해하고 듣지 말게. 근본이 얕은 족속일수록 바람에 날리는 쌀겨지. 어디 지체 있는 집안에서 자랐다면 하루아침에 얼굴을 바꿀 수 있겠어. 그들 생각에는 이 나라가 완전히 공산주의 세상이 될 줄 알았겠지만, 겨우 한 달이야. 한 달……"

"정말 지체 높은 집안 어른들은 다르군요. 잘 생각하셨습니다. 낮은 것들과 상종해서 그들에게 복수한다고 맺힌 한이 풀리겠습니까. 까마귀 사는 곳에 백로가 어울려 사는 것이 오히려 고통이겠지요. 어르신네들은 여러 대를 거쳐 까마귀를 백로로 만들기 위해 애를 쓰셨는데, 이거 면목이 없습니다. 제가 그때 좀 처지가 풀렸더라도 마을 사람들을 설득해서 그런 불상사는 일어나지 않도록 해야 했을 텐데 말입니다."

인혁은 말을 하다 보니 너무 앞선다고 생각되었다.

"자네 한 몸도 위태로운 처지였을 텐데, 말만 들어도 고맙네. 우리는 이제 장수골과는 아무런 관계도 없네. 생각하면 안타깝지만, 나까지 구대인데, 구대조 원(元)자 치(治)자 어른께서 벼슬길을 버리시고 낙향해서 장수봉 기슭에 설촌하면서 꿈꾸신 것은 무릉도원 같은 고을이었네. 학문에 깊으시면서 현실 문제를 간과하시지 않으셨지. 산사태를 막기 위해 둑을 쌓고, 저수지를 만들어 논을 만들고, 집집마다 과일나무를 심고, 마을에 좋은 풍습을 가르치셨고, 똑똑한 아이들은 반상을 가리지 않고 공부 길도 터주지 않았나. 상놈도 신실하고 부지런하면 노비 문서를 주어 풀어주었고. 그러니 그 마을에서 우리 김문에서는 과거 급제자가 끊이지 않았고, 타성바지 중에서도 잡과 출신도 여럿 나왔지. 그들 중에는 고향을 떠나 사는 사람도 많지마는, 자네도 그중 한 사람 아닌가. 우리 집안은 이제 장수골과는 인연을 정리했지만, 자네는 그곳이 고향이니 사람들을 가르쳐서 과거는 과거이고, 재발 앞으로는 사람답게 살도록 해주게. 후배인 자네밖에 말할 사람이 없네."

그 말에 인혁은 눈시울을 붉히면서 감격했다. 그러면서 한편으로는 오늘 선배를 만나 식사를 하게 된 것은 자기에게 예삿일이 아니라고 생각했다.

8

경 목사가 아무 예고도 없이 찾아왔다. 이번이 세번째인데, 예전과 달리 표정이 다소 어두워 보였다. 찾아올 때마다 그의 표정이 늘 밝았고, 일에 대해 자신이 넘쳐 보였다.

"불쑥 이렇게 찾아와서 죄송합니다. 사실은 선생님이 안 계셨으면 하였는데……"

조 노인은 자기를 찾아오면서 없기를 바랐다니, 별 사람이 다 있다고 속으로 생각하다가 문득 심상치 않은 일이 그에게 일어났구나 싶었다.

"이제야 선생님의 마음을 조금은 이해할 수 있을 것 같습니다."

조 노인이 회색 찻잔에 우러난 녹차를 따르는데 그가 엉뚱한 말을 꺼냈다.

"세상일을 조금 안다고 그것을 다 말해버릴 수 없는 선생님의 그 마음 말입니다."

"박두장이 이야기를 하시려는 건가요?"

밑도 끝도 없는 그의 말에 노인도 넘겨짚듯이 한마디 덧붙였다. 그가 이런 투로 나오는 것도 다 입을 열게 하려는 수단이라 생각해서였다.

입을 열지 않으니까, 답답해서 이러저러한 요령을 부려보자는 것이겠지. 2번이나 만났으나 별다른 이야기를 들을 수 없었고, 오히려 듣고 조사한 증언이나 자료까지 문제가 있는 것처럼 말했으니 갑갑했을 것이다. 조 노인은 그의 마음을 나름대로 짚어보았다.

"선생님께서는 알고 계셨지요?"

경 목사는 풀리지 않는 문제를 갖고 온 것처럼 은근히 물었다.

"무슨 말씀이신가요?"

조 노인은 장수리 사태에 대해서는 할 이야기가 없다는 것을 이미 말한 터였으므로 그가 무슨 말을 해도 마음 쓰지 않기로 작정했다.

"장수리 사태에 대해서 아직 알려지지 않은 부분을 어떤 분에게 들었는데요. 그의 증언이 사실인지 선생님께서 오늘 확인해주셔야 합니다."

"제가 남이 한 말을 어떻게 확인해요? "

조 노인은 내용을 듣지 않아도 대답하기 곤혹스러운 주문 같아서 아예 거절하겠다는 투로 말했다. 사람의 기억과 그 기억에서 나오는 말을 너무 신뢰하는 그가 안타까웠다. 더구나 노인 자신이 그 사태에 대해서 모두 알고 있다고 생각하는 것도 부담스러웠다.

"목숨을 걸어야 하는 절박한 상황에서 자기 진실을 지킬 사람이 얼마나 되겠어요? 그런 처지에서 저지른 행동을 그대로 증언할 수 있을까요? 사람은 진실한 말보다는 전략적인 말을 더 좋아하고 더 많이 쓰지요. 우리 주변에 넘치는 말들이 대개 그렇지 않아요?"

조 노인은 자신의 말도 믿을 만하지 않다는 것을 간접적으로 전했다. 그는 장수리 사건에 대해 말하는 사람들의 처지를 어느 정도 이해할 수 있다. 그들은 진실을 말하기 전에 자기에게 다가오는 어떤 불이익을 미리 막기 위해 말의 위력을 빌릴 수도 있을 것이다.

"지금은 목숨이 오가는 절박한 상황도 아니고, 이념의 사슬에 묶여 입을 다물고 살아야 하는 권위주의 시대도 아니니까, 그래도 말은 자유롭게 할 수 있지 않겠습니까?"

"그러니까 오히려 진실이 아닌 말도 할 수 있겠지요. 자유롭게 말할 수 있는 상황에서는 거짓말까지도 자유롭게 말하지 않겠어요?"

목사는 노인의 말이 믿어지지 않는다는 표정이었다.

"믿을 수 없을 정도로 충격적인 증언인가요?"

조 노인은 그가 들었다는 그 말이 궁금했다.

"믿어지지 않는군요."

그는 나지막하게 말하더니, 또 다른 증언을 녹취해 왔다면서 녹음기를 조작해서 내 앞에 내놓았다.

증언자는 판서 댁 어른의 오촌 조카로 표 교장이 형님처럼 따르는, 정년 퇴임한 중학교 교장 출신 김 노인이었다. 경 목사가 담임하는 교회의 시무 장로인 그의 사위가 장인의 손을 잡고 연구소로 찾아왔다.

"아버님이 목사님 소식을 들으시고는 꼭 하실 말씀이 있다고 해서 모시고 왔습니다."

사위는 김 노인이 하려는 말이 무엇인지 모르고 있었다. 김 노인은 사무실 안을 휘휘 둘러보더니, 가래 끓는 소리를 내면서 목소리를 가다듬었다.

"내가 이 사실을 누구에게라도 말해야 죽어서도 눈을 감을 수 있지. 그동안 가슴에 묻어두고 있었는데 목사님을 만나 이야기하게 되었으니 이것도 하늘이 도운 일이야. 목사시니까, 제가 하는 이야기를 가감 없이 세상 사람들에게 전해주리라 믿어서 말인데……"

김 노인의 말이 잠시 중단되었다.

"요즘에 와서, 장수리 사태를 조사한다는데, 내가 지금도 살아 있는 사람의 일을 가지고 말할 수 없어서 가슴에 묻어두고 그냥 저세상까지 갖고 가려고 했는데, 일이 돌아가는 것을 들으니까, 이건 아니야. 표 교장이 문화원장이 되고 이 일에 관여한다고 들었는데, 내가 앉아 있을 수 있어야지. 내가 장수골과는 인연을 끊었지만, 그 문제와는 다른 것이니까……"

처음에는 김 노인의 말투가 더듬거리더니 차츰 제자리를 잡기 시작했다.

"나는 괴뢰군이 쳐들어왔을 때에 도청 교육국—지금이면 도교육청이지—장학사로 있었고, 괴뢰군이 물러가고 국군과 유엔군이 압록강까지 진격해 갔을 때에는 교육국 인사과장으로 있었는데, 어느 날 출장 차 도청에 들른 표 선생을 만났지. 후배가 일을 마치고 나니 마침 점심시간이라 도청 뒤에 있는 국밥집에서 같이 식사를 했어. 예전에도 한 번 여기서 식사를 한 적이 있었지. 우리는 괴뢰군이 쳐들어왔을 때 살았던 이야기를 하면서 다시 전세가 어려워지는 것을 걱정했어. 중공군이 인해전술로 압록강을 넘었다는 소문이 들려오던 즈음이었으니까.”

당시 김 과장과 표 교장 사이에 있었던 일을 말하는 도중에 김 노인은 여러 번 말을 중단하고 숨을 가쁘게 몰아쉬었다. 옆에서 듣던 사위가 “아버님, 괜찮으시겠어요?” 하고 걱정하는 소리도 끼여 들려왔다. 그럴 때마다 김 노인은 “걱정 없다. 내가 이 말을 다 하기 전에는 하나님도 나를 데려가지 않을 게다” 하면서 비장한 어투로 당시 상황을 아주 자세하게 말하기 시작했다.

김 과장은 국밥 그릇을 말끔하게 비우고서 보리차를 한 모금 들이키더니, 좌우를 살피면서 목소리를 낮췄다.

“표 선생, 학교에는 무슨 일이 없는가?”

“무슨 일인데요?”

“전세가 어려워지면서, 전에 괴뢰군이 쳐들어왔을 때 부역한 사람들을 다시 조사하는 모양이야. 이것은 일급비밀인데, 그동안에 행불된 교원들을 조사해서 보고하라는 지시가 내려왔어.

괴뢰군이 쳐들어왔을 때에 그편에 가담해서 활동한 사람들 중에 이미 경찰이나 군 수사대에 잡혀간 사람도 있고, 또 이북으로 올라갔거나, 산속에 숨어 있는 사람들이 있다는 거지. 그리고 철저하게 교원들의 사상 동향을 조사 보고하도록 지시가 내려졌어. 아마 사상을 의심할 만한 인물들을 가려내려는 모양이야. 그러니 남에게 이상하게 들릴 말은 조심하게."

김 과장은 고향에서 일어난 일에 대해서 진심으로 미안해하는 후배가 미더웠다. 장수리 사람들이 밉고 집안 형편으로 봐서도 그와는 상종할 처지가 아니지만, 영리하고 사리에 빠른 인혁에 대해서 호감을 갖고 있었다.

"알았습니다. 선배님, 다시 그런 세상이 오면 숨어 있던 놈들이 날뛰겠지요?"

인혁은 마치 그런 사람들이 옆에 있기라도 한 것처럼 말소리를 낮췄다.

"경찰이나 군 수사대에서도 그 점을 주시하는 것 같아. 세상이 바뀌면 사람들이 어떻게 변할지 모른다네. 지난번 일만 봐도 그렇지. 그렇게 선량한 마을 사람들이 정신이 획 돌아 무법자 맹수로 돌변하였지."

김 과장은 씁쓸한 과거를 들춰내는 것이 마음에 걸렸던지 자리에서 일어났다. 도저히 생각할 수 없는 일이기에 막상 말을 해놓고 보니, 기분이 울적했다.

전세는 하루가 다르게 다급해졌다. 군이 대전 근교에 최후의 교두보를 만들었고 장수봉에도 새로운 방어진지가 구축되었다. 처음 전쟁 때는 그냥 밀고 내려갔다가 밀고 올라오는 형국이었지만, 한 번 그렇게 치르고 나니까 이번에는 달라졌다.

중공군이 38선을 넘어왔다는 말이 퍼지고 수도를 다시 대전으로 옮긴다는 소문이 퍼지면서 도청에서도 그 준비로 분주할 때였다. 퇴근 시간이 되어서 김 과장이 도청 정문을 나서는데, 수위실 담벼락에 붙어 서 있던 사람이 불쑥 그의 앞으로 나타났다. 겨울이라 벌써 밖은 어둑어둑해서 사람 얼굴을 쉽게 분별할 수 없었다.

"선배님, 별일 없으셨어요?"

표인혁이었다.

"선배님, 제가 저녁을 대접하겠습니다. 출장 와서 일을 마치고 선배님 방으로 직접 찾아갈까 하다가 사람들 눈도 있고 해서……"

인혁이가 앞장을 섰다. 도청 뒤 그 국밥집으로 갔다. 둘은 특별히 주인이 쓰는 안방에 자리를 잡고 백반을 시켰다. 아랫목이 따스했다.

"전세가 매우 불리한 모양이지요?"

인혁은 주전자에 있는 뜨거운 보리차를 작은 물그릇에 따라 김 과장 앞으로 내밀면서 물었다.

"심상치 않아. 그래도 여기까지 중공군이 들어오겠어? 그런데 그들보다도 내부적으로 경계가 강화된 모양이야. 산속으로 피해

있었던 북한군 패잔병들과 또 지역 주민들 사이에 잠복해 있는
공산주의자들이 일어나서 폭동을 일으킬 우려가 많다는 거야.
지난번 괴뢰군이 쳐들어왔을 때에 우리가 당하지 않았나? 전혀
생각지 않았던 놈들이 공산당원이 되어 더 날뛰었으니……"

김 과장은 극비 사항이라면서 말을 했다.

음식이 들어와서 이야기는 잠시 중단되었다.

식사를 다 마치고 나서 김 과장은 숭늉으로 입안을 헹구고 담
배 한 개비를 뽑아 물었다.

"선배님!"

인혁이 얼른 성냥을 긋더니 불붙은 성냥개비로 김 과장의 담
뱃불을 붙였다. 김 과장은 담배를 한 모금 빨면서 초조한 인혁
의 얼굴을 보았다.

"무슨 말이든 해보게. 난 자네를 동생처럼 생각하는데……"

김 과장은 아마 인사 문제를 부탁하려는 것쯤으로 알았다. 그
는 사범학교 출신이면서도 아직도 초등학교에 머물러 있다. 사
범학교 출신자들 중에는 중학교로 옮긴 사람도 많았다.

"이참에 말입니다."

말을 꺼낸 인혁은 침을 꿀꺽 삼켰다. 어려운 말을 하려니 자
꾸 말이 목이 말랐다.

김 과장은 가만히 그를 쳐다보면서 다그치지 않았다. 하기
어려운 말인 것을 알았다.

"장수리 사람들도 이참에 맛을 좀 봐야겠지요. 어르신네 집

안을 그 지경으로 만들어서 마을을 완전히 반 토막으로 절단해
버렸으니, 그때 참여한 사내들을 그냥 놔두면 후환이 있지 않겠
습니까."

인혁은 그 말을 하고 나서 얼른 보리차 대접을 들고 벌컥벌컥
물을 들이켰다. 어려운 말을 뱉어버려서 가슴이 탁 트이는 것
같았다. 북한군이 물러간 다음에 항상 초조하게 지내면서 이런
말을 누구에게라도 하고 싶었다. 그는 자신의 마음을 점검해보
았다. 장수리 인민재판에 참여했던 사람들 중에 누군가는 자기
가 했던 일을 알고 있을 것이다. 이 기회에 그들을 모두 처단한
다면, 이제 자기의 비밀을 알 사람은 아무도 없다고 생각했다.

"알았네. 듣고 보니 그렇군. 다시 그들 세상이 된다면 이번에
는 자네와 내가 당하게 되어 있어. 장수리에 없으면 이곳까지
쫓아와서 우리를 찾겠지. 내 일가 조카뻘 되는 아이가 군 정보
부대 문관으로 있는데, 내가 알아서 조치할게. 회색분자들은 이
참에 완전히 제거해야 해. 세상이 뒤바뀌는 과정을 우리는 두
눈으로 똑똑히 확인했으니까, 이번에는 이편에서 먼저 손을 써
야지."

김 과장은 표인혁의 제의가 고마웠다.

둘은 밥집에서 나와서는 악수를 하고 헤어졌다. 그 순간 인
혁은 이제 김 과장과 한편이 되었다는 확신이 들면서 마음이 놓
였다.

며칠이 지났다. 인혁은 장수리에 사는 부친으로부터 마을이

온통 쑥대밭이 되었다는 소식을 들었다. 그는 안심했다. 이제야 모든 비밀이 완전히 땅속에 묻히게 되겠지. 그렇게 생각했는데, 시간이 지날수록 생각처럼 그렇게 마음이 편해지지는 않았다.

"선생님, 들으셨지요?"
목사는 그 증언이 진실하다는 말을 노인에게서 듣고 싶었다.
"전 요즈음 귀가 하도 멀어서 녹취한 것을 제대로 듣지 못했는데요. 뭐 들으나 마나 그런 끔찍한 일이 그 전쟁통에 어디 한두 곳에서 일어났겠어요?"
조 노인은 심드렁하게 대답했다.
"뭐라구요? 귀가 멀어서 잘 안 들렸다고요?"
목사가 어이없는 표정으로 되물었다. 조 노인은 빙긋이 웃기만 했다.

9

경 목사는 장수리 사태 진상 조사를 어떻게 마무리할까 고심하였다. 표 교장에 대한 김 노인의 증언도 혼자만 간직하고 있다. 증언의 진실성을 확인할 수 없기 때문이기도 했지만, 그것을 채택할 경우에 같이 일을 했던 표 교장의 입장도 생각하지 않을 수 없었다. 만약 표 교장에 대한 김 노인의 증언이 거짓이라고 한다면 문제는 복잡해진다. 이 사태에 대한 진상 조사는 거의 증언에 의지하여 추진하고 있었는데, 김 노인의 증인을 채택하지 않는다면, 다른 증언을 채택하는 것도 문제가 된다. 많은 증언 중에서 선별적으로 채택한다면, 그 사태를 자의적으로 해석했다는 비난을 면할 수 없다.

경 목사는 말을 아꼈던 조 노인의 처신을 이해할 수 있었다.

그즈음에 조 노인으로부터 두툼한 등기우편을 한 통 받았다. 펼쳐 보니, 원고지에 한 자 한 자 또박또박 정성들여 쓴 원고였다.

"그동안 경 목사님을 도와드리지 못해서 만날 때마다 마음에 큰 부담을 갖고 있었습니다. 그런데 이제 그 부담을 털어버리게 되어서 저도 홀가분합니다. 이 글은 단지 목사님의 청을 받아들이기 위해서 쓰는 것이 아니라, 제 자신에 대한 솔직한 고백이고, 내가 살아온 한평생을 정리하는 것입니다. 혹시 이 글이 목사님의 일에 도움이 될지, 아니면 더한 혼란을 만들어낼 지는 모르겠습니다만, 저는 말하지 않을 수 없어서 전하는 것입니다. 박두장이의 고민을 다시 생각하며 이 글을 씁니다."

조 노인의 편지는 이렇게 시작했다.

북한군이 38선 이남을 점령하여 통일을 눈앞에 두고 있을 그즈음에, 나는 인민군 2337사단 정보참모로서 주둔 지역 주민의 사상 전향과 앞으로 공화국의 토대를 구축하기 위한 정치 공작을 담당하고 있었습니다. 나는 남조선 출신이고, 해방 후에 국방군 장교였다가, 여순사건 발발 후 숙군 작업이 한창일 때에 월북했지요. 그동안 국방군에 있으면서 군 내부 사상 공작 활동을 한 이력을 당으로부터 인정받아 순탄하게 진급이 되었습니다. 그런데 공화국 토대 구축을 위해서 주민 의식을 근본적으로 개조해야 했는데, 막상 점령군으로 고향 근방에 진주하고 보니, 제 고향 주변 지역이 사상적으로 매우 취약함을 알게 되었습니다. 전통적으로 반상의 차별은 뚜렷했지만, 농민들의 생활이 그렇게 열악하지 않았고, 더구나 양반 지주들의 횡포가 덜했던지 농민들의 반발도 심하지 않았습니다. 일제 강점기부터 사회주의 사상을 선도했던 이 지역 인물들이 대부분 양반 명문가의 자제들이어서, 신분 의식이 계급적 갈등으로 발전할 수 없었습니다. 지역 풍토가 이러니 이 지역에서 사회주의 건설을 농민 계급의 자발적인 투쟁을 통해서 이루려는 당의 전략이 차질을 빚게 되었습니다. 군부만이 아니라 당에서도 제게 큰 기대를 갖고 있었는데, 사정이 이렇고 보니 초조했습니다. 출신 성분이나 그동안의 사상 투쟁 이력으로 봐서 나는 남조선 중부 지역에 혁명 과업을 추진하는 데 중추적 인물로 인정받고 있었습니다.

우선 장수골부터 이 작업을 수행해야 했습니다. 그런데 내고향이기도 한 이 마을은 혁명 이념이 들어설 틈이 없었습니다. 판서 일가는 제왕처럼 군림하고 있었고, 더구나 그 어른은 이지역 모든 사람들로부터 추앙을 받고 있었습니다. 군부나 당에서 직접 개입해서 일을 추진할 수도 있었으나, 그것은 혁명의 기운을 파급시키는 데 적절한 방법이 아니었습니다. 자발적으로 인민에 의해 판서 일가를 무너뜨려야 그 파급 효과가 클 텐데, 그것이 어려웠습니다.

나는 생각 끝에 표인혁을 이용하기로 했습니다. 그는 내 친구였고, 어떤 면으로는 나와 경쟁자였기에 이런 상황에서 나를 적극적으로 도와줄 것이라고 믿었습니다. 더구나 그는 세상의 변화에 빠르게 적응할 수 있는 인물로서 지역 사정에 밝기 때문에, 우리의 과업에 동참할 수 있는 적절한 인물이라고 생각되었습니다. 그는 또한 농민들로부터 신임도 얻고 있었습니다. 그날 나는 인혁을 만났고, 오래 이야기를 나누지 않았으나, 그는 내 의도를 빠르게 간파했는지, 이틀 후에 낯선 청년 셋을 데리고 내 사무실로 찾아왔습니다.

"이들은 혁명정신이 투철한 일꾼들이야. 잘 교육시켜 장수골로 내보내면, 앞장서서 일을 잘 처리할 거야. 이들은 판서 댁의 도움도 받지 않았으니까 인정에 끌리지 않을 것이고, 원래 지주와 양반에 대해 적개심을 갖고 있었으니까."

나는 인혁의 의도를 알아차리고, 이들을 곧 군당에 입당시키고, 그날부터 부대 정치 요원으로 하여금 교육시키도록 조치했습니다. 한편 인혁은 과거 군 관내 각 읍면과 마을 단위의 행정 조직을 인민위원회 조직으로 개편하는 일을 내 부하들과 함께 수행했습니다. 그는 군 관내 사정과 사람들의 성향을 잘 파악하고 있어서 조직을 개편하고 인적 자원을 배치하는 일을 잘 해냈습니다. 나도 그의 도움으로 일을 순조롭게 추진할 수 있었습니다. 그는 장수골에서 혁명적인 인민재판을 성공적으로 실시한 다음에 이를 본보기로 하여 군 관내 여러 지역으로 확산시킬 수 있다고 자신 있게 말했습니다. 나는 그의 말을 믿었습니다.

　대부분의 주민들은 현재는 인민군 점령하에 있지만 모든 것은 일시적인 현상이라고 생각하고 있었습니다. 사람들은 세상이 달라진다고 생각하지 못했습니다. 예전에 일본이 지배했던 나라가 어느 날 해방이 되었으나 달라진 것은 학교와 지서에서 일하던 일본 사람들이 물러나고 그 자리에 조선 사람이 들어앉은 정도밖에 차이가 없었다는 것을 체험했던 사람들이었습니다. 해방 이후 남조선 사회에서 일본 관리였던 사람들이 더 높은 자리로 승진했다는 사실도 알고 있었습니다. 한동안 세상이 뒤숭숭하기는 하겠지만 결국 달라질 것은 별로 없을 것이라고 믿고 있었습니다. 여전히 양반은 양반이고, 가난한 사람들은 가난했고, 혹 너무 살기가 어려워서 도시로 나간 머슴이나 소작인들 중에 돈푼이나 모은 사람들이 생긴 것이 달라진 정도였습니다. 지주들은 농지개혁 때 갖고 있던 땅을 조금씩 나눠주기는 했으나 여전히 부자였고, 가난한 사람은 가난했습니다. 세상이 바뀌었다고 하지만, 여전히 아랫것들에게는 달라진 것이 없다는 것을 확실히 보았던 것이지요. 그런데 우리 공화국은 지금까지의 그런 변화와는 달리 세상을 완전히 뒤바꿔놓는다는 것을 보여쳐야 할 텐데, 그것이 그렇게 쉽지 않았습니다. 그래서 지금까지 큰소리치면서 살았던 그 사람들이 인민 앞에 무릎을 꿇고 사죄하였다는 것을 인민재판을 통해서 확실하게 보여줄 필요가 있었습니다.

세상이 변해서 노동자와 농민이 주인이 되었다는 것을 보여주기 위해 사람들의 고정관념을 무너뜨려야 했는데 쉽지 않았습니다. 이런 일을 추진하기 위해서는 장수골 유지인 판서 집안을 인민의 이름으로 재판하는 것이 시급했습니다.

군 관내 각 읍면 인민위원회 조직을 끝내고, 각 마을에서 인민재판을 열도록 공작을 시작했습니다. 제일 먼저 장수골 판서 부자를 재판하기로 결정하였고, 표인혁에게 모든 일을 맡겼습니다.

우선 군당 요원을 내세우기로 했습니다. 마을 사람들이 그 일에 소극적이었기 때문입니다. 마을 사람들 틈에 군부대 정치 요원들을 사복으로 갈아입혀 참석시켰습니다. 군당에서 온 열성 청년 당원이 판서 부자를 마을 네거리 느티나무 그늘로 끌어 냈습니다. 사람들은 오랏줄에 두 팔이 묶여 끌려나온 두 사람을 보는 순간 세상이 달라졌다는 것을 실감했을 것입니다. 그러나 마을 사람들은 차마 고개를 들어 그 두 어른을 쳐다볼 수 없었습니다. 곁눈으로 다른 사람들은 어떻게 하나 엿보고 있었습니다. 앞으로 마을마다 이런 식의 재판이 일어날 것이라고 들었으나, 자기들이 바로 이 일에 참여할 줄은 생각지 못했던 것입니다.

군당 열성당원 한 사람이 나가서 이들 부자의 죄상을 낱낱이 말했습니다. 그러나 사람들은 그들이 죄인이라고 생각하지 못했습니다. 사실 그동안 이 두 사람의 말은 마을의 법이 되었고, 진노는 형벌이 되었습니다. 그 어른들을 전적으로 믿고 존경했고 그렇게 사는 것이 조금도 불편하지 않았습니다. 그래서 마을은 늘 평온했습니다.

군당 요원이 판서 부자가 그동안 저질렀던 죄상을 낱낱이 말했습니다. 이들을 이 세상에서 가장 악질적인 죄인으로 단죄했습니다. 그런데 그 말을 듣는 마을 사람들은 의아했습니다. 지금까지 살아오는 동안 한 번도 이런 일이 없었는데, 세상이 달라졌구나. 그런데 판서 부자의 얼굴에서 죄인의 모습을 전혀 찾아볼 수 없는 것이 이상했습니다. 오히려 큰 어른이 눈을 부라리면서 모인 사람들을 둘러보자 사람들은 그 눈길을 피해서 고개를 숙였습니다.

"이놈들……"

판서 댁 큰 어른이 모여 있는 사내들을 향해 소리를 질렀습니다. 사람들은 너무 의외여서 고개를 숙이고 귀를 틀어막아버렸습니다.

그때였습니다.

"이 반동 놈의 새끼!"

어디선가 고함 소리가 들려왔습니다. 그 소리에 사람들이 고개를 조금 들었습니다. 앉아 있던 사람들 중에 몇몇이 몽둥이를 들고 앞으로 달려 나가더니 그 부자를 쳤습니다. 뒤이어 여기저기서 돌멩이가 날아들었습니다. 김 판서 댁 부자가 모로 쓰러졌습니다. 돌멩이와 몽둥이가 계속 날아갔습니다. 그렇게 두 사람은 죽어갔습니다.

나는 그날 저녁 부대로 찾아온 인혁으로부터 인민재판의 경과를 보고 받았습니다. 각본대로 시행되었다는 것입니다. 나는 그의 공을 치하했고 그는 매우 만족해하였습니다.

"조 중좌, 부탁이 있네. 이 사건은 장수골 사람들이 자발적으로 한 일이라고 생각해주게. 나나 조 중좌는 전혀 이 사업에 관여하지 않았다고 상부에 보고하고, 군 관내 여러 면 인민위원회에도 그렇게 선전하는 것이 과업을 수행하는 데 효과적일 거야. 조 중좌는 장수골 사람들의 혁명의식을 높이 사야 하네. 이 점을 명심하게."

인혁은 정색하며 말했습니다. 처음에는 그의 말을 이해하지 못했습니다. 자신의 공을 내세울 줄 알았는데 전혀 의외였기 때문입니다. 그런데 곧 그의 의중을 알았습니다.

"그래? 잘 생각했어. 나나 자네나 그분에게 받은 은혜도 적지 않은데, 우리가 앞장서서 그 일에 관여했다면, 아무리 세상이 뒤바뀌었다 하더라도 늘 마음에 부담으로 남게 되겠지. 자네 말대로 생각하기로 하지. 알았어. 자네는 참 현명해."

나는 곧 그의 제안을 받아들였습니다. 내 말에 인혁은 얼굴이 상기되었습니다.

"이상하게 생각하지 말게. 지금 자네는 내 마음을 모르고 날 야유하고 있을지도 몰라. 그러나 언젠가는 내 말을 고마워할 때가 있을 거야."

인혁은 약간 풀 죽은 어투로 말했습니다. 그 순간 나는 가슴이 철렁 내려앉았습니다. 사실 나는 그때 인혁을 야유하고 있었으니까요. 여러 상황을 고려해서 자신의 탈출구를 만들어놓은 그의 속마음을 알았기 때문입니다. 그런데 그는 그렇게 간단하게 내 의중대로 움직이지 않았습니다. 결국 나는 그의 제안을 진정으로 받아들일 수밖에 없었습니다.

아마 그는 오십 년이 지난 후에 벌어질 지금의 상황을 미리 예측하고 그러한 제안을 했을지도 모릅니다. 나는 그 일을 생각할 때마다 그의 지혜가 섬뜩할 정도로 놀라웠습니다.

그 사건이 일어나고 삼 주일 후에 후방 지원부대였던 우리 사단은 일선으로 재배치되었습니다. 전선은 예상보다 어려웠습니다. 후방에서 혁명을 정착시키는 일보다 더 시급한 상황이 전선에서 벌어지고 있었습니다.

나는 전선에서 국군의 포로가 되었고, 거제도에서 포로 교환 때에 남쪽을 택했습니다. 그러나 고향으로 돌아갈 수가 없어서 서울에서 이름을 숨기고 지금까지 살아왔습니다. 나 자신을 숨기고 살기에는 도시가 편했습니다. 그러다가 세월이 흘러 기억도 퇴색되고 내 생활도 어느 정도 안정되자 고향 생각이 났습니다. 전쟁이 끝나고 이십 년이 지난 1972년인가, 오랫동안 생각하다가 야밤에 변장을 하고서 고향을 찾았습니다.

고향은 엄청나게 변해 있었습니다. 그 권세를 누리던 김문 사람들은 마을을 떠나고 돌아오지 않았습니다. 마을 남자들도 거의 국군에 의해 처형을 당했으니, 옛날 장수골은 완전히 없어져버렸습니다. 대부분의 마을 주민들은 타지에서 들어와서 터를 잡고 사는 사람들이었습니다. 나는 하룻밤도 버티지 못하고 서둘러 대전으로 나와서 야간열차를 타고 서울로 올라와버렸습니다. 수많은 사람들의 원망의 소리가 악귀의 울부짖음처럼 내 뒤를 쫓아왔습니다. 마을을 이 지경으로 만든 것이 바로 '나'였다는 사실을 알게 되었습니다.

내가 공산주의자가 되어 6·25전쟁에 참여하였다는 것은 이념 문제입니다. 나는 지금도 그 점에 대해서는 크게 자책하지 않습니다. 그런데 내가 장수골을 폐허의 땅으로 만들었음을 새삼스럽게 알게 되었습니다. 당에 대한 내 충성심이란 악마성이 전통적인 우리 마을 공동체를 파탄내버렸다는 그 죄책감은 탕감받을 길이 없었습니다. 나로 인해 얼마나 많은 사람들이 가족을 잃고 고향을 잃고 미움과 한을 간직하고 살아가게 되었는가? 생각하면 몸이 떨리고 가슴이 콱콱 막혔습니다. 지금도 장수골 사람들의 원혼이 이 허공에 떠돌고 있다는 사실을 생각할 때, 그 죗값을 치르느라고 박쥐처럼 숨어 살 수밖에 없었습니다.

이념의 선택은 개인의 문제이기에 그 대가는 개인이 짊어지면 족하다고 생각합니다. 그래서 내가 대한민국 국방경비대 장교였다가 조선 인민공화국 인민군 장교가 되었고, 다시 공산주의 이념을 버리고 남쪽을 택했다는 사실에 대해서 부끄러워하지 않습니다. 그렇다고 내 행동이나 선택에 대해서 구차하게 변명을 할 생각은 없습니다. 내 선택의 명분을 억지로 찾으려 하지도 않겠습니다. 그것은 내가 건너가야 할 깊은 강이었고 짊어져야 할 무거운 짐이었습니다.

그러나 나 때문에 장수골 마을 공동체가 무너져버렸고, 수많은 사람들이 죽었고, 더구나 서로 미워하고 거짓말하게 만들었다는 것은 씻을 수 없는 죄입니다. 원천적으로는 이념을 만들고 그것을 강화하기 위해서 전쟁을 일으킨 사람들이 짊어져야 할 몫입니다만, 판서 집안사람들의 장수골 사람들에 대한 증오와 한스러움, 장수골 사람들이 당한 피해, 그 가족들의 망가져버린 일생, 그 외에도 사람이 생각할 수 없는 숱한 불행의 씨앗을 저는 열심히 뿌렸던 것입니다. 그렇다고 이제 와서 표인혁을 미워하거나 그의 비겁을 탓할 생각도 없고, 그러한 자격도 없습니다. 그는 자신이 받은 고통으로 그가 저지른 일에 대하여 충분히 대가를 치렀다고 생각합니다.

마치 죽음을 앞두고 대숲에 가서 '임금님 귀는 당나귀 귀'라고 외쳤던 그 박두장이의 그 절박한 언어를 이제 경 목사님에게 전하게 되니 마음이 아주 편안합니다.

제가 말씀드리는 내용은 사실이기에 제가 누구에게 비난을 당한다 해도 아무 상관이 없습니다. 제가 경 목사님께 말함으로 제 짐을 덜어보려는 것도 아닙니다. 제가 왜 이 이야기를 경 목사님께 해야 하는지 그 이유도 분명하지 않습니다. 단지 세상의 진실을 전해야 한다는 생각만이 느려지는 내 맥박 소리 속에서도 선명해집니다. 쓸수록 쓸 것이 많아져서 도리어 두렵습니다. 그러면 이만 쓰겠습니다.

경 목사는 조 노인의 긴 글을 읽고서 자리에서 일어났다.
서둘러 차를 몰고 나가다가 어디로 가야 할지 아득했다. 조 노인이 거처하던 그 해변 마을로 갈까 하다가 서울로 향했다. 어서 그의 얼굴을 보고 싶었다. 그가 이 글을 쓰면서 얼마나 외로워했을까. 톨게이트에서 잠시 정체된 틈을 타서 휴대폰을 열었다.

삼 일 전에 세상을 떠나셨어요. 시신은 대학 병원에 기증해서 어제 고별 예배를 드렸습니다. 며느리의 목소리는 차분했다. 통화를 끝내자 경 목사는 헷갈렸다. 이제 나는 무엇을 해야 할 것인가. 내가 조사해서 알고 있는 사실들을 어떻게 처리할 것인가. 모든 것이 아득했다. 언어로 정리된 역사적 사실이 도대체 그 역사 안에 살았던 사람들의 진실을 얼마만큼 전할 수 있을까.
고속도로는 가랑비를 안고 엷게 드리운 안개로 시야가 흐릿한데 이따금 조 노인의 모습이 언뜻언뜻 나타났다가 스러지곤 했다. 경 목사는 핸들을 잡은 손에 힘을 주고 앞을 똑바로 내다보았다. 마치 나타났다 스러지는 노인에게 꼭 전하고 싶은 말이라도 있는 것처럼 긴장했다. 역사의 진상을 밝히겠다고 의기양양하게 나섰던 그를 늘 조용하고 말없이 대해주었던 노인의 모습이 다가왔다 멀어지곤 했다.

게스트하우스

오후 7교시 영어 회화 수업을 마치고 학과 사무실로 들어서
는데, 휴대폰이 울렸다.

"안녕하세요. 신광교회 염 목삽니다. 교회에서 메일을 보냈
는데요, 퇴근 후에 열어보세요."

염 목사의 건조한 목소리가 들려왔다. 작년 여름 그가 단기
선교 팀을 인솔하고 울란바토르 대학에 왔을 때 처음 만났다.
신학대학원 2년 후배이지만 연배로는 10여 년 차이가 난다.

"다들 평안하세요?"

"예. 모두들 무고해요. 새로 오신 당회장 목사님이 워낙 바쁘
셔서 제게 지시하셨어요. 자세한 내용은 메일에 있으니, 보신
후에 저녁 아홉 시경에 제가 다시 전화를 드리지요. 참 저는 비
서실로 자리를 옮겼습니다."

이어 몇 마디 나누고서 통화를 끝냈다.

메일이라니, 무슨 일인가 생각을 정리하다가, 사역 기간이 만료되었음을 알았다. 나는 4년 기한으로 몽골 선교사로 파송되어 와서, 한국 선교사들이 건립한 이 대학에서 강의를 맡고 있다. 4년 기한을 정했으니, 후원을 중단하겠다는 것인가. 아니면 다시 기한을 연장하기 위해서 필요한 절차를 밟으라는 것인가. 여러 생각들이 빠르게 오갔다.

메일을 열어보았다.

불교권 지역 선교를 강화하기로 당회에서 결정했으므로, 11월 말에 임기가 끝나면 스리랑카로 임지를 옮기든지, 그럴 형편이 안 되면 교회에서는 다른 선교사를 찾아봐야 하겠다는 내용이었다.

메일을 읽어가는 동안에 모니터 화면이 흐릿해지면서 기운이 쪽 빠졌다. 의외였다. 이곳에서 일하느라 정한 기한이 다 찼는지조차 모르고 있었다. 그만큼 일을 즐겁게 하고 있었다. 일이 즐겁기에 일을 맡게 된 것을 감사하면서 매일매일 하루처럼 일해왔다. 그런데 그만두든지 다른 곳으로 가든지 선택하라니 섭섭했다. 교회의 사무적인 일 처리에 불끈 화가 치밀었다. 다른 후원 교회를 찾아봐야지. 동료나 선배 중 평소 교류가 있었던 이름들이 떠올랐다. 하나님이 나를 그냥 버려둘까. 생각들이 복잡하게 얽혔다. 한 달 몇 백 달러에 목을 매고 선교 사역을 감당하고 있는 자신이 안타깝기도 했다.

나는 사정을 총장에게 알리고 싶었다. 총장은 틀림없이 그런 문제로 마음 쓰지 말고, 좀 있으면 다시 길이 트일 것이라고 말할 것이다. 든든한 동역자를 만나서 힘이 된다고 하면서 떠날 때는 함께 떠나자고 약속처럼 자주 말했다. 총장이 나서면 후원 교회를 찾을 수도 있을 것이다. 보란 듯이 후원 교회를 바꾸고 싶다. 그렇게 생각하자 마음이 다소 안정되었다. 그래도 뭔가 섭섭한 마음은 누그러지지 않았다.

총장은 반갑게 맞아주었다. 나는 교회로부터 받은 전화와 메일 내용을 이야기했다.

총장은 의외라는 듯이 놀라더니, 차츰 표정이 잔잔해졌다.

"의외로군요."

딱 한 마디 하고서 아무 말도 하지 않았다. 나는 뭔가 다른 이야기를 더 해주기를 기다렸다. 달리 후원 교회를 알아보지요, 목사님은 저와 함께 여기서 일해야 합니다. 이런 말을 기대했다. 그런데 마치 이미 다 예상하고 있었던 것처럼 아무 말도 하지 않았다. 그러한 총장의 태도는 의외였다.

"혹시 총장님께서 그쪽 교회로부터 무슨 언질을 받으셨나요?"

나는 총장의 반응을 기다리다가 은근히 물어보았다.

"처음 듣습니다. 제게는 목사님이 큰 힘이 되었는데, 그동안 목사님이 잘 해주셔서 영어과도 이제 제자리를 잡아가고 있는데……"

총장의 말투에서 나를 이미 떠나갈 사람이라고 생각하고 있었다는 것을 느꼈다.

"기도하십시다. 선교사는 원래 머물 곳을 스스로 선택할 권한이 없지요. 목사님의 처지는 안타깝지만, 사람들의 다 부질없는 생각이지요."

총장은 나의 뒤숭숭한 마음을 위로하였으나 그 말에 더욱 섭섭했다.

총장실을 나오면서 공연히 찾아갔다고 후회했다. 그런데 내가 너무 성급하게 서두르는 것이 아닌가. 지원 교회 비서 목사의 전화 한 통에 안절부절못하는 자신의 처지가 못마땅했다. 당장 떠나는 것도 아니다.

나는 심호흡을 하면서 학과 사무실로 돌아왔다. 오늘 수업은 다 마쳤다. 수업 후에 20세기 초 중국에서 사역하던 미국 선교사가 고향에 계신 부모님과 목사님께 보낸 선교 서신을 묶은 책을 번역하려고 했는데, 일이 손에 잡히지 않을 것 같아서 퇴근을 서둘렀다. 지금까지 그 번역 원고를 복사해서 한국 선교사 모임에서 함께 읽어왔다.

대학 부설 유치원에서 일하는 아내에게 전화를 하려다가 그만두었다. 저녁 식사가 끝난 후에 차를 마시면서 말하자. 아내는 늘 내가 매사에 너무 서두른다고 걱정했는데 이번에는 좀 여유를 보이자.

나는 스스로 다짐하면서 사무실을 나왔다. 그래도 누군가와 이 문제로 이야기하고 싶었다. 손목시계를 보니 4시가 조금 지났다. 문득 로버트 케리가 생각나서 휴대폰을 열고 전화번호를 누르려다가 그만두었다. 게스트하우스 5층에 살고 있으니 퇴근 후면 만나게 될 것이다.

그는 미 남가주 장로교회 연합회에서 파송된 선교사이다. 그를 만나면 늘 편하고 즐겁다. 그래서 마음이 울적하거나 생각이 트이지 않을 때에는 그를 만나 이야기를 나눴다. 그는 무엇이든 자신과 관계 맺고 있는 사람들을 도와주고 즐겁게 해주려고 마음을 썼다. 은행에서 일하다가 늦게 신학을 공부해서 몽골 선교사로 파송되었다. 내가 한국에서 영문학으로 석사학위를 받았으며, 교사 생활을 그만두고 신학을 공부해서 선교사가 되었다는 사실을 알고부터 서로 더욱 친해졌다. 매사 자신에 차 있는 그는 살아가는 문제에 대해서는 전혀 걱정하지 않았다.

현관을 나와서 뒤돌아 대학 건물을 바라보았다. 맞은편에 중고등학교 교사가 신축 중이다. 한국 선교사 몇이 힘을 모아 시작한 이 대학은 몽골에서도 유수한 대학으로 성장했다. 나도 서울에서 외국 선교사가 세운 대학에서 공부하였기에, 여기에서 일하면서 100년 전 백안의 청년들이 조선에 들어와 내학부터 세웠던 그 마음을 늘 잊지 않았다. 케리도 지금 울란바토르 외곽지역에 넓은 땅을 확보하고 몽골 극빈 청소년을 위한 비전학교를 운영하고 있다. 나도 그 학교에서 일할까. 그러면 미국 교회에서 후원해주겠지. 그렇게 생각하니 마음이 조금은 가라앉았다. 그러면서도 대학을 떠나게 될지도 모른다고 생각하니 감회가 새로웠다.

2

게스트하우스로 들어가는 골목길에는 뿌연 먼지가 짙은 안개처럼 자욱했다. 15층 빌딩 건축이 한창이다. 건축자재를 나르던 덤프트럭이 골목길을 막고서 후진을 하는데, 먼지를 뒤집어쓴 현지인 인부가 트럭을 안내하면서 사람들을 정리하고 있었다. 나는 트럭이 골목을 빠져나오기를 기다렸다. 트럭이 방향을 겨우 잡고 큰길로 빠져나가자 작업 인부 청년이 나에게 씽긋 웃었다. 매일 이 골목에서 만나는 얼굴이다.

게스트하우스와 나란히 앉아 있는 교회 앞마당에서는 아이들 떠드는 소리가 요란하다. 새로 어린이 놀이시설이 마련되어 아이들에게 인기이다. 이 시설은 작년 여름에 신광교회 여전도회 단기 선교 팀의 헌금으로 설치되었다. 미끄럼틀과 시소와 낮고 안전한 철봉들과 아이들 숨바꼭질 놀이시설 들이 형형색색으로 갖추어져 마당이 환하다. 바닥도 우레탄으로 깔아서 안전하다.

교회 부설 유치원은 대학에 소속되어 있는데 내 아내 조원순 목사가 원장이다. 놀이 시설이 있어서 우선 우리 내외 마음이 홀가분했다. 10살 서영이와 7살 주영이가 마음놓고 놀 수 있다. 그동안 두 딸이 몽골 아이들과 잘 어울려서 다행이긴 했지만,

변변한 놀이 시설이 없어서 늘 안타까워하고 있었다. 그러다가 작년 여름에 신광교회 여전도회 단기 선교 팀이 이곳에 와서 봉사 활동을 한 주 동안 했다. 그 대표가 아내의 친구 성 권사였다. 그는 새까맣게 먼지를 뒤집어쓰고 놀고 있는 서영이와 주영이를 껴안더니 울먹였다.

"야, 컸구나. 이제는 완전히 몽골 어린이가 되었네. 몽골 아이들과 지내는 것이 재미있어?"

성 권사는 까맣게 그을린 아이들을 껴안고는 눈물을 글썽이면서 물었다.

"다 좋은데, 놀이 시설이 없어서 불편해요."

마치 우리가 뒤에서 미리 각본을 만들고 아이에게 말하도록 시킨 것처럼 되어버렸다.

"그래? 이모네가 놀이 시설 아주 근사하게 설치해줄게."

성 권사는 아이와 약속해버렸다. 그날 저녁 성 권사는 동행자 30여 명에게 그 사실을 알렸고, 8천 달러가 즉석에서 모아졌다. 그리고 놀이기구를 만드는 데 필요한 모든 자재는 한국에서 수송해왔고, 시공도 교회 기술자가 담당했다. 그래서 지난여름에 완공되었다.

이제 저 좋은 놀이 시설을 두고 아이들도 이곳을 떠나야 한다. 아이들이 얼마나 섭섭해할까. 떠나지 않아도 되겠지. 그렇게 생각하면서 미끄럼틀에서 내려왔다가 다시 올라가서 내려오기를 되풀이하는 주영이를 한참이나 바라보았다. 미끄럼틀은 위에서 타면 미로 같은 곳을 거쳐서 아래로 내려오게 되었다.

서영이는 몽골 아이와 같이 그네를 타고 있다. 서영이가 탄 그네를 몽골 아이가 밀어준다. 이번에는 몽골 애가 타고 서영이가 밀어줬다. 그리고 두 아이가 같이 탄다. 다른 아이가 달려와서 둘이 탄 그네를 밀어줬다.

처음 몽골을 선교 지역으로 결정한 후에 제일 걱정되었던 것은 아이들 교육 문제였다. 1월생인 서영이가 초등학교 1학년 때였다. 어머니는 모두 떠나는 것을 안타까워해서 서영이를 두고 가도록 했다. 그러나 서영이를 놔두고 떠날 수가 없었다. 막상 몽골에 도착해보니, 이곳 어린이들의 생활이 서울과는 너무 차이가 나 두 딸이 잘 어울릴 수 있을까 걱정이 되었다. 그런데 그것은 어른들의 기우였다. 도착하던 그 주일날 오후부터 우리 아이들이 게스트하우스 마당에서 몽골 어린이들과 잘 어울리는 것을 보고는 신기하게 생각했다. 저렇게 잘 어울려 노는데 왜 어른들은 걱정을 했을까.

게스트하우스에 머문 지 사흘이 지나서였다. 점심시간에 집에 들어와보니, 서영이가 몽골 친구를 데리고 들어와 놀고 있었다. 꾀죄죄한 옷차림이며 세수는 했는지 먼지를 뒤집어쓴 얼굴이며 전혀 서영이와는 어울릴 수 없는 아이들이었다.

"이 친구 이름은 나랑게렐이구요, 전 친구는 어트겅자르갈이에요. 이름이 참 이쁘지요?"

서영이는 데리고 온 다섯 아이들의 이름을 말하였는데, 내 귀에는 그 이름이 그 이름으로 들려서 전혀 기억할 수 없었다. 대학 부속 초등학교 학급 친구들이었다. 말을 하지 않았을 뿐이지 우리 부부는 사실 아이들을 반갑게 맞을 준비가 되어 있지 않았다. 그런데 서영이는 친구들과 잘 어울려 놀면서 즐거워했다.

그날 이후로 서영이는 날마다 수업이 끝난 오후에는 집 안으로 몽골 아이들을 데리고 들어와 몇 시간이고 놀았다. 우리는 아이들이 왔다 가면 집 안에 뭐가 없어진 것이 없는가 서영이가 눈치 채지 않도록 살피곤 했다. 그러나 아무런 일도 일어나지 않았다. 서영이는 한 달 안에 반 아이들을 모두 초대하겠다고 했다. 한국 유치원에서 친구를 집으로 초대했던 대로 하겠다는 것이다. 우리 부부는 친구를 초대하는 일에 마음 쓰이면서도 서영이의 원대로 즐겁게 놀 수 있도록 배려하고 준비도 해줬다. 한 달 후에 서영이는 같은 반 아이들을 모두 한 번씩 집으로 초대하는 데 성공했다. 그러는 사이에 우리 부부도 몽골 아이들에게 가졌던 편견이 차츰 사라져갔다. 그런데 이번에는 서영이가 반 아이네 집으로 찾아가겠다는 것이다. 우리는 겁을 먹고 그 일은 다음 해로 미루자고 했다. 이곳 친구들이 너를 집으로 초대하는 것을 원하지 않을지도 모르는데 네가 어떻게 찾아가겠냐고 설득했다. 1년이 지났을 때까지도 나와 아내는 아직도 물 위 기름처럼 이곳에 적응하지 못하고 있는데, 아이들은 완전히 몽골 사람이 되었다.

나는 아이들과 어울려 놀고 있는 서영이와 주영이를 보면서
저 아이들이 다시 낯선 곳으로 옮겨 가서 그곳 아이들과 적응하
기 위해서 애쓸 것을 생각하니 마음이 무거웠다. 이곳에서 사귄
친구들이 그리워서 어떻게 지낼까. 이제 당장 스리랑카로 가야
하는 것처럼 생각들이 겹쳐지면서 혼란스러웠다.
"왜 그리 멍청하게 서 있어요?"
아내가 내 곁에 와 있었다.
"아이들이 노는 것이 너무 보기 좋아서."
나는 얼른 생각을 지워버리고 아내를 보면서 빙긋이 웃었다.
아이들은 우리를 전혀 의식하지 않고 놀고 있었다.
"학교에서 무슨 일 있었어요?"
아내는 내 표정에서 무슨 기미를 알아챈 모양이었다.
"일은 무슨."
나는 아내의 의심에 찬 눈길을 얼른 외면하기 위해 아이들에
게 고개를 돌렸다.
"퇴근하세요?"
케리의 부인 승자 여사가 유치원 현관에서 나오다가 우리 부
부를 보고는 다가왔다. 나는 순간 가슴이 섬뜩했다. 그의 남편
로버트 케리를 만나고 싶었던 좀 전의 내 마음이 그녀에게 전해
진 것 같았다. 이 게스트하우스 장기 체류자는 대부분 한국 선
교사들이다. 미국인으로서는 로버트 케리네가 유일한 가족이
다. 그는 이 대학에서 일주일에 4시간 영어 회화를 강의하기 때

문에 대학 게스트하우스에서 살 자격이 있다. 이보다 더 좋은 숙소가 있겠지만, 한국인 2세인 아내가 한국인을 좋아해서 이곳에 일부러 숙소를 정하게 되었다. 그들은 우리보다 2달 먼저 몽골에 왔다.

승자 케리의 아버지는 1950년대 초 16살에 미군 부대에서 하우스보이로 일하다가 귀국하는 병사를 따라 미국으로 건너갔다. 대학 졸업 후에 ROTC 장교로 직업군인이 되어 대령으로 예편할 때까지 거의 해외 근무를 했다. 승자는 아버지를 따라 해외 생활을 오래 했고, 주로 미군 기지 영내 관사에서 생활했다. 그러다가 로버트 케리와 결혼했다.

승자는 아내의 절친한 친구이다. 내 아내에게 한국어를 배워서 이제는 익숙했다. 아내는 그녀를 통해 잊어버리고 있었던 영어를 훈련받게 되었다. 둘이 만나면 아내는 영어로 말하려고 하고, 승자는 한국어로 말하려고 한다. 그러다가 작년부터는 몽골어로 말하기로 약속했다. 우리는 미국 사람도 아니고, 한국 사람도 아니고, 몽골 사람이라고 선언하듯이 서로가 다짐했다. 그들의 약속을 듣고서 나와 케리가 만났을 때에도 꼭 몽골말을 쓰기로 했다. 우리는 그렇게 몽골 사람이 되려고 노력했다. 서로가 다른 말을 쓰지 않고 몽골말만을 씀으로써 친해졌다.

이제 그런 행복감도 다 떨어져 나갔다. 생각할수록 몽골을 떠날 수 없었다. 이미 나는 몽골 사람이 되어 있었다.

"먼저 들어가요. 아이들이 다 놀면 같이 들어가겠소."

　나는 그네들을 보내고 놀이터에서 약간 떨어진 교회 쉼터 철제 의자에 앉았다. 퇴근하는 유치원 직원들이 인사를 했다. 아이들이 떠드는 소리가 공사판에서 울려오는 기중기 소리에 뒤섞여 먼 데서 들려오는 듯했다. 공사장 너머로 톨 강의 잔잔한 물결이 지는 햇살을 받아 빛나고 있다. 그 건너 산 정상에 우뚝 세워진 승전탑도 오늘따라 유난스럽게 보였다. 일본군과 싸워 이긴 것을 기념하는 저 승전탑은 몽골사람들의 자존심의 상징이다.

　놀이에 정신이 팔려 있는 서영이가 내가 된다. 어렸을 때 나는 늘 혼자였다. 친구들이나 부모님과 어울려 놀아본 기억이 없다.

　경찰관이었던 아버지는 전근을 자주 해서 늘 객지에서 살았다. 한곳에서 길어야 2년 있었고, 1년 만에 전근할 때도 있었다. 나는 아버지를 따라 낯선 학교로 전학가면 반년 동안은 그곳 아이들과 어울리려고 쩔쩔맸다. 학교도 즐겁지 않았다. 자랄수록 더욱 견디기 어려웠다. 전입하면 개근상도 우등상도 타지 못하는 것이 제일 싫었다. 공부라면 누구에게도 떨어지지 않는다고 자신을 갖고 있는데, 학기 중간에 전학 온 나에게는 우등상이 돌아오지 않았다. 우등상만이 아니라 개근상도 선행상도 탈 수 없었다. 수료식 날에는 속이 상했다. 그뿐만 아니라 학급에서도 늘 혼자였다. 이유는 거의 내게 있었다. 시골 학교에서 공부나 운동은 나도 남만큼 했는데, 아이들은 내가 하찮게 보이는 모양이었다. 내가 남이 모르는 것을 대답이라도 하면, 아이들은 전학 온 주제에 공부깨나 한다고, 나를 향해 손가락질을 했다. 어떤 때는 몸집이 큰 아이들에게 당하기도 했다. 그렇다고 내가 먼저 그들에게 머리를 숙일 수도 없었다. 그래서 늘 학급 아이들을 어려워했고, 그들도 나를 곁눈으로 쳐다보았다. 학교에 정이 붙고 아이들과도 어울릴 만하면 전학을 가야 했다. 4학년부터는 전학을 가지 않기 위해서 고향 할아버지 댁에서 살았다.

고등학교 교사를 그만두고 신학교를 가려고 했을 때 집안에서는 한바탕 소동이 벌어졌다. 아버지가 일찍 세상을 뜨셨고, 나는 동생들을 넷이나 둔 집안의 장손이었다. 목사가 되면 집안일을 뒷전에 두고 평생을 살아야 할 테니, 집안에서 누구 한 사람 내 뜻을 이해해주지 않았다. 어머니는 더했다. 너는 그 성질 갖고는 목사가 될 수 없다고 했다. 어머니는 나를 잘 알았다. 그래도 고집이 센 나를 막지는 못했다.

목사 안수를 받고 서울의 한 교회에서 부목사로 2년 동안 사역을 하다가 어느 날 고향을 찾아가서는 몽골로 떠나게 되었다고 어머니께 전했다. 어머니는 말문을 닫아버렸다. 내 고집스런 성미를 잘 알기에 만류할 수 없음을 알고 있었다.

"네가 어떻게 선교사가 되겠다는 거냐? 먼저 나서서 사람들과 어울리지 못하는 네 주제에 어떻게 몽골 사람들과 친구가 되겠니? 네 성미를 이 에미가 잘 안다. 아무나 선교사 되는 거 아니다. 너는 선생 노릇이 제격이다."

어머니가 그렇게 걱정을 하였는데, 다행히 몽골에 와서는 그런대로 사람들과 잘 어울려 지냈다. 아마 서영이와 주영이에게 배웠는지도 모른다.

계단을 천천히 오른다. 계단을 한 층 한 층 오를 때마다 시내 외곽 지역이 점점 넓게 트인다. 게스트하우스 앞 폭 3미터 골목 길 건너에는 대형 빌딩 공사가 한창이다. 15층 백화점 건물이라고 한다. 완공되면 게스트하우스에서는 시야가 가려져서 답답할 것이었다. 4년 전만 해도 이 주변은 허허벌판이어서 조금만 바람이 불어도 먼지가 날려 시야를 가렸다. 대학 건물만이 외톨이처럼 앉아 있었는데, 이제는 번화가가 되었다. 도시는 쉬지 않고 자랐다. 한 달이 지나면 도시는 어린아이 자라듯이 달라졌다. 나의 생활은 전혀 달라지지 않았다. 매일매일 학교에서 아침부터 저녁까지 살았다. 몽골 청년들에게 영어와 한국어를 조금이라도 더 가르치려고 애를 썼다. 몽골은 변해야 한다. 변하기 위해서는 세계 언어가 된 영어를 능숙하게 구사할 수 있어야 한다. 한국어도 이제는 세계 언어가 되고 있다. 백 년 전에 한국은 서양의 문물을 받아들이면서 오늘의 한국의 기틀을 이루었다. 그 문화에는 하나님에 대한 신앙이 있었다. 기독교를 받아들이고 불과 10년이 조금 지나서 일본에 대한 저항으로 일어난 3·1운동 민족 대표 중에 절반 이상이 기독교인이었다. 그들은 예수를 믿기 전에는 조선 사회에서 아무런 힘도 없었던 평민이었다. 그러나 그들이 불과 20년이 못 되어서 민족의 지도자가 될 수 있었고, 그들의 역량이 조선을 오늘에 이르게 하였다.

나는 영어와 한글을 가르쳐주면서 한국의 근대사에서 기독교가 역동적 힘을 발휘하게 된 사정을 전했다. 몽골 사회를 위해 청년들이 해야 할 과제를 말해주었다. 그러는 사이에 나는 몽골을 이해하게 되면서 사랑하는 마음도 저절로 일어났다. 나는 차츰 한국인을 벗어나고 있었다. 이러한 나의 변화를 의식하는 순간 열방에 사랑과 평화를 심는 선교사의 자부심을 갖게 되었고, 그러면서 마음과 생각도 넓어졌다. 그렇게 하루하루 살아가는 동안에 어느덧 4년이 흘렀다. 시간을 잊고 그 시간을 하루처럼 살았다. 그렇게 살아가면서 내가 이 몽골 사회를 위해서 큰일을 하고 있다는 생각을 갖게 되었고, 몽골 청년들도 그 점을 인정했다.

나는 매일 5층 계단을 오르내리면서 기도한다. 제가 오늘 이 계단을 내려가 세상으로 갑니다. 주님과 함께 하루를 살겠습니다. 딴 길로 가지 않게 지켜주십시오. 일과를 마치고 다시 이 계단을 오르면서도 기도한다. 오늘도 주님께서 보호해주셔서 이렇게 하루를 무사히 보내고 주님이 마련해주신 이 집으로 돌아옵니다. 하루하루가 지나는 동안에 이곳에서 큰일을 할 수 있다는 확신을 갖게 되었고, 그 일은 어쩌면 한국에서 할 수 있는 일보다 더 중요하다고 자부하게 되었다. 이따금 한국에 갔을 때에 한국 목회자들의 화려한 생활을 보면서 오히려 그들보다 내가 더 하나님께서 원하시는 일을 하고 있다는 자부심도 갖게 되었다. 어쩌다 한국 교회 강단에서 설교를 하게 될 때에는 그러한 자의식이 발동하기도 했다. 선교사의 고통과 어려움을 모르고 선교사를 돕는 데 인색한 한국 교인들에게 야유 섞인 훈계식 설교도 할 때가 있었다. 그래서 오히려 한국에 다녀오면 더욱 힘이 솟고 몽골 청년들을 대하는 내 순수함의 농도도 더해지는 듯했다.

게스트하우스는 운치 있게 설계되어 있다. 한 계단 한 계단 오를 때마다 시 외곽의 전망이 한 단계씩 다르게 나타나면서 시야를 넓혀준다. 그래서 5층에 자리를 잡게 된 것을 감사했다. 그러나, 처음 이 집에 오던 날은 5층은 고통이었다.

차에서 어린아이 몸집보다도 더 큰 이민 가방 5개를 5층까지 나르면서 고역을 치렀다. 게스트하우스 안내자가 좀 도와주기는 했지만, 무거운 가방을 아내와 마주 들고 계단 하나하나를 오르면서 숨을 헐떡였다. 번쩍 들어서 어깨에 메고 성큼성큼 계단을 오르지 못하는 내 허약한 몸이 부끄러웠다. 10월 초순이지만 자정이 가까운 시간이라서 기온은 서울의 겨울 날씨처럼 쌀쌀했다. 그런데 가방을 다 옮기고 나자 온몸이 땀으로 흠뻑 젖었다. 아내는 거의 녹초가 되었다. 그렇게 선교사 생활을 시작했다.

이제는 웬만한 짐은 거뜬히 어깨에 둘러메고 계단을 오르내린다. 선교사는 무엇이든지 할 수 있어야 한다. 선교사는 광야에 홀로 내버려진 존재이다. 그 광야에서 누구의 도움도 받지 않고 살아남아야 한다. 그렇기에 누구와도 친구가 되어야 한다. 추운 한밤의 기온과도 친구가 되어야 하고, 배고파 우는 맹수와도 친구가 되어야 한다. 아무 풀뿌리를 캐어먹어도 탈이 나지 않도록 들판에서 자라는 풀이나 나무와도 친구가 되어야 한다. 그러한 것을 깨닫는 데는 3년이 걸렸다. 이제는 어느 정도 자신이 있다. 몽골의 뒷골목에서 강도를 만나도 살아남을 수 있다. 선교사는 이렇게 사람과 자연과 부딪치며 살면서 그들과 좋은 관계를 만들어야 한다. 그 과정에서 지혜를 얻게 된다는 것을 알게 되었다.

숙소가 2층이나 3층이었으면 얼마나 단조로웠을까. 오 층이어서 기본적인 체력 운동은 충분했다. 운동할 수 있는 여건이 되어 있지 않은 이곳에서는 5층을 오르내릴 수 있다는 것도 복이었다. 그래서 아침에 일어나면 일부러 서너 번씩 오르내렸다. 저녁이나 한밤중에 그렇게 오르내릴 때도 있었다. 그러면서 나는 나를 에워싼 모든 것들과 화해하는 방법을 배웠다. 낮이면 이 계단을 오르내리면서 창밖으로 펼쳐진 몽골의 산천을 보았고, 한밤중이면 창밖 하늘에 펼쳐진 별들을 보면서 그들과 대화를 시도했고, 그들끼리 하는 대화를 엿듣는 환상에 젖기도 했다. 광막한 몽골 들판의 밤을 바라보노라면 무한한 공간 속에서 매우 작은 자신을 보았다.

　이렇게 나는 몽골 사람과 자연과 친해졌는데, 이들을 두고 떠난다니, 그것은 마치 내 인생의 한 토막을 절단하여 내던져버리는 것처럼 아프고 안타까운 일이다. 그러나 지금 누구에게도 마음을 토로하기가 두렵다.

3

　아내는 본국 교회에서 전해온 통화와 메일 내용을 듣고서는 놀라더니 곧 평상심을 되찾았다.

　"우리가 사 년 기한으로 왔는데, 사 년이 다 되었지요. 이제는 떠날 때가 되었나 보죠."

　아내가 이미 이곳을 떠난다는 것을 기정사실처럼 받아들이는 게 내게는 오히려 의외였다.

　"유치원도 이제 제자리를 잡게 되어서 마음이 놓여요. 제가 없어도 잘 돌아가게 되었어요."

　아내는 신학대학에서 기독교교육학을 전공했고, 직접 교회 부설 유치원에서 일한 적이 있었다. 한국에서 유아교육으로 석사학위를 받은 학구파이다. 여기에서 유치원 사역을 맡고서 즐거워하면서 아주 열심히 일했다. 몽골 아이들은 한국 아이들과 다르기 때문에 그들에게 적절한 유아교육 프로그램을 마련하기 위해서 연구했고, 한국 교회의 재정적인 지원도 받으면서 이 도시에서 가장 시설이 좋고 잘 짜인 프로그램을 운영하는 유치원을 만들어냈다. 아내는 선교 헌금을 모으는 데도 나보다 훨씬 앞섰다. 그러한 아내가 '이제 우리는 떠날 때가 되었네요'라고 말하는 것이 전혀 이해되지 않았다.

나는 이 문제에 대해서 더 이야기하지 않았다. 말할수록 더 우울해질 것만 같았다. 아내는 내 눈치를 살피면서 자신의 감정을 조절하고 있었다. 덩달아 자신도 몽골 사역에 대한 애착을 드러내놓는다면 나를 더욱 혼란스럽게 만들 것이라고 생각했을 것이다. 나는 아내의 마음을 내 식으로 읽었다.

9시가 조금 넘어서 염 목사로부터 전화가 걸려왔다.

"메일 보셨어요?"

첫마디였다. 나는 읽었다고 대답했다. 그리고 저편의 말을 듣고 싶었다.

"그리 급한 일은 아니니, 며칠 기도하시면서 생각해보세요. 그리고 당회장 목사님과 직접 통화를 하실 기회가 있을 겁니다."

염 목사는 역시 사무적으로 말했다. 그렇지, 그는 사무적으로 말할 수밖에 없을 것이다.

"알았습니다."

통화는 그 정도로 끝났다. 아내는 통화에 전혀 마음을 쓰지 않는 것 같았다.

"염 목사 전화요. 메일을 읽었냐는군."

나는 말하고 싶지 않았지만 통화 내용을 아내에게 전했다.

"그 문제에 대해서 복잡하게 생각하지 말기로 해요. 우리가 선교사 아닙니까. 하나님께서 갈 곳을 마련해주시겠지요."

아내의 담담한 목소리에 나는 모든 생각을 닫아버리기로 작정했다.

나는 밤에 잠을 설쳤다.

아침 식탁에서 아내는 잠을 설쳐 푸석푸석한 내 얼굴을 은근히 살폈다.

"다른 후원 교회를 찾아보지. 선배, 동창들에게 메일을 보내겠어."

나는 아내를 안심시켰다. 언젠가 우리 부부는 이곳에서 어느 정도 적응할 만하자, 즐거운 마음으로 "우리 이 땅에 뼈를 묻을까" 하고 다짐처럼 말한 적이 있었다.

"그냥 두세요. 하나님께서 여기 있으라 하시면 있고, 가라 하시면 가면 되지 않아요."

아내는 내 시선을 피하면서 조용히 말했다. 순간 얼굴이 화끈 달아오르면서 무안했다. 아내가 불만을 가져도 내가 위로의 말을 해야 할 텐데, 내가 왜 이러지? 그렇게 생각하는데,

"당신이 몽골을 너무 사랑하는 것은 알지만 집착하지는 마세요."

나는 아내의 평온한 표정에 할 말을 잃고 말았다. 몽골에 와서부터 아내는 매사에 조용하고 침착했다. 그런 아내를 대할 때

마다 여기에 와서 겪었던 어려움 때문에 몸과 마음이 닳고 닳아 있음을 짐작하고 있다.

아내가 이곳에 와서 견디기 어려웠던 많은 일들이 되살아났다.

처음 왔을 때만도 몽골과 서울 간 전화 사정이 좋지 않았다. 게스트하우스에선 국제전화를 직접 할 수 없었다. 시급하게 국제전화를 해야 할 경우에는 게스트하우스 규칙에 따라 미리 관리자에게 신청을 해야 했다. 전화료도 꽤나 비쌌다. 서울에서 미주 지역과 통화하는 요금의 몇 배였다. 나는 선교비로 사적인 전화를 한다는 것이 마음에 걸려서 좀처럼 집에 계신 노모에게도 전화를 자주 하지 못했다. 그런 내 눈치를 알아차린 아내가 일주일에 한 번쯤 어머니께 전화를 드렸다.

어머니와 통화를 하면 겨우 몇 마디 안부를 묻고는 서영이를 바꿔달라고 하였다. 서영이가 전화를 받으면 할머니, 안녕하세요. 서영입니다. 학교에 잘 다니고 있어요. 할머니…… 몇 마디 말을 이어가다가는 얼굴이 시무룩해지더니 흐느끼기 시작한다. 할머니가 우셔요. 서영이가 울먹인다. 아내가 얼른 전화기를 받아서는 "어머니 어머니" 두어 번 부르나가 같이 흐느끼기 시작한다. 그렇게 흐느끼다가 통화를 끝내면 누구도 말을 하지 않았다. 나중에 안 사실이지만 어머니는 떠나버린 손녀들의 냄새를 맡기 위해서 베갯잇과 이불을 계절이 바뀌어도 세탁을 하지 않았고, 밤이면 아이들 방에 이부자리를 그대로 펴두었다고 했다. 동생들이 어머니가 돌아가신 다음에 전한 말이다.

나는 선교사로 가기 위한 모든 절차를 마치고 비자 신청을 하고 나서야 어머니께 사정을 말했다. 먼저 내 뜻을 말씀드리면 허락해주지 않을 것은 뻔하고, 어머니의 반대에도 불구하고 고집을 부리는 것은 피차 괴로울 것 같아서였다.

"남들처럼 교회에서 목사 노릇을 하면 되지 몽골이 어디라고 가려느냐?"

어머니는 딱 한마디 하시고는 원망에 찬 눈으로 나를 한참이나 바라보다가 고개를 돌려버렸다. 나는 죄인처럼 고개를 숙이고 흐느꼈다. 어머님이 살아온 한평생을 나는 너무 잘 알기 때문이다. 늦게야 신앙을 갖게 된 어머니였다. 아버지는 강원도 한 군의 경찰서장으로 있을 때, 한밤중에 침투한 간첩 수색 작전을 수행하기 위해 출동 도중 지프차가 전복되어 순직했다. 마흔을 갓 넘긴 나이였다. 어머니는 고향으로 돌아와 장손인 아버지를 대신해서 집안을 유지하면서 다섯 자식을 키웠다. 맏이인 내 아래로 남동생이 둘, 여동생이 둘인데 아들은 4년제 대학을, 딸들은 교육대학을 졸업시켰다. 나는 장손이고 공부를 잘한다고 해서 서울로 유학을 가서 공부했다. 대학에서 예수를 만났고, 열정적으로 신앙생활을 했다.

교편을 잡으면서 석사 학위까지 받은 내가 사표를 내고 신학대학원에 입학했다는 소식을 들었을 때 동생들은 화를 냈다. 장손으로서 집안을 내팽개치고 혼자서 천당을 가려느냐고 야유했다. 그러한 동생들이 내가 목사 안수를 받기 두 달 전에 어머니를 모시고 교회로 나왔다. 나는 장손의 모든 권한을 포기했다. 할아버지로부터 물려받은 고향 농토가 꽤 되었다. 나는 모든 것을 동생들에게 나눠주었다. 그래도 어머니는 마음을 항상 맏이인 나에게 더 많이 두었다.

몽골 생활에 겨우 마음을 붙이려고 할 즈음에 어머니가 암으로 투병 중이라는 것을 알게 되었다. 자신의 병을 아들이 알게 되면 사역에 지장이 있으니 절대로 알리지 말라고 동생들에게 엄하게 당부해서 그대로 따랐다는 것이었다. 그러다가 돌아가시기 일주일쯤 전에 두 손녀가 보고 싶다고 해서 서영이와 주영이를 보냈다. 고향으로 돌아간 서영이가 울면서 전화를 걸어와서야 사정을 알게 되었다. 마침 항공편 사정이 나빠서 나는 어머니 임종도 보지 못했다. 그처럼 내 삶이 막막하던 때는 없었다. 당신은 얼마나 아들을 보고 싶었으면 손녀들을 불러들였을까.

어머니 장례를 치르고 겨우 일주일을 서울에서 머물다가 몽골로 돌아왔다. 내가 서울에 도착했을 때는 어머니 입관이 끝난 후였다. 나는 어머니의 주검을 확인하지 않았다. 그래서 그런지 어머니가 돌아가셨다는 것이 진허 실감나지 않았다. 그런 마음 때문에 어머니가 살던 고향 집을 가지 않고 서울 처가댁과 동생네 집을 전전하면서 일주일을 지내다가 몽골로 돌아왔다.

"어머니가 살아 계신다고 믿고 싶다. 어머니가 안 계신 고향 집을 한번 가보고 싶지만, 이대로 가겠으니 그러한 형의 마음을 이해해달라."

동생들은 내 말을 어떻게 들었는지 모르지만, 나는 어머니가 세상을 떠났다는 사실을 믿고 싶지 않았다. 그런데 어머니를 보내고 몽골로 돌아와서부터 내게 몽골은 다른 곳이 되었다. 그렇게 불편하던 마음이 편안해지면서 몽골 사람들과도 친하게 지낼 수 있었다. 몽골의 모든 환경이 내게는 불편하지 그지없었는데, 그때부터는 전혀 그렇지 않았다. 그러한 변화는 아내에게도 찾아왔다. 우리 부부는 어머니가 이 몽골 땅 어딘가에 살아 있으면서 우리를 지켜본다고 생각했다. 우리 부부는 몽골과 빠르게 친해졌고 하는 일도 잘 풀려나갔다. 시간이 지나면서 몽골은 어머니와 바꾼 선교지라고 믿게 되었다.

우리와 몽골을 이어준 것은 어머니였다. 그러한 이 땅을 내가 떠날 수 있을까. 교회는 이러한 내 처지를 생각지 않고 나를 떠나라고 할 수 있을까. 아무리 생각해도 나는 교회의 처사가 섭섭하기만 했다.

4

오후 3시, 수업을 마치고 로버트 케리가 사역하는 비전학교를 찾아가려고 지프를 몰았다. 게스트하우스에서 만나도 되지만 오늘은 직접 비전학교에서 만나고 싶었다. 거리는 차로 붐볐다. 퇴근 시간이 아닌데도 시내를 빠져나오는 동안 꽤 시간이 걸렸다. 이 도시에는 하루하루 차들이 많아지고 있다. 거리에는 차선도 없고 중앙 분리대도 없다. 그래도 차들은 마구 속력을 낸다. 이곳 사람들은 말을 타고 먼 거리를 달리던 기질로 자동차를 몬다. 이들은 돈을 모으면 우선 휴대폰을 사고 좀더 돈을 많이 모으면 자동차를 샀다. 몽골 사람들은 먼 거리를 되도록 단축시키려고 노력한다.

로버트 케리가 운영하는 비전학교는 초·중등학교 과정이 있는데, 극빈자 아이들을 데려다가 교육을 시키면서 그들에게 비전을 심어준다. 사람들은 가난할수록 내일을 생각하지 않는다. 오직 지금 여기만을 생각한다. 그렇기에 살아가는 문제에 대해 걱정을 하지 않는다. 이 세상에 자기 것은 아무것도 없지만 있는 것은 다 자기 것이 될 수 있다고 생각한다. 소유에 대한 개념이 희박하다. 배고프면 남의 가게에서 빵을 훔치는 것을 별스럽게 생각하지 않는다. 도덕적 분별력이 없다. 케리는 이들을 데려다가 공부를 시키면서 일을 시키고, 일한 만큼 대가를 받도록 하고, 그리하여 자신의 생활을 자신의 노력으로 해나가는 길을 교육하고 있다. 이 학교는 5년 전에 미국 선교사기 시작했는데 초창기에는 어려움이 많았다. 그가 부임하고서 토대를 구축했다. 케리는 우선 이곳 극빈자들의 생활을 이해했다. 아무것도 가진 것이 없으니 그렇게 살아갈 수밖에 없는 그들의 처지를 인정한다. 그러나 아직도 그들에 대해서 이해할 수 없는 점이 많아서 갈등을 겪을 때가 많다고 한다.

그는 내가 어머니가 돌아가신 다음에 몽골과 아주 친해졌다는 말을 듣고는 고개를 끄덕였다.

"모든 일에는 어떤 계기가 있는데, 그것을 이해하지 못하니까 문제를 만나면 어려워하지요. 강물 흘러가는 대로 일을 하는 것이 선교사의 생활이라는 생각이 들어요."

그는 큰 깨달음을 얻은 것처럼 선교사가 된 내력을 말했다.

11대조 할아버지는 네덜란드 왕실의 화공으로 지도를 그렸다. 그는 지도를 그리면서 온 세계를 향한 꿈을 지도 위에 펼쳐 놓았다. 8대조 할아버지는 그 지도를 갖고 세계를 탐험했다. 탐험하는 곳마다 네덜란드 국기를 꽂고 식민지를 삼았다. 그 바람에 그의 8대조는 귀족 작위를 받았다. 4대조 할아버지는 목사였는데, 네덜란드가 미개국을 침공할 때에 먼저 현지에 들어가 선교보다는 식민지 사람들을 순화시키는 일을 했다. 선교사가 아니라, 식민지 관리였다. 할아버지는 신앙과 양심에 가책을 느꼈으나 도리가 없었다. 결국 그는 현지인에게 암살되었다. 암살을 당하기 전까지 할아버지는 마치 앞으로 닥칠 일을 예견이라도 하듯이 고향 동생과 어머니 앞으로 선교사로서 겪는 괴로움을 편지로 써서 여러 번 보냈다. 할아버지는 이 상황에서 벗어나는 길이 무엇인가를 깊이 고민했다. 정부의 지원을 받은 선교사로서 고국의 지시를 어길 수도 없었다. 할아버지는 그곳에서 순교함으로써 극복을 할 수 있었다.

선교사 할아버지의 편지가 그 후손들에게 발견된 것은 지금부터 8년 전이었다. 그때 케리는 뉴욕 금융가의 젊은 애널리스트로 명성을 날리고 있었다. 그는 할아버지가 선교사였고 순교를 당했다는 것을 알고서 그동안 선교사를 위해 많은 헌금도 하였다. 그러다가 할아버지의 편지를 직접 보게 되었다. 그는 할아버지의 고민을 알고 신학을 공부하였다. 식민 통치의 하수인이 아닌, 진정으로 현지인을 위해 헌신할 수 있는 선교사가 되기로 작정하고 몽골로 왔다.

비전학교 건물이 보인다. 나지막한 단층집이 二자형으로 앉아 있고 두 건물 사이를 이으며 ㄷ자 형으로 앉아 있는 2층 건물이 본관이다. 페인트를 새로 칠했는지, 하얀 건물 외벽에 햇살이 부서져 눈이 부셨다. 몽골인 수위가 고개를 끄덕이면서 철제문을 열어준다. 잘 정돈된 운동장에서 아이들이 축구를 하고 있다. 이미 정규 수업은 끝난 후이지만 학교에서는 되도록 학생들을 학교에 남게 하려고 다양한 프로그램을 만들어 시행하고 있었다. 아이들은 학교 밖으로 나가도 할 일이 없다. 공부할 방이 있는 것도 아니고, 더구나 집은 이들의 인식치가 아니었다.

"아니, 웬일이세요. 배 목사님이!"

매일 게스트하우스의 복도에서 만나는 처지인데도 여기까지 찾아온 내가 궁금한 모양이다.

"목사님이 사랑하는 친구들을 만나고 싶어서요."

나는 이 학교에 올 때마다 순진한 아이들의 표정이 늘 신선하게 느껴졌다. 처음부터 없는 사람들은 조금만 채워주면 더없이 행복해한다.

"참 잘 오셨어요. 그렇지 않아도 우울해서 배 목사님을 만나고 싶었던 참이었는데……"

그는 방 한켠에 놓인 긴 철제 의자에 나와 나란히 앉아서 내 손을 꼭 잡았다.

"무슨 일이 있었어요?"

"이따금 우리 학교에서는 교장을 학습시키는 일들이 일어나요."

"교장을 학습시키다니요?"

"저는 아이들에게 배우거든요. 어떤 때 이들은 내 선생이 되지요."

그는 얼굴 가득 미소를 머금고 말했다.

그때 학교 사무국장인 한국인 유 선교사가 들어오다가 나를 보더니 주춤했다.

"들어와요."

그는 게스트하우스 식구이다. 몽골 아이들과 어울려 지내는 데는 한국인 선교사가 필요하다고 해서 내가 유 선교사를 추천했다.

그는 선 채로 뭔가 말할 듯하면서도 얼른 입을 열지 않았다.

"말해봐요. 찾으셨어요?"

"예. 어렵지 않게 찾아서 사 오기는 했는데, 그게 영 마음에 걸리네요."

유 선교사는 케리의 책상 위에 노트북 가방을 올려놓았다.

"다행이야. 내용물에 이상은 없나요?"

"예. 제가 대략 확인해봤는데요, 문서들은 그대로 있어요."

"오늘 낮이었어요."

케리가 사정을 설명했다.

담임이 장기 결석 학생인, 고1 과정의 돌마라는 스물이 가까운 청년을 데리고 왔다. 그는 초등학교만 나와서 집에서 놀다가 이 학교가 개교하자 중학교 과정에 들어와서 졸업하고 지금 고1 과정에 다닌다. 집이 없어서 식구들은 동네 공용 창고 한구석을 막고서 살림을 하는데, 그 창고가 헐리고 그 자리에 다른 공공건물을 짓게 되면서 그나마 거처를 잃게 되었다. 돌마는 3주나 학교에 나오지 않았다. 그래서 담임이 수소문해 찾아서 데려왔다. 그동안 그는 가족과 헤어져서 혼자서 노숙도 하고, 그때그때 아무데서나 자면서 구걸도 하고 절도도 하면서 생활해 왔다는 것을 알게 되었다.

케리는 유 선교사가 데려온 그를 만나 격려해주고 학교 안 어딘가에 임시 숙소를 마련해 지내도록 조치를 하고서 내보내었다. 그리고 점심을 먹으려 구내식당으로 갔다. 평소에는 방을 비울 때에는 꼭 문을 잠그고 다녔다. 그런데 이상하게도 그날은 그대로 내려가서 식사를 하고 돌아와보니 책상 위에 두고 간 노트북이 없어졌다. 그때 어떤 예감이 들어서 창밖을 내다보니,

좀 전에 이 방에서 나갔던 돌마가 노트북 가방을 들고 정문으로 나가고 있었다. 그는 2층 창문을 열고 소리를 내지르려다 참았다. 수위에게 지시해서 잡아오도록 하려고 인터폰을 들었다가 그대로 두었다.

평소에도 아이들의 도벽을 제일 싫어하던 그였다. 다른 것은 다 용납할 수 있어도 남의 것을 훔치는 것은 용서하지 못했다. 학생들에게도 그 점을 강조했다. 그런데 돌마를 그대로 두는 그의 심사는 묘했다. 정문을 빠져나가는 돌마의 뒷모습을 보면서 그는 아무 생각도 하지 않았다. 돌마는 정문을 나서자 달리기 시작했다. 그는 돌마의 뒷모습이 보이지 않을 때까지 창가에 멍청히 서 있었다.

그를 불러 세우거나 심하면 수위를 시켜 잡아오게 할 수도 있다. 그러나 아무것도 할 수 없었다. 돌마는 교장이 자기를 붙잡지 않을 것을 알고서 그 짓을 했을 것이라는 상상도 해보았다. 한 30분이 지난 다음에──그 시간이면 그가 노트북을 팔 수 있는 충분한 시간이라고 짐작했다──유 선교사를 불러서 가까운 전자제품 가게를 다 뒤져서 노트북을 찾으면 돈을 주고 사오도록 부탁했다.

"가까운 전자 상가 두 곳을 찾아갔더니 금방 팔고 갔다고 그랬어요. 그래서……"

유 선교사는 메모지 위에 산 가격을 써놓고는 방에서 나갔다.

"다행이군. 노트북도 소중하지만, 그 안에 들어 있는 것들을 잃어버릴까 걱정했는데……"

나는 눈앞에 보이는 도둑을 잡지 않은 이유를 물으려다가 참았다.

"아마 그 애는 앞으로 몇 주 동안 학교에 나오지 않겠지요."

케리는 창밖으로 눈을 주며 중얼거렸다.

지금이라도 돌마가 돌아오면 케리는 반갑게 받아줄 것이다. 나는 속으로 생각했다.

"아마 노트북을 갖고 가는 그를 붙잡아 추궁해도 별로 미안해하거나 부끄러워하지 않았을 겁니다. 그런 상황이 되면 제가 참지 못하지요. 그럴 바에는 차라리 그냥 가져가도록 내버려두는 편이 마음이 편하겠다고 생각했을지도 모르죠. 돈이면 해결될 문제인데, 그를 붙잡아오면 돈으로 해결되지 못할 문제가 생겨서 마음이 더 복잡해질 것이 두려웠겠지요. 그런 경우 저는 속수무책이에요. 아마 창밖으로 노트북을 들고 가는 돌마를 보는 순간 이러한 생각들을 하게 되었을 테지요. 지금 이렇게 말하지만, 그 상황에서의 제 감정은 저도 잘 모르겠어요."

케리는 자신이 돌마를 붙잡지 않은 이유를 말했다.

"그에게 도둑질이 잘못된 일이라고 말해도 자신의 행위가 잘못이라고 생각하지 않으니까, 나와 그 친구는 평행선을 그을 수밖에 없지요. 그렇게 되면 교장과 학생 사이는 무너져버리지요. 그들은 자신이 갖고 있는 것이 없으니까, 남의 것과 자기 것을 구분하지 않아요. 돈이 필요해서 훔쳤다면 그것으로 이유는 충분해요. 그런 면에서 오늘 저는 그 애 때문에 좋은 공부를 했어요. 그래서 기분이 괜찮아요."

그는 유쾌하게 웃었다. 나도 그의 마음과 말을 조금은 이해할 수 있었다.

"이곳 어린이들에게는 미래가 없고 오직 현재만이 있지요. 미래는 그들이 만들어가는 것이 아니라, 자연적으로 그들 앞에 나타나는 것이라고 생각하고 있을 겁니다. 그래서 이들에게 중요한 것은 미래를 스스로가 만들어가야 한다는 생각을 심어주는 것이지요."

"아마 스스로 준비해도 미래가 그들을 위해 열리지 않을 것을 빤히 알기 때문 아닐까요?"

"그렇겠지요. 그러나 앞으로는 달라지겠지요. 이 나라에는 자원이 풍부하니까 일만 하면 돈을 벌 수 있고, 그 돈으로 어렵지 않게 생활할 수 있을 테니까요. 그런데 이들은 그런 미래를 전혀 생각하지 않으니까, 준비라는 것이 없지요."

말하던 그는 책상으로 돌아가 노트북을 열고 뭔가 열심히 점검을 했다. 잠시 후에 그의 표정이 밝아졌다.

"내용은 조금도 손상되지 않았네요. 오늘은 참 즐거운 날이에요. 그놈은 내 노트북을 훔쳐서 용돈이 생겨서 좋고, 저는 그놈으로부터 공부를 해서 좋고, 조금은 우울하고 있었는데, 배 목사님이 오셔서 이렇게 마음 터놓고 이야기하게 되어서 좋고……"

그는 다시 내 곁으로 와서 앉으면서 소리 내어 웃었다.

그는 진한 커피를 두 잔 만들었다.

커피 향이 방 안 가득히 퍼졌다. 창밖에는 초원이 한가롭게 펼쳐져 있다. 이곳 초원을 보면 욕심이 다 사라져버린다. 이따금 민둥산이 편안하게 보일 때도 있다. 참 이상한 자연의 가르침이다. 방 안에는 커피 향이 가득 찼다.

"제가 혹 이곳을 떠나게 될지도 모르겠네요. 어제 후원 교회에서……"

나는 염 목사와 통화한 일이며 메일로 받은 내용을 말했다. 그는 말을 듣고는 긴장하더니 잠시 내 얼굴을 찬찬히 바라보는 것이었다.

"그래요? 참 이상하네요. 우리가 여기에 온 것도 비슷한 때였지요."

"맞아요. 저보다 두 달 앞서 오셨다고 그랬어요."

"확실한가요? 떠나시게 되는 건……"

"확실해요. 스리랑카로 임지는 결정되었는데, 내가 승낙을 하지 않으면 선교 지원을 받을 수 없을 것 같아요."

"스리랑카? 정말 아름다운 곳이지요. 불교의 발상지라고 절이 굉장히 아름답다고 하던데요. 저도 그런 곳에 가보고 싶네요. 몽골과는 위도상으로 반대편이지요."

케리가 부러운 듯이 나를 쳐다보면서 웃는 바람에 나는 머쓱했다. 어쩌면 총장처럼 섭섭하다는 한마디 말도 없는가.

"저도 떠나게 되었어요."

“예?”

“소환 명령이 내렸어요. 지난달에 선교 본부에서 선교 사역 확인 차 다녀갔는데, 제가 아마 이곳에서 문제 인물로 생각되었나 봐요.”

“학교 운영 실태를 파악하고는 매우 긍정적이이라는 평가를 받으셨다고 들었는데……”

“맞아요. 확인 차 온 분에게 비전학교의 현황과 전망을 보고했지요. 그랬더니 학교가 이렇게 토대를 잡았으니 현지인에게 맡겨도 되지 않을까요, 라고 말하더니, 결국 그렇게 하려나 봐요.”

처음 듣는 말이었다. 그런데 왜 지금까지 내게는 한마디도 하지 않았을까.

“처음에는 좀 섭섭했는데 차차 두고 생각해보니, 오히려 잘된 일이라고 생각되었어요. 사실, 이 학교에 대해서 제가 욕심을 좀 부렸지요. 이 몽골 사회를 변혁시킬 수 있는 큰일을 내가 하고 있구나, 자부심도 가졌지요. 이곳에서 평생 살까 생각도 했고…… 이제 소환 명령을 받고 보니, 그런 내 마음의 바탕에는 이곳에서 이루어놓은 일에 대한 내 개인적인 애착이 많이 작용했음을 알게 되었지요. 애착이 집착이 되면 욕심이 되고, 아니, 나는 벌써 욕심을 부리고 있었다는 것을 깨닫게 되는 순간 정신이 번쩍 들던데요. 주님, 제가 미련했습니다. 세상의 욕심을 버리고 떠나온 내가 다시 하나님의 일에 욕심을 부린다면 그 결과가 잘못된다는 것을 내가 잘 알았지요. 그렇게 생각하니,

선교회에서 불러주신 것이 얼마나 감사한지, 그 후 며칠 동안 저는 아주 행복했어요. 단지 두 분과 헤어지게 되어서 섭섭하지만, 오히려 멀리 있으면서 서로 좋은 소식을 기다리는 것도 더 좋을 거 같구요. 그런데 지금 배 목사님께서 떠나시게 되었다니, 참 이상한 예감이 드네요. 우리가 여기에서 만난 것이 전혀 사람의 일 같지 않은……"

말을 하던 케리의 목소리가 갑자기 흔들리기 시작했다. 나는 그의 노란 눈동자에 스며 있는 물기를 보았다.

"저는 비전학교에 대해 많은 계획을 세워서 본국에서 돈을 많이 번 친구들에게 후원금을 내도록 편지를 보냈지요. 기숙사도 짓고, 지하수를 개발하여 이 동네 사람들에게 충분히 물을 공급해주고, 빵 공장도 만들어 주변 학교에 점심 무료 급식도 하고, 그리고 본국에서 이곳에 투자를 유치해서 이 학교에서 공부한 청년들이 일할 터전도 마련하고, 거기에 일하면 그 대가를 받고 그것으로 행복하게 살아갈 수 있다는 확신을 심어주고…… 아마 한 오 년만 더 있으면 그런 계획이 조금씩 이뤄질 것 같았어요. 친구들의 한 달 용돈 중에 십 분의 일씩만 모아 보내주면 다 되거든요. 그런데 나로 하여금 그러한 일을 하지 못하게 하는군요. 그래서 생각해봤어요. 내가 만약 그런 좋은 계획을 성공적으로 이루어냈다면 그때 나는 어떤 사람이 될까. 정말 선교사로서 나의 모습을 유지할 수 있을까. 거기까지 생각이 미치자 긴장이 되더군요. 그때 나는 선교사가 아니고 사업가가 될 가능성이 너무 많아요. 그렇게 되면 내가 순수한 선교사로 되돌아오기 위해서는 엄청난 대가를 치러야 한다는 것도 알게 되었어요. 그래서 이번 소환을 아주 즐겁게 받아들이기로 했어요."

나는 그의 말이 내 목소리로 바뀌어 들려왔다.

우리는 시내로 나와서 즐거운 식사를 했다.

"인생이 나그네인 것처럼 선교사도 철저하게 나그네로 살아야 한다는 것을 깨닫게 되었어요. 몽골 땅이 매력적인 것도 이들이 한없이 옮겨 다니면서 나그네처럼 살아가기 때문이라는 것을 이번 발령을 받고서 알게 되었어요. 땅에 집착할수록 행복할 수 없다는 것도 알았고요. 내 일에 집착하는 것은 땅에 집착하는 것이지요. 그러니까 떠날 수 있는 기회가 다가왔다는 것이 얼마나 다행인지 몰라요. 내 스스로 나를 버릴 수 없다는 것을 아신 주님이 욕심을 버리도록 해주신 것을 생각하면, 며칠 동안 하루 내내 감격했어요. 채워주시는 분보다는 비워주시는 분이 더 나를 아껴주신다는 것을 알게 되었지요."

케리는 내 손을 꼭 붙잡고 마치 노트북을 훔쳐 갔다 되돌아온 돌마에게 말하듯이 말했다.

5

아이들이 더 좋아라 하는 것을 보고는 짐을 꾸리는 우리 부부의 마음이 한결 가벼워졌다.

"스리랑카는 더운 지방이지요. 여기는 춥던데, 어머니, 저는 추운 거 견디기 어렵지 않아요. 그래도 몽골에 와서 잘 견뎌냈지요. 더위는 추위보다는 훨씬 견디기 쉬울 거예요. 여기도 한여름에 얼마나 더워요. 그곳 아이들은 가무잡잡한데 아주 예쁘던데요. 제가 인터넷에서 다 찾아봤어요. 참, 그곳 아이들은 나를 어떻게 생각할까. 어머니, 거기 가서도 친구들 집으로 초대해도 되지요?"

서영이는 짐을 꾸리는 우리 부부 사이에서 종알대면서 즐거워했다.

주영이는 친구들에게 받은 선물을 차곡차곡 TV 장식장 위에 나란히 올려놓았다. 손바닥만 한 종이에 그린 이곳 풍경화이다. 나란히 서 있는 서영이와 주영이를 그린 그림도 있다. 이곳 아이들은 그림 솜씨가 놀랍다. 자수를 놓은 손수건도 있다. 겨울에 썼던 모자를 선물로 준 친구도 있다.

"우리가 이제 스리랑카에 가면 아주 국제적인 어린이가 되겠네요. 몽골과 스리랑카, 그 다음에는 남미나 아프리카로 가겠지요. 온 세계를 다 누비면서 친구를 만들겠네요. 참 좋아요."

서영이가 신이 나서 짐을 꾸리는 아내의 귀에 대고 소곤거렸다.

총장 내외분이 현관에서 기다리다가 짐을 갖고 내려오는 우리를 맞았다. 짐 가방은 모두 3개였다. 이곳에서 입던 옷들은 게스트하우스 관리인인 남바야르와 객실을 담당하고 있는 게렐마와 어용게렐 아주머니에게 나누어줬다. 가재도구도 게스트하우스 선교사들에게 나누어주었다. 서영이와 주영이의 물건들은 작은 배낭에 넣어 각자 짊어졌다. 우리 부부 것은 가방 셋에 충분했다.

"왜 그리 짐이 단출하세요. 들어올 때는 가방이 다섯이었는데."

총장이 우리 짐을 보고는 의아한 표정을 짓다가 빙긋 웃었다.

"나그네는 짐이 가벼워야 여행이 편하지요."

"잘하셨습니다."

나는 게스트하우스 관장인 백 선교사와 악수를 나누었다. 현관 밖 마당에는 게스트하우스 관리를 맡은 여러 식구들이 나와서 우리를 배웅해줬다.

몽골의 밤 날씨는 매우 쌀쌀했다. 그런데도 온몸에 이상한 열기가 있어 조금도 춥지 않았다.

짐들을 지프 뒤 트렁크에 실었다. 총장이 운전대를 잡았고, 내가 그 옆 좌석에 앉고 뒤에 아내와 서영이와 주영이가 앉았다.

그때 내 휴대폰 전화벨이 울렸다.

신광교회 담임목사였다.

"내일 새벽 세 시 오십 분에 인천 공항에 도착하지요? 제가 직접 마중을 가겠습니다. 서울 날씨는 따스해요. 한두 달 서울에서 쉬시다가 임지로 떠나도록 준비했어요. 스리랑카 사역을 결정해주셔서 고마워요."

총장에게 신광교회 담임 목사의 전화라고 알렸다. 총장이 고개를 끄덕이더니 시동을 걸었다. 나는 어둠 가운데 그림자처럼 희미한 게스트하우스 5층을 내다보았다.

"지금쯤 케리도 태평양을 날고 있겠네요."

그는 저녁 6시에 노스웨스트로 떠났다. 총장이 혼잣말처럼 중얼거리면서 엑셀러레이터를 밟았다.

차가 움직였다.

시내 외곽도로에 진입하자 찻길이 잘 풀렸다. 창밖으로 울란바토르 시가가 뒤로 뒤로 빠르게 달아났다. 흘러가는 톨 강의 물이 한밤중의 도시의 불빛을 받아 영롱하게 반짝거렸다. 강물을 거슬러 달리는 차창으로 울란바토르 시내가 빠르게 지나갔다.

가로등도 없는 벌판을 지나자 저만치 새로운 도시가 다가왔다. 마치 그 도시가 내가 가려는 스리랑카의 어느 도시처럼 반가웠다.

삶의 외로움 견디기

김 병 익

1980년대 초 나는 무심코 처음 보는 이름의 작가가 쓴 소설을 읽었다. 흥미로웠다. 그리고 이어 발표되는 그의 소설 두어 편을 더 읽고 그에게 작품집 발간을 제의했다. 그것이 현길언의 첫 작품집 『용마의 꿈』(문학과지성사, 1984)이었고 그의 왕성한 창작에 받쳐 이듬해 나온 『우리들의 스승님』에서 나는 해설 「왜곡된 역사 속의 부도덕한 삶」(나의 『전망을 위한 성찰』, 1985에 재수록)으로 '중년의 신인'으로서의 그의 소설 세계를 들여다보았다. 이때 나는 『현대문학』의 추천으로 1980년에 문단에 데뷔한 짧은 이력에도 불구하고, 그리고 한 해 만에 잇달은 두 권의 창작집 간행이란 아주 가까운 시차에도 불구하고 작가는 그 둘 사이에서 "조심스런 변화를 시도"한다고 썼다. 묘사보다는 진술을 택하며 주인공들의 시대적 삶의 궤적을 대상으로 서술하고 있는 점에서 공통되고 있지만, 1인칭에서 3인칭으로 옮겨가는 시점의 교체와 그의 고향인 제주도의 한정된 지역에서 우리나라 어디라도 좋을, 지역적 한계를 벗어나는 공간적 확대를 통해 시점의 객관화와 인식의 보편화로 조심스런 변화를 이루고 있다고 본 것이다. 그 변화를 통해 현길언이 보여주고 있는 것은 "우리에게 진실이란 무엇이며 그것은 어떻게 감추어지고 있는가 하는 근본적인 지성의 자유의 문제"(앞의 책, p. 262)라고 짚으면서 거기서 드러나는 "도덕적 인식 능력의 빈약"이란 권력의 독점과 자본주의적 근대화가 진행되고 있던 당대적 사회 모순의 결과라고 보았다.

그러고서 거의 30년이 지났다. 정치는 상당한 민주화를 이룩했고 경제성장도 괄목할 정도였으며 작가 현길언도 제주도 4·3사태를 재구성하는 대작 『한라산』(미완)을 비롯한 장·단편을 여전히 활발하게 발표하면서도 성실한 대학 교수직으로부터 정년 퇴임을 했고 평화 운동을 위한 연구소를 운영하며 종합 교양 계간지를 주재하는 70대가 되었다. 고희의 나이에 이르러도 그의 조용한 열정은 여진하여, 2009년에는 『니의 집을 떠나며』(문학과지성사, 2009)를 상자했고 한 해를 겨우 넘기면서 이제 또 새로운 창작집 『유리 벽』을 간행하고 있다. 그리고 나는 처음의 두 창작집에서처럼 이번의 잇달은 두 노년 문학의 성과들에서도 다시 '조심스런 변화'를 발견한다. 5편의 '관계' 연작을 모은 『나의 집을 떠나며』는 갖가지 인간들의 사이 맺어짐이 겉보기와는 달리 참으로 미묘하고 착잡하며 어깃장을 놓는 심리적 기미들을 섬세하게 관찰하고 해부하는 시선으로 서술되고 있다. 그것은, 이 '관계' 연작의 해설을 쓴 이재복의 말처럼, "'관계'의 역사 혹은 역사의 관계성을 탐색해야만 객관적이고 보편적인 진실에 도달할 수 있다면, 그것은 인간과 역사를 좀더 포괄적, 심층적으로 이해하려는 작가의 진지한 성찰"(앞의 책, p. 270)의 대상으로서 이 세계에서의 구체적인 삶의 양상과 근원을 헤아리는 현상적 해석을 이루는 것이다.

'연작'의 이음새를 뗀 『유리 벽』은 기독교적 혹은 교회적 인간들을 제시하는 데서는 앞의 창작들과 다름없으면서도, 그 신앙으로도 결코 벗어날 수 없는, 아니 그럼에도 믿음의 태도로써 받아들여야 할 죽음의 문제를 제기하고 이에 이르기까지의 배신을 비롯한 삶의 부도덕한 양상을 관찰하면서 그 밑에, 보다 깊이 받치고 있는 인간 존재의 외로움을 도려내 보이고 있다는 점에서 작가는 또 다른 세계의 현존을 탐색하고 있다. 그 작업을 위해 그는 이 소설집에 수록된 7편의 작품들에서 도전적이랄 것까지는 아니겠지만 보다 다양한 수법을 활용하여 자신의 주제를 적극적으로 제시하고 있다. 가령 「방」과 「죽음에 대한 몇 개의 삽화」는 연쇄성을 갖지 않은 에피소드로 구성하면서도 그 주제는 '방' 또는 '죽음' 등의 한가지로 모아가는 단락 소설의 체통을 보이고 있고 「방문객」과 「유리 벽」은 전혀 다른 설정에도 불구하고 전통적인 단단한 단편의 구조 속에서 인간 사회의 배신과 그 때문에 자살을 감행하는, 흔히 그릴 수 있는 사건을 그 겉과 속으로 동전의 앞과 뒤처럼 모양을 달리하여 묘사하고 있다. 「고향에서 보낸 마지막 며칠」에도 배반은 나오지만 여기서는 배반당한 정치인의 죽음을 앞둔 회오와 성찰로 내면화하고 있는 반면 「짧은 혀 긴 혀」는 죽음에 앞선 기업인을 통해 배반으로 빚어진 역사의 오류를 벗기면서 진실을 밝히는 과정으로 재현하고 있다. 그리고 「게스트하우스」는 몽골에서 선교 활동을 하는 목회자의 다정한 활동과 그럼에도 본인의 뜻과 관련 없이 그 자리를 떠나야 하는 안타까움을 담담히 고백하고 있다. 작가의 이 같은 창작 세계의 다양화 속에서 나는 과장도 흥분도 없이, 까다로운 언어적 희롱도 시도하지 않는 조용한 문체를 통해 한결같이 온유한 그의 인품을 떠올리며 대상을 향해 속을 열고 사심 없이 받아들이며 조용히 진실을 향해 사유하는 그의 진지한 내면을 읽는다. 이번의 그 사유는 삶을 공간적인 얽힘에서 시간적인 흐름으로 바꾸어 받아들이며 '인생'의 고통스런 존재론적 물성을 "행복한 아픔"(p. 155)으로의 '깨어남'을 통해 "추상적 관념을 뛰어넘이 진정한 죽음의 실상에 다가가 얻어진" '정신적 평정'(p. 155)으로 맞아들이려는 품위 있는 소망으로 지향하고 있다. 30여 년 전에 큰 수술을 받고 이제 고희를 넘어선 작가의 깊고 은은한 정신의 훈기가 이렇게 이 창작집 전반을 가로지르며 흐르고 있는 것이다.

다시 그의 최근작들을 따라가며 그가 여전히 진지하게, 그러나 노년의 회상과 성찰이 스며 있는 중후한 작품들의 문맥을 짚어 읽어본다. 첫 수록작인 「방」은 6개의 에피소드를 통해 생활 공간으로서의 방들과의 인연을 회고함으로써 평생에 걸친 한 삶의 궤적을 그리고 있는데 그것은 내게 다리 위와 아래를 둘러싸고 벌어지는 집단적 사건들을 통해 민족의 아픈 역사를 그린 이보 안드리치의 장편 『드리나 강의 다리』를, 그 수법과 주제에 관계없이, 연상시켜준다. 어머니의 젖을 만지작거리며 자라던 아이는 다섯 살이 되면서 아버지와 함께 지내던 안방에서 쫓겨나 형의 방으로 옮겨가야 했고 그 형마저 대처로 진학해서 떠나고 혼자서 그 방에서 지내게 되면서 부담감과 두려움을 느끼고 여기서 "사람은 세상을 혼자 살아가야 한다는 희미한 깨달음"(p. 20)을 가지게 된다. 유아기의 때 이른 깨우침은 성년이 되어 결혼하고 새 아파트에 살게 되면서는 "부모 슬하를 완전히 떠나" "아주 딴 식구"(pp. 41, 42)가 되었음을 생각하게 되고, 변호사의 화려한 사무실을 사용하면서도 "그 공간은 내 방이 아니다"(p. 24)라는 낯설음을 지울 수 없어 하면서 자기 집 서재에서 사무실 일을 혼자 하게 되고 그래서 아내는 안방이 자기 방이 아니라 그저 '부부 간의 성욕을 채우는 장소'가 될 뿐이라고 투정하고야 만다. 아버지는 옛날의 자기 방으로 돌아가 "내 방에서 죽고 싶다"(p. 43)는 소원대로 운명하고 '좁은 광중'(p. 48)에 묻힌다. 이렇게, 그 모습과 기능은 달라도 한세상에서 혼자서 차지하는 '방'이란 그 공간 속에서, 자라고 살고 그리고 "나만 아는 비밀들"(p. 46)에 애착을 느끼며 자신의 생명을 다하는 삶의 공간이 된다. 그럼에도 현길언은 한평생을 여러 형태와 내용으로 채우며 살아온 땅 위의 '방'이 영원한 자기 공간이 될 수 없는 것으로, 더 이상 미련을 두어서는 안 되는, 그래서 언젠가는 벗어나야 할 공간임을 알고 있다. 종내 그가 진정한 의미를 가진 '방'으로 꼽고 있는 곳은 이곳 지상에 서 있는 건물 속의 자리가 아니라 인간의 영혼이 자유로울 수 있는 우주적으로 확장된 또 다른 공간 세계이다. 그 다른 세계는 '영혼'이 아니라 '영'이란 어휘를 쓰며 모자가 나누는 다음의 대화를 통해 기독교적인 피안의 세계를 가리키는 것으로 보이지만, 나는 무덤 앞에서 치러지는 하관의 행사 때문에 얼핏 동양의 대지적 사유일 수도 있겠다 싶어지기도 한다.

"온 세상이 할아버지의 방이라니요?"
아들이 물었다.
"그래, 죽으면 육체는 땅에 묻히지만 영은 사람이 생각하는 시간과 공간을 초월하여 아주 자유롭게 돌아다니시지. 〔……〕 사람들은 땅에서는 자기 방을 만들며 살아가지만, 죽어서는 모든 공간이 영들이 살아갈 방이 된단다. 그렇게 되면 더 크고 아름다운 집이나 방을 얻기 위해 싸우지 않아도 되겠지?"(p. 49)

「방」처럼 몇 개의 에피소드로 이루어진 「죽음에 대한 몇 개의 삽화」의 요지는 서두에 인용되는 조부의 "죽고 사는 것은 종이 한 장 차이"(p. 131)란 잠언 투의 말로 요약된다. 화자는 어려서부터 시작되는 죽음 혹은 주검으로부터 받은 몇 가지 느낌으로 인간의 피할 수 없는 이 운명을 감각적으로 받아들인다. 토벌대에게 총 맞고 죽은 동네 청년의 주검에서 그는 '무섭고 끔찍스러움'(p. 137)을 당했고 상엿집에서의 친척 할머니의 장례와 유물들을 태우는 자리에서 '역겨운 냄새'(p. 139)를 맡으며, 돌아가신 할머니가 묻힐 무덤의 광중을 보며 '좁고 깜깜함의 안타까움'(pp. 141, 142)을 느끼고 자칫 잃게 될 이웃의 생명을 인민군으로부터 살려준 동네 청년이 토벌대에게 오히려 죽음을 당하는 사태에서 배리감을 느낀다(p. 149). 주검과 죽음에 대해 이처럼 무섭고 역겹고 안타까이 생각하던 화자는 큰 수술을 받고 사경을 헤매다 깨어난 후 '행복한 아픔' 속에서 '정신적 평정'을 얻으며 "그렇다면 죽음을 그렇게 두려워할 필요도 없겠구나"(p. 156)라고 깨닫고 경주의 "황폐한 역사의 잔해만 남아 있는 그 현장에서 〔……〕 소멸과 생성의 역사"를 확인하는 데서 "삶과 죽음을 현상으로만 인식하는 데서 오는 그 허무를 뛰어넘을 수 있는 무기"(pp. 156, 157)를 얻게 되고 드디어는 자살한 노파를 보며 "건방지게, 죽기는 왜 죽어"(p. 167)라고 비난하며 죽음의 철리를 설파하는 이웃 노인의 사생관을 옮겨 적기에 이른다:

"늙어서는 누구라도 죽고 싶은 유혹을 얼마쯤은 갖지. 우선 늙어서 추하게 변하는 자기 육체에 대한 절망감과, 세상에서 소외되는 고독 때문이겠는데, 실은 이제 곧 자신은 죽게 된다는, 그것은 무엇으로도 해결할 수 없는 막다른 골목이라는 점이 더 큰 절망을 안겨주지. 그래서 사람들은 마지막까지 세상에서 자기 권한을 행사하기 위해, 자기 목숨을 끊으려고도 생각하겠지. 그러나 그것은 허욕이야. 그래도 주어진 명을 받고 무심히 살다가 어느 날 자기도 모르게 가는 것이 인간의 도리야. 제 마음대로 세상에 태어난 것이 아닌 것처럼……" (p. 167)

나는 현길언의 펜을 통해 언급되는 이웃 노인의 이 사생관이 앞에서도 그랬던 것처럼 그의 기독교에서 비롯된 것인지 그가 태어난 동양의 전통적 생명관에서 연유된 것인지 가늠할 수 없다. 그러나 「죽음에 대한 몇 개의 삽화」의 직설적인 소묘가 아닌 그의 다른 작품들에서도 이 죽음의 문제는 끈질기게 이어지고 있음을 발견한다. 주제나 장면이 전혀 다름에도 그 서정성에서 스타인벡의 단편 「국화」를 연상시키는 「방문객」은 피로에 젖은 한 사내의 방문이 마침내 그의 자살로 맺어지기까지 일상 속으로 가까이 다가오는 죽음을 서정적인 터치로 몰아온다. 친구의 배신으로 재산을 사기당하고 쓸쓸한 마음으로 강원도 산골 마을로 들어와 산턱 낡은 집에 살고 있는 두 부부는 우연히 지나가는 초췌한 사내의 방문을 받고 그를 따뜻하게 맞아들인다. 그 부부는 산골에서 남 보기에 "더없이 행복"(p. 56)해하고 있지만 "돈 때문에 사람 잃고 마음 멍든 것 생각하면 너무 억울"(p. 56)한 사람들이었고, 한눈에 궁색한 '절망적인 표정'(p. 59)을 짓고 있는 사내 역시 자기에게 사기를 친 친구에게 '실망'뿐 아니라 '봉변'(p. 72)까지 당하며 무언가 일을 도모하기 위해 혹은 산에서의 재기를 위해 피로에 젖도록 근방을 돌아다니고 있는 중이었다. 혼자 방에서 몇 날을 보내던 사내는 끝내 산에서 자살을 하고 마는데, 그의 죽음을 조사한 경찰은 부부에게 사내의 유언과 유물을 전하며 "하고 싶은 말이 많은 사내였는데 외로웠는가 봅니다"(p. 80)라고 말한다. 이 사건 후 부부도 결국 그 산골을 떠나 다시 도시로 돌아가는데, 작가는 "남편의 얼굴은 서울에서 떠날 때처럼 어두운 표정을 지우지 못했다"(p. 81)고 묘사함으로써 두 부부의 전도를 축하해주지 못하고 있다. 남편이 뱉는 "산도 제대로 모르고, 사람도 모르는 주제에 산과 더불어 산다고 했으니……"(p. 81)란 마지막 탄식은 자연에로의 귀의가 "이 넓은 산과 들과 하늘이 모두 우리 것"(p. 69)이 되리란 희망에도 불구하고 초췌한 사내에게서 확인한 것처럼 실망과 외로움을 이겨낼 수 없는 인간의 근원적인 고독 때문에 나온 좌절감일지도 모른다.

「방문객」에 이은 「유리 벽」은 앞 작품의 부부나 초췌한 사내처럼 배반과 실패를 당한 유능한 회사원의 이야기이다. 화자인 나광식 목사는 함께 신학을 공부하다가 목회를 포기하고 기업체에 들어가 착실하게 일하여 재벌 기업의 경리부장이 된 채민의 죽음의 뒷일들을 처리하며 그의 자살 이유를 추적한다. 그래서 알아낸 것은 그가 오너인 회장의 아들들 간에 벌어지는 승계 다툼에 끼어 고민했고 윗사람의 지시로 마련한 비자금에서 친구의 부탁으로 일부 빌려준 것을 채워넣기 위해 증권 투자를 했으며 그 투자가 더 큰 손실을 결과하게 되고 이런 짓궂은 소용돌이 속에서 닥쳐온 실패와 좌절로 말미암아 빚어진 외로움을 덜기 위해 카페 마담에게서 위로를 받는 등의 일련의 과정 끝에 막다른 골목에 이르러 결국 산에서 목을 매고 말았다는 사실이고 여기서 그가 확인한 것은 그런 그의 죽음에 착복, 탕진의 누명을 씌우는 이 세상의 악덕들과 거기에 치인 채민의 외로움에 대한 방치였다. 채민을 이렇게 죽음으로 몰아간 것은 카페의 미스 손이 말하듯이, 그리고 나 목사 자신과 그가 채민의 사연을 알기 위해 만난 사람들이 스스로 여기듯이, "모두들 자기가 채민의 죽음과 관계가 있다는 것이다. 그를 죽이는데 자신들이 조금씩 가담했다는 것이구나. 그 주일날 그의 청을 들어주지 못한 일이나, 그 부인의 결벽증에 가까운 어리석은 사랑 방법이나, 카페 여인의 눈물이 모두 나의 가슴을 울렸다"(p. 121)는 한탄은 인간의 더할 수 없는 고독이 둘러싸 죄어오는 고통스런 존재임을 확인시켜주는 것이다. 그는 이 모진 세상에 발가벗겨 갇혀버린 고독한 존재가 되었고 자신이 그렇다는 것을 매직펜으로

갈겨쓴 유서에서 '유리 벽에 갇힌 외로움'으로 자인한 것이다:

> 유리 벽. 유리 벽에 내가 갇혀 있구나. 아니, 내 모습이 유리
> 로 되어 있다. 이제는 모두 환하게 드러난다. 정신이나 생각이
> 나, 숨결까지도 확실한 형체로 드러난다. 〔……〕 승진, 돈, 섹
> 스? 미스 손? 사랑? 사랑? 그것은 영롱한 오색 비눗방울처럼
> 내 주위를 떠돌다가 소리 없이 사라진다." (pp. 127~28)

배신과 죽음의 문제는 현길언의 근작들에서 더 계속된다. 「짧
은 혀 긴 혀」는 4·3사건으로 어린 시절을 공포에 절게 한 작가
의 고향에서 멀찍이 떨어진 대전 근처의 작은 마을에서 6·25 때
자행되었던 양민 학살 사건의 진실을 밝혀가는 이야기이다. 전
쟁 당시 인민군 장교였다가 포로가 되어 전향하여 사업가가 된
조원희에게 이 사건의 진상을 밝히기 위해 나선 경 목사가 알아
내고자 하는 사실은 누가 30여 명의 부락민을 부역자 혐의로
처단하도록 했는가의 문제였다. 봉건 양반의 이상주의적 정신
으로 일구어진 이 마을 공동체에서 판서댁 가족들을 처형한 것
은 적 치하의 인민재판이고 여기에 참여한 부락민이 부역자가
된 것인데 이 마을 사람들을 다시 처단토록 한 것은 누구였는가
라는 숨은 비밀을 밝히는 것이 경 목사가 알아야 할 역사적 진
실이었다. 그런데 조원희가 경 목사의 집요한 질문을 당하며 내
면적으로 부닥치는 회의는 과연 '역사의 진실 찾기는 가능할 것

인가'(p. 242)란 것이었고 그런 회의가 일지 않을 수 없는 것은 "기억이라는 것이 자기에게 유익한 것만을 간직하기 마련"(p. 245)이기 때문이며 "역사를 만들어낸 그 언어는 저 바다에 깊숙이 가라앉아 그 모습을 드러내지 않"(p. 267)기 때문이다. 그럼에도 조금씩 입질만 하던 조원희는 죽음을 앞두고 마침내 진상을 자세히 밝히는 편지를 경 목사에게 보내, 양민과 인민군 사이를 오가며 이간질한, 그럼에도 후에 훌륭한 교육자 모습으로 나타나는 표인혁의 사주와 배반에서 그 학살이 일어났다는 사실을 알리며 자신의 이런 고백은 "단지 세상의 진실을 전해야 한다는 생각만이 선명"(p. 294)해지기 때문임을 밝힌다. 진실이 이렇게 증언되었음에도 현길언의 전망은 그리 밝지 않다. 경 목사는 조원희의 편지로 사실을 분명하게 알게 되었지만 "이제 나는 무엇을 해야 할 것인가. 내가 조사해서 알고 있는 사실들을 어떻게 처리할 것인가. 모든 것이 아득했다. 언어로 정리된 역사적 사실이 도대체 역사 안에 살았던 사람들의 진실을 얼마만큼 전할 수 있을까"(p. 294) 헷갈리고 마는 것이다.

「고향에서 보낸 마지막 며칠」은 후배에게 밀려 정치에서 패배하고 고향으로 물러나 투병하는 정치인의 말기를 묘사하고 있지만 그러나 「방문객」에서보다 밝은 조명 속에서 인간의 착잡한 관계를 순화하는 평화로운 희망을 보여준다. "하루만 더 그 밝고 투명한 햇살을 만날 수 있었으면. 그렇게 생각하면서 잠자리에 들었는데, 지금 그 환한 햇살이 내 방을 가득 채우고 있다"(p. 171)고 잠을 깨면서 만나게 된 그 밝은 아침을 즐거이 받아들이고 있는 화자는 6개월의 시한부를 받은 환자이지만 그 마감의 날을 어제로 지나며 "이제부터 내가 사는 시간은 덤이나 다름이 없다"(p. 173)는 초연한 기분에 젖는다. "내 몸이 이렇게 망가져가는데도 마음속에 비집고 들어와 앉은 그 분노는 사라지지 않는다. 죽음 앞에서도 버릴 수 없는 것이 미움이고 분노인가"(pp. 172~73)라고 안간힘 쓰던 그가 이렇게 '덤으로 사는 삶'을 환한 마음으로 받아들일 수 있는 것은 아마도 고향에 내려와 어머니의 뒷바라지를 받으며 죽음을 이제 현실로서 담담하게 받아들일 수 있는, 앞서 「죽음에 대한 몇 개의 삽화」에서 깨우쳐 얻은 '무기'로서의 관용과 달관에 이를 수 있었던 때문일 것이다, "이제 네가 어린아이로 돌아가면, 그동안 살면서 당했던 일들을 다 잊어버릴 수 있을 것이다. 미움도 분함도 털어버리고, 미운 사람도 용서하고 신세 진 사람들에게 감사하고, 즐거웠던 일만 기억하며 어린아이처럼 살아라. 그러면 인생을 두 번 사는 것이 안 되겠니?"(p. 179)라는, 기독교적이기도 하지만 그 이상으로 삶의 끝에 다다라 깨닫게 되는 어머니의 아름다운 지혜는 그에게 큰 위로와 격려가 된다. 이렇게 '덤의 삶'을 손으로 잡으면서 그는 아내의 전화를 통해 '사랑의 방법'을 확인한다:

"전 당신과 통화를 끝낸 다음, 당신의 부음을 생각하지요. 이 통화가 마지막이구나. 그런데서 무슨 욕망이 끼어들겠어요. 오늘의 사랑만이, 다시 통화했다는 감사만이 있었지요. 그리고 하루가 지나고, 그다음 날 다시 당신의 목소리를 듣게 되면, 그것은 당신이 새 아침을 맞이하는 환희와 감사와 같이 제게는 벅찬 일이었지요." (p. 209)

아내와의 이 통화를 하고 난 날 그에게 '편안한 졸음'이 몰려들었고 고향에 내려와서 만났던 얼굴들이 빠르게 스쳐 지나감을 보면서 가물가물 정신이 흐려진다. 다음 날 아침 아내는 남편의 부고를 받고 "약속대로 울지 않았다. 며칠이라도 남편을 진정으로 사랑할 수 있었던 것을 감사했다"(p. 210). 이 아름다운 죽음과 그것을 대하는 사랑의 약속이야말로 성스러운 기독교적 순명이 아닐까.

여기에 이르기까지 현길언의 소설들은 하나는 기독교에, 다른 하나는 죽음에 매여 있음을 발견하게 된다. 그의 기독교는 앞서 아름다운 덕성으로 본 사랑과 감사의 일상직인 삶의 지혜로 내면화된 기독교이거니와 많은 인물들이 일반 대학을 다니다 신학원을 졸업하고 목사가 되기도 하고 혹은 그의 어머니나 가족, 친구 들 등 한국소설에서는 드물게 기독교의 인물들이 소설의 전면으로 나오고 있다. 그러나 그의 기독교 목사들이 소설 속에서 행하는 것은 목회를 내세우기보다 목사여서 만나게 된 친구들의 내면적 고통이나 「짧은 혀 긴 혀」에서처럼 진실을 밝히는 사회운동가의 역할을 맡고 있다. 그의 평신도들이 보이는 기독교는 보수적이거나 기복적 혹은 열광주의적인 모습이 아니라 삶의 지침으로서, 감사와 겸손을 몸으로 보이는 검소한 기독교이다. 자신을 속이고 재물을 떼어먹어 원한을 지녀야 할 사람들에 대해 "세상 사람 다 너희를 배반해도 주님만은 그렇지 않으신다"며 "원한도 미움도 다 풀어라"고 권면하는 어머니(「방문객」, p. 54), "한국 교회 제도나 현실을 비판하는 까다로운 신자"임에도 "십일조 헌금은 거르지 않"는 "너무 순수한 것이 탈이라고 할까요, 남에게 피해를 안 주려는, 그 점에서 까다롭지요. 자신에게는 엄격하고 타인에게는 관대"한, 그래서 결국 자살하고야 마는 채민(「유리 벽」, p. 90)의 참된 신자적 태도, 그리고 할아버지의 "몸은 저곳에 누워 계시지만 영은 우리 곁에 함께하실 것이다. 이 세상은 온통 할아버지 영이 생활하실 아주 큰 방이다"(「방」, pp. 48~49)라는 인식, "하나님은 너무 멀리 계신다. 아니 어쩌면 유리로 된 투명한 내 안에 와 계시기 때문에 나는 볼 수도 느낄 수도 없"(「유리 벽」, p. 128)다라는 존재론적 고독감, 성경에서 인용하여 "하루가 천년 같고 천년이 하루 같다고. 그것은 신이 인식하는 시간 단위이다. 어쩌면 정확한 시간의 계량일 것이다"(「죽음에 대한 몇 가지 단상」, p. 160)라는 화자의 사유, "신학 공부가 막다른 골목에서 뛰쳐나오려는 방편으로 생각했고, 성결하고 정의롭게 살고 싶어 하는 그것한 '죽음의 공포'에서 벗어나지 못하여 이따금 호되게 시달려야 했다. 〔……〕 그 '죽음의 환영'은 소년기에 만났던 그 어둡고 좁은 죽음의 영상과는 약간 다른 것이었다. 〔……〕 그러나 대부분 그것은 추상화의 그 복잡하고 아득한 환영 그대로였다./만물은 다 시작이 있으면 끝이 있게 마련인데, 설령 사후의 세계가 있다고 하더라도 그것은 그냥 그 상태로 영원까지 유지될 수 있을까? 영원. 그것은 얼마나 긴 시간인가. 정말 '끝없음'이란 것이 가능할까? 그런 생각이 한번 몰려오면 가슴이 서늘해지면서 온몸이 칭칭 무엇에 동여매어져 있는 듯이 불안하고, 허망하고, 힘이 빠졌다. (「죽음에 대한 몇 개의 삽화」, p. 151)

라는 죽음에 대한 고뇌를 치러야 했다. 현길언이 죽음에 대해 끈질긴 집념을 가지게 된 것은 그가 어렸을 적 직접 목격했고 주변의 희생을 감당해야 했으며 그래서 자신의 많은 작품에 주제로 끌어들이지 않을 수 없었던 제주 4·3사건에 우선적인 원인이 있을 것이다. 「죽음에 대한 몇 개의 삽화」에서 "몇 근의 고깃덩어리로 의사들 손에서 놀아날 것"을 예상하며 "소생의 불가능성을 준비"하고 10시간 후 "어둑한 미명 속에서 견딜 수 없는 고통으로 잠이 깨"(pp. 154, 155)어나는 장면은 아마 사십 대의 그가 실제로 겪은 위암 수술이 보태졌을 것이다. 죽음을 이렇게 추상이나 관념이 아니라 구체이며 실제로서 체험해온 그는

"죽음에 한발 가까워지는 현실과 맞부딪쳤을 때, 추상적 관념을 뛰어넘어 진정한 죽음의 실상에 다가가 얻어진 평정"(p. 155)

이 되기를 소망하게 된다. 「방문객」과 「유리 벽」의 인물들처럼 목을 매달고 자살을 택한 죽음들도 마지막으로 따뜻한 감사의 유서를 남기고 병으로 조용히 운명하게 되는 「고향에서 보낸 마지막 며칠」의 화자 원병규는 자기와 자별했던 사람들만이 아니라 그를 배반한 사람들까지 찾아가 화해의 인사를 나누고 「짧은 혀 긴 혀」의 조원희는 양민 학살 사건의 전말에 얽힌 진실을 밝히는 긴 편지를 보내며 '평정한 죽음'을 맞이한다.

현길언은 죽음이란 생명의 종말과, 그것의 극복을 위한 기독교의 믿음이란 두 개의 자장 사이에 일상적인 두 개의 상반된 인간 현상을 포진시키고 있다. 하나는 인간관계에서 가장 악덕이 될 '배신'이고 다른 하나는 그 관계들과의 소외감에서 비롯될 '외로움'이다. 이 소설집에서 자주 끼어드는 배신의 스캔들은 「방문객」 「유리 벽」에서 도입되는 금전적 사기와 「고향에서 보낸 마지막 며칠」과 「짧은 혀 긴 혀」의 정치적 배반으로 나타나는데 그것들은 이 세속의 사회에서 가장 치사스런 우상의 가치들이다. 사람들은 흔히 이 배신 앞에서 환멸을 느끼고 거기서 그것들은 존재론적 고독감으로 발전한다. 일찍이 어머니의 방에서 밀려나 형의 방에서 혼자 자게 되면서 "세상을 혼자서 살아가야 한다는 희미한 깨달음"(「방」, p. 20)을 갖게 되고 할머니의 주검이 좁은 광중에 묻히는 것을 보며 "정말 할머니는 갑갑하겠다. 캄캄해서 어떻게 저기서 살지"(「죽음에 대한 몇 개의 삽화」, p. 142)라고 유아기적 감상에 젖게 되지만, 동업자에게 사기를 당하고 산골로 숨은 부부와 그들의 산장에 잠시 머문 초췌한 사내가 전날 남편이 지었을 것과 똑같은 "절망적인 표정"(「방」, p. 59)을 짓는 것은 바로 그 존재론적 고독감의 또 다른 표현일 것이다. 「유리 벽」의 채민에 이르러 그 고독감은 깊은 절규로 아프게 터져 나온다: "그 눈길이 섬뜩할 정도로 외롭게 보였다"(p. 117); "고독한 얼굴로 〔……〕 자기는 퍽 외롭다고"(p. 118); "절망적인 외로움을 이기려"(p. 120). 그의 아내는 그가 "외로워서 죽었을 것"(p. 119)이라고 말하고 그의 부하였던 장 과장도 죽은 그에 대해 이야기를 하면서 "사람들이 참 고독한 존재"라고 말하며 그 말을 듣는 나 목사도 엘리베이터로 내려가면서 "문득 '혼자'라는 것이 실감"(p. 98)하게 된다. 그리고 채민 스스로 유품을 넣은 봉투의 표지에 "파란 사인펜으로 갈겨쓴 문장"의 유서에 그 외로움을 다시 강조한다:

외롭다. 하나님은 너무 멀리 계신다. 〔……〕 눈에 보이지 않기에, 내 손을 잡아주지 않기에 외롭다. 〔……〕 사람들 생각이 각각 달라서 참 편리하긴 하지만, 그래서 외롭다. (p. 128)

자연의 절대적인 운명으로서의 죽음, 그 운명을 뛰어넘으려
는 인간의 가장 치열한 정신을 보여주는 기독교, 그 사이에 끼
어든 세속의 사람들에게 거의 필연적으로 작동하는 인간관계의
배반, 그리고 나는 이 세 자장에 '유리 벽'처럼 가려진 '외로움'
의 밑그림을 바라본다. 그 외로움이 있어 교회가 있고, 사람들
의 끊임없는 잇고 갈리고 어울리는 맺음으로부터 벗겨지는 고
독에 버티며, 이렇게 돋워진 외로움이 끝내 밀어대고 빚어내어,
마침내 죽음이 오는 것인가. 현길언의 창작집을 덮으며 이 보이
지 않는 삶의 외로움 견디기의 그림이 다른 어떤 것보다 몸 닿
는 친숙함으로 다가오는 것은 작가와 더불어 내가 '귀에 순하는
〔耳順〕' 나이를 넘어서고 있기 때문일지도 모른다.

작가의 말

지난해에 이어 다시 소설집 『유리 벽』을 문학과지성사에서 내놓게 되어 즐겁다. 교정을 보기 위해 작품들을 다시 읽으면서 잠시나마 자신을 되돌아볼 수 있었다. 작품을 추릴 때는 생각하지 못했는데, 모아놓고 다시 읽어보니, 모두 죽음이나 떠남을 이야기하고 있어서 자신도 놀라웠다. 떠나는 자리에서 남긴 마지막 언어가 진실의 언어가 되기를 기대한다.

수록 작품 중 「방」「죽음에 대한 몇 개의 삽화」「고향에서 보낸 마지막 며칠」은 오래전에 발표했다가 최근에 대폭 수정했다. 발표 당시부터 오늘에 이르기까지 이들 작품의 문제가 내 관심의 한복판에 있었음을 알게 되었다. 그럴수록 그것에 집착하지 않기를 다짐한다. 몸은 날로 노쇠해지더라도 자신에게 더 정직하고 생각은 날로 새로워지기를 기도한다. 그래서 젊음이나 장년에서 얻을 수 없는 사람과 세상에 대한 이야기를 간직하고 살아갈 수 있었으면 한다. 소외가 오히려 자유가 되고, 결핍이 풍요보다 더 소중함을 믿을 수 있어서, 그것들을 두려워하지 않고 받아들일 수 있기를 빈다.

이 험난한 세상에서 외로운 동행자가 되어준 아내와 한 가족으로 세상을 살아가게 된 아들과 며느리, 손녀와 함께 이 소설집의 출간을 기뻐하고 싶다. 그동안 초창기 문지를 이끌었던 동인들이 나에게 베풀어준 배려가 오늘까지 소설을 생각하며 쓰는 데 저력이 되었음을 독자들에게 전하고 싶다.

이 소설집의 해설을 써주신 김병익 선생과 책의 출간을 위해 애써주신 문학과지성사 관계자 여러분, 그리고 직접 책을 만들어내는데 애쓴 편집부 여러분께 감사를 드린다.

2011년 5월
현길언

수록 작품 발표 지면

「방」 2001년 문예중앙 봄호(2009년 12월 고침)

「방문객」 2007년 문학나무 가을호

「유리 벽」 1996년 문학사상 2월호

「죽음에 대한 몇 개의 삽화」 1992년 현대소설 가을호(2009년 12월 고침)

「고향에서 보낸 마지막 며칠」 1999년 21세기문학 가을호(2010년 4월 고침)

「짧은 혀 긴 혀」 2007년 문학수첩 봄호

「게스트하우스」 2009년 21세기문학 봄호